《茅盾研究》 第22辑

史料与阐释：茅盾研究的新探索

中国茅盾研究会 编

华东师范大学出版社
上海

图书在版编目(CIP)数据

茅盾研究. 第 22 辑,史料与阐释:茅盾研究的新探索/中国茅盾研究会编. —上海:华东师范大学出版社,2024. —ISBN 978 - 7 - 5760 - 5581 - 8

Ⅰ. I206.7 - 53;K825.6 - 53

中国国家版本馆 CIP 数据核字第 20250C5Q77 号

史料与阐释:茅盾研究的新探索

《茅盾研究》第 22 辑

编　者　中国茅盾研究会
责任编辑　曾　睿
特约审读　王莲华
责任校对　王丽平
装帧设计　刘怡霖

出版发行　华东师范大学出版社
社　　址　上海市中山北路 3663 号　邮编 200062
网　　址　www.ecnupress.com.cn
电　　话　021 - 60821666　行政传真 021 - 62572105
客服电话　021 - 62865537　门市(邮购)电话 021 - 62869887
地　　址　上海市中山北路 3663 号华东师范大学校内先锋路口
网　　店　http://hdsdcbs.tmall.com

印 刷 者　江苏扬中印刷有限公司
开　　本　787 毫米×1092 毫米　1/16
印　　张　11.75
字　　数　250 千字
版　　次　2024 年 12 月第 1 版
印　　次　2024 年 12 月第 1 次
书　　号　ISBN 978 - 7 - 5760 - 5581 - 8
定　　价　68.00 元

出版人　王　焰

(如发现本版图书有印订质量问题,请寄回本社客服中心调换或电话 021 - 62865537 联系)

目 录

茅盾作品与思想研究

从沈雁冰到茅盾:介绍评论的前奏与开端(1920—1933)
——《中国百年茅盾学术史》之一章 　　　　　　　王卫平 / 3
《幻灭》的启示:革命非关认同 　　　　　　　蒋晓璐 / 17
"出路"的形式与形式的"出路"
——论茅盾的《清明前后》 　　　　　　　李超宇 / 28

茅盾史料考证

茅盾写于香港的一篇佚序 　　　　　　　金传胜 / 41
新见茅盾佚信三通考释 　　　　　　　孙晨晨 / 46
中国共产党早期活动纪念馆中的沈雁冰史料钩沉 　　　　　　　欧家斤 / 53

茅盾同时代人研究

善意的误读与误读的善意
——从鲁迅谈赛珍珠说起 　　　　　　　张 曦 / 67
萧乾致乔治·艾伦与昂温出版社英文佚简66封辑译注 　　徐从辉 池惠妍 / 73
论早期延安文学的构成及其价值 　　　　　　　郑 飞 / 100

青年论坛

茅盾汉译诗歌篇目数量统计方法探讨 　　　　　　　王 琳 / 111

《霜叶红似二月花》故事年代考 　　　　　　　　　　汤浩然 / 123

公债市场与文学书写——以《子夜》为中心 　　　　　黄　翎 / 132

茅盾旧体诗词研究综述 　　　　　　　　　　　　　　党　飘 / 140

书评

声音的回响
　　——读陈平原的《有声的中国——演说的魅力及其可能性》 　马　丹 / 149

在文学启蒙与知识变革之间
　　——陆胤《国文的创生：清季文学教育与知识衍变》读札 　张　炎 / 157

中国现代文学研究范式的新探索
　　——评吕周聚的《中国新文学中的美国因素研究（1911—1949）》
　　　　　　　　　　　　　　　　　　　　　　　　　　曹金合 / 166

读李永东的《民国城市的文学想象与民族国家观念》 　　李闪闪 / 172

茅盾作品与思想研究

从沈雁冰到茅盾：介绍评论的前奏与开端(1920—1933)
——《中国百年茅盾学术史》之一章

王卫平①

摘　要：1920年到1933年初是介绍、评论茅盾的前奏、开端和雏形阶段。其中，1920年对《小说月报》及其编者沈雁冰的评价是前奏；1928至1931年对"三部曲"和《虹》的单篇评论是开端；1931和1933年，两部最早的茅盾研究单行本著作的出版是雏形。1928年到1933年初是茅盾研究的初级阶段，涉及茅盾此前的全部作品，多是感性的、直观的、即兴式、印象式的表达，从高度评价到严厉批评，从拔高和溢美到贬低与否定并存。证明茅盾的创作从开始就不同凡响，说明茅盾此时期的创作还不成熟、更不完善。反映这个时期对茅盾作品的解读还处于"评论"的阶段，真正的"研究"还没有开始。但其中也有不少观点和看法，在后来的茅盾学术史上得到了认可、承传、延续和发扬。回顾对茅盾原初的接受与评价，不仅有利于我们总结过去对茅盾的认识，更有益于我们今天再认识茅盾。

关键词：茅盾；学术史；前奏；开端；雏形

评论、研究茅盾已有百年历史，回顾对茅盾最原初的接受与评价，不仅有利于我们总结过去对茅盾的认识，更有益于我们今天再认识茅盾。人们对其原初的接受与评价，经历了从沈雁冰到茅盾、从前奏到开端再到雏形的过程。

一、前奏：对《小说月报》及其编者沈雁冰的评价(1920—1921)

茅盾研究的起点从哪算起？长期以来，茅盾研究的很多权威人士都认为是茅盾的处女作小说《幻灭》发表后最早的评论文章，即北京《清华周刊》第29卷第2号上发表的白晖（即朱自清）的《近来的几篇小说》，文中的第一节评论了《幻灭》，时间是1928年2月17日。但是，近年又有学者发现了比朱自清的文章还早的评论文章，即士骥发表在《申报》1928年1月11日上的《读最近两期〈小说月报〉》一文②，文中评论了《幻灭》主人公静女士的思想和心理描写等，比朱自清的文章早了一个多月。但是，茅盾在成为作家之前，已经有了编辑、主编、理论、批评、翻译等活动，以及更为重要的中国共产党早期的创建、组织和革命活动，甚至身居要职。如果从"全人"研究来看，这些是不能遗漏的。于是，21世纪以后，有研究者撰文，

---
① 作者简介：王卫平，辽宁师范大学文学院教授。
② 陈思广：《中国现代长篇小说编年史（1922—1949）》（上册），武汉出版社2021年版，第45页。

专门探讨茅盾研究的起点问题,认为"作家茅盾无法囊括或取代文化人的茅盾,更无法涵盖与阐释革命家、政治家的茅盾"。从"茅盾学"大视野来观照,"最早评论茅盾的是其编辑工作,时间为1920年4、5月间。"具体为在茅盾主编《小说月报》前,在编《小说月报》中的"小说新潮"栏时,黄厚生即发表了《读〈小说新潮宣言〉的感想》一文,紧接着,又有李石岑、晓风对《小说月报》的介绍以及对沈雁冰编辑工作的评价。①

这个"起点说"得到了茅盾研究界专家的认同,比如,钱振纲、钟桂松在为台湾花木兰文化出版社2014年出版的《茅盾研究八十年书系》所撰写的"总序"中,就认为"1920年4月,发表于《小说月报》第11卷第4号的黄厚生的《读〈小说新潮宣言〉的感想》,是至今所知最早评论茅盾编辑活动的文章。从这篇文章算起,茅盾评说已有90余年的历史"②。笔者也认同这个起点,从这个起点算起至今,茅盾研究已有百余年的历史。

早在《"小说新潮"栏宣言》发表之前,沈雁冰就在1919年12月25日的《小说月报》第10卷第12号上发表了《"小说新潮"栏预告》,它不仅是新栏目的预告,也宣布了本月刊的宗旨:"本月刊出世到今,有十一年了;一向注重的,是'撰著'和'译述'。译述是欲介绍西洋小说到中国来;撰著是欲发扬我国固有的文艺。所以本月刊的宗旨只有一句话,就是:要使东西洋文学行个结婚礼,产出一种东洋的新文艺来。""所以从十一卷起,特辟这一门小说新潮栏,专收西洋新文艺作家的著作。"

到1920年,沈雁冰就在1920年1月25日的《小说月报》第11卷第1号上发表了《"小说新潮"栏宣言》,进一步阐明了新栏目的宗旨:介绍新派小说,从写实派、自然派开始。认为这是很紧迫的任务,不是徒然"慕欧",而是中、西的结合。"宣言"中列举了将要介绍的西洋12家33部著作以及8家13篇小说。紧接着,沈雁冰还在1920年2月4日出版的《时事新报·学灯》上发表了《对于系统的经济的介绍西洋文学底意见》,强调介绍西洋文学要"系统"和"经济"。

到1920年4月,《小说月报》第11卷第4号上发表了黄厚生的《读〈小说新潮宣言〉的感想》,文中对沈雁冰开辟的"小说新潮"栏以及注重自然派写实派的引进表示赞成。但同时也对沈雁冰的译介计划表示疑惑,并指出了未必正确的意见:与其介绍人家的小说,不如写自家的实际。"张冠李戴,恐怕有点不妥。"沈雁冰对黄厚生的这篇"感想"非常重视,不仅立即发表,还当即写了答复,并发表在同一号上。沈雁冰在答复中,首先对黄厚生很注重"小说新潮"栏,并特地做了一篇感想寄来,表示"很感激",并对"宣言"后面所附的介绍西洋文学的计划的批评也"很表欢迎"。然后,对黄厚生"感想"中的一些不妥的观点作了一一回应,也就是反驳。③

---

① 沈冬芬:《一个时间问题献疑——从"茅盾学"大视野试谈茅盾研究起点的一点浅见》,《茅盾研究》第11辑。
② 钱振纲、钟桂松:《研究任重道远,成果应当珍视——〈茅盾研究八十年书系〉总序》,《茅盾研究》第13辑。
③ 沈雁冰:《答黄君厚生读〈小说新潮宣言〉的感想》,《小说月报》第11卷第4号(1920年4月25日)。

李石岑对沈雁冰编辑工作的评价,是他发表在1921年1月31日《时事新报·学灯》评坛栏内的公开信《介绍〈小说月报〉并批评》。当时,沈雁冰任主编后的第1期《小说月报》,即第12卷第1号刚刚和读者见面,作为《时事新报·学灯》的主编,李石岑就写了此文,称赞"其中佳作固多,尤使余喜入心脾者,为冬芬君所译《新结婚的一对》,周作人君所译之《乡愁》……",文中还提到王统照创作的《沉思》、许地山创作的《命命鸟》、耿济之翻译的果戈理的《疯人日记》和安德列夫的剧本《邻人之爱》,都有评语。文中对"海外文坛消息"栏大加赞赏,谓裨益文学研究者尤大"。对未及译述英、美诸国小说表示遗憾。沈雁冰看到此文后,即回信《致李石岑》,刊登在1921年2月3日《时事新报·学灯》上。沈雁冰在信中感谢李石岑先生提倡新文学的热情,对其批评之警切独到尤为佩服。希望先生继续"以美学的眼光来批评,以艺术的极则来绳正"。

在1921年2月3日《时事新报·学灯》上,还发表了晓风的《介绍〈小说月报〉12卷1号》,文中赞扬《小说月报》12卷1号(即沈雁冰主编的第一期)"容光焕发""换了个灵魂",评论了该期的评论文章和译作栏目。

总之,最早对沈雁冰的评论,不是他的文学批评、文学翻译,也不是他的革命活动,而是他的编辑工作。黄厚生、李石岑、晓风对沈雁冰编辑工作的赞赏、评论、意见和指出不足,对年轻的、刚上任的主编沈雁冰来说,是很大的鼓舞,也使他看到了《小说月报》的不足之处。尽管他们的意见还显得简单,甚至只言片语,也不无偏颇,但毕竟是茅盾评论的前奏。这个前奏,也可以看作起步,虽然不高,却是最早的。就像《小说月报》1913年发表鲁迅的文言小说《怀旧》,主编恽铁樵对它的点评和夹批一样,也是鲁迅学术史的起点。

二、开端:《幻灭》《动摇》《追求》《虹》的单篇评论(1928—1931)

1927年"大革命"失败,沈雁冰退出政治漩涡以后,马上面临一个实际问题:如何维持生计。找工作是不可能的,于是他只好拿起笔来,卖文为生。"大革命"中知识分子的生活经历在他的脑海里如波涛般翻腾、发酵,于是就有了《幻灭》《动摇》《追求》《虹》的诞生。从此,他的人生轨迹改变了,政界少了一个革命家,中国文坛多了一个巨匠。这对茅盾来说,无疑是一次重大转折。

已经有了编辑、理论、批评、翻译、革命等经历的茅盾,创作伊始就不同凡响,《蚀》三部曲、《野蔷薇》、《从牯岭到东京》以及《虹》发表后,短短几年就有30多篇评论文章,作家茅盾研究正式开始,肯定、否定之声并存。

(一)士骥、朱自清、钱杏邨、沈泽民等评《幻灭》(1928—1929)

前面已经说到,陈思广教授发现了最早评论《幻灭》的文章,不是朱自清的《近年来的几篇小说》,而是士骥在1928年1月11日的《申报》上发表的《读最近两期〈小说月报〉》。文中所说的"最近两期《小说月报》",正是连载《幻灭》的第18卷第9号和第10号(1927年)。作者认为,这两期《小说月报》所发表的几篇作品,"最值得注意的当然是茅盾君的《幻灭》了。我们读了第九号的上半段后,被它的内容的活泼所勾住了,恨不能立即能看到全文。此文描写青年心理,的确是活泼可爱"①。这是作者读《幻灭》上半段的感受,传达了两点意思:一是《幻灭》对读者具有吸引力,二是欣赏小说的心理描写。对《幻灭》的下半段,即第10号刊载的部分,作者认为"是描写革命青年们的生活的颓废"。"主人公静女士的思想,原不能说是健全,不过是徘徊于中国旧思想的神经质女子的挣扎罢了。"是"半新不旧的女子"②。

一个月后的1928年2月17日,白晖(即朱自清)在《清华周刊》第29卷第2号上发表了《近来的几篇小说》,文中的第一节集中讨论了《幻灭》,认为小说虽写了一个女子的生活片段,但她"是一个时代生活的缩影"。作者的描写与分析是成功的,"他的人物,大半都有分明的轮廓"。"但这篇小说究竟还不能算是尽善尽美的作品,这因它没有一个统一的结构。分开来看,虽然好的地方多,合起来看却太觉散漫无归了。"③朱自清的上述评论,虽然是即兴式、印象式的读后感,但我们不能不说,他的感受是精准的,肯定了《幻灭》对时代生活的描写和人物分析,这在以后的评价史中被传承下来。同时,指出结构的不统一,甚至散漫无归。这在茅盾的自述中几次说到,完全承认。而且从《幻灭》的写作和发表经历也可看出。1930年,茅盾在为上海开明书店出版《蚀》三部曲的单行本所写的"题词"中,这样说:"这三篇旧稿子是在贫病交迫中用四个月的功夫写成的;事前没有充分的时间以构思,事后亦没有充分的时间来修改,种种缺陷,及今内疚未已。"在1957年所写的《写在〈蚀〉的新版的后面》中,茅盾说:"《幻灭》的写作时间一共化了四个星期。""第一次写小说,没有经验,信笔所之,写完就算。那时正等着换钱来度日,连第二遍也没有看,就送出去了。"在晚年的回忆录中,茅盾回忆说:"我用了不到两个星期写完了《幻灭》的前半部,打算先给叶圣陶看一看,……第二天他就来找我了,说,写得好,《小说月报》正缺这样的稿件,就准备登在九月份的杂志上,今天就发稿。我吃惊道,小说还没有写完呢!他说不妨事,九月号登一半,十月号再登后一半,又解释道,九月号再有十天就要出版,等你写完是来不及的。我只好同意。""十月上旬写完《幻灭》,我从头看了一遍,觉得结构松散,没有很好地利用这份素材。但再作大的修改已不可能,也无此心情,不如写了下一篇时,对全篇布局多加注意。"④由此可见,茅盾的处女作《幻灭》写作匆忙,写完就结束,事先没有充分地构思,事后没有认真地修改,发稿非常急迫,导致结构松散,留下遗憾。所以,我们说,朱自清的见解是符合作品实际的。今天我们重读《幻灭》,依然感到小说无头无尾,没有故事,甚至没有情节,主要是慧女士、静女士的对话和内心独白。但它的时代性、女性性格刻画和心理描写还是比较成功的。

紧接着朱自清的文章,钱杏邨在《太阳月刊》1928年3月号上发表《〈幻灭〉》一文,文中对《幻灭》有肯定,也有批评。肯定的地方,主要是时代色彩和人物描写以

---

① 陈思广:《中国现代长篇小说编年史(1922—1949)》(上册),武汉出版社2021年版,第45页。
② 陈思广:《中国现代长篇小说编年史(1922—1949)》(上册),武汉出版社2021年版,第45页。
③ 白晖(即朱自清):《近来的几篇小说》,《清华周刊》第29卷第2号、第5号、第8号(1928年2月17日、3月11日、4月1日)。
④ 茅盾:《创作生涯的开始》,收录于《茅盾全集》第35卷,黄山书社2014年版,第431、432页。

及叙述的细致。钱杏邨认为:"《幻灭》是一部描写革命时代及革命以前的小资产阶级女子的游移不定的心情,及对于革命的幻灭,同时又描写青年的恋爱狂的一部具有时代色彩的小说。全书把小资产阶级的病态心理写得淋漓尽致,而且叙述得很细致。""全书要以静的性格描写得最出色。次之就要算抱素。……写李克也写得很好。"批评的地方,首先认为作者茅盾"他的意识不是新兴阶级的意识,……他完全是一个小布尔乔亚的作家"。作为革命的、激进的太阳社的成员,钱杏邨自然是站在新兴阶级的立场来要求茅盾。其次他批评《幻灭》后半部,结构"松散得很,材料嫌单弱了"。再次他批评全书的描写,几乎是逐章批评:"前四章是失败了",第五章"太侧面","第六章变化得太突然","第七章事实叙述得很不近情理","第八章心理的冲突的描写是不差的,不过其他部分微嫌贫弱","第九章,无论是内容是描写都失败了,是全书最失败的一章","第十章写政治人物的不堪的动态,是后部最好的一章,也是重心的一章","第十二章布局还很适当","第十三章是一大失败","最后一章写静的游移与决定,没有什么满意的地方"。这种逐章的解读与判断,不管你同意不同意,但在《幻灭》发表的当时乃至在以后的接受史上都是少有的,他是认真阅读了作品之后的认识。因此,我们今天也要珍视它,正确对待它。最后他批评小说的叙述,即技巧,认为《幻灭》"有的地方写得真好,有的地方写得太随便"。并列举了作品的具体例证。今天看来,钱杏邨当年的批评,特别是艺术批评,并不是没有道理的。其中的不少意见,笔者是认同的。

到了1929年,《文学周报》第8卷第10期设立了"茅盾三部曲批评号",发表了5篇文章,其中,有两篇是关于《幻灭》的评论:罗美的《关于〈幻灭〉——茅盾收到的一封信》和张眠月的《〈幻灭〉的时代描写》。罗美即茅盾的胞弟沈泽民,这位在五四运动成长起来的早期杰出的马克思主义理论家,中国社会主义青年团的创始人之一,当时受中国共产党的派遣,远赴莫斯科中山大学学习。他从友人处借读了《幻灭》一书,禁不住提起笔来,给哥哥写了此信。信中谈了他对《幻灭》的感想:"(1)论体裁方面,你是很客观地叙述自武汉以至南昌时期中的某一部分的现象。中间的人物如慧,静,王女士,李克等等,各人有各自的观点,而你对于他们不加丝毫主观的批评,将他们写下来。(2)题材是写那一期革命潮流高涨中一部分站在潮流以外而形式上被卷入潮流之中的人(如慧,如静,两个主人公)的心理状态。"在信中,沈泽民还具体分析了小说中的几个主要人物。"(3)你自己的经历,我从这篇小说中已经知道你曾生活过当时所有的许多过程。你并且曾经到过庐山。这些生活无疑的使你在技术上成熟;我想得见你在作小说时,笔下已经非常的自由,觉得许多实际的经历供给你丰富的材料,使你左右逢源。"除此之外,这封信还谈到了他读鲁迅的《坟》《彷徨》以及《乌合丛书》中的两种作品的零星感受,并将《幻灭》与《伤逝》比较:"我觉得在这时期中,'彷徨'的心理实是非常普遍的一种心理。""鲁迅《彷徨》中有《伤逝》一篇,其取材则还不如《幻灭》,因此《伤逝》中主人公及其内容成了一些抽象的题目,读之如读一任何旧的'别离赋''悼亡诗',而不能深感其时代性。"信的最后,沈泽民希望哥哥:"我希望你(因为我想你现在还是在做小说)择取现在中国民众生活最深处的情绪,来做一部小说。那些浮荡于表面的事实,比如目前上海论坛中五光十色的舆论可以弃之不顾(这些东西都要被将来地心的烈火一扫而尽之的),而要将耳朵贴在地上,静听那大地最深的呼吸。"应该说,沈泽民的这篇书信是很有见解的,上述的看法也是值得珍视、切中肯綮的。其中的"要将耳朵贴在地上,静听那大地最深的呼吸"也是非常精彩的。当然,作为茅盾的弟弟,在信中也难免有溢美之词,如《伤逝》不如《幻灭》"成熟""左右逢源"等措词。张眠月的《〈幻灭〉的时代描写》,肯定了《幻灭》的时代描写,认为《幻灭》"以很流畅的笔调很自然很忠实地将这个非常的时代描写出来了。因为作者所处的时代和心情是如此,所以他的创作布满了灰色的情味"。

总之,第一批对《幻灭》的评论文章有肯定,也有批评,没有一边倒。既肯定了《幻灭》的时代色彩、人物描写、心理分析等成就,同时也指出由于构思的欠考虑、写作的匆忙、写完就算、修改的缺失、发稿的急迫等种种原因导致《幻灭》留下无法挽回的遗憾,诸如结构的松散、材料的单薄、描写的随意、失真与败笔的地方,等等。结论如朱自清所说,《幻灭》"还不能算是尽善尽美的作品"。

(二) 钱杏邨、周宗棠、林樾、克生、辛夷评《动摇》和《追求》(1928—1929)

《动摇》是茅盾的第二部小说,发表于1928年《小说月报》第19卷第1—3号,和《幻灭》的发表时间仅仅相隔两个月。第一批评论《动摇》的,是钱杏邨、周宗棠、林樾、克生等人的文章。钱杏邨的《〈动摇〉》一文,应该是《动摇》的第一篇评论,写于1928年5月,发表于1928年7月的《太阳月刊》停刊号上。文章认为"《动摇》写的比《幻灭》进步。不仅作者笔下的革命人物很生动,1927年的社会和政治的情状,也有了很鲜明的轮廓。全书当然是以解剖投机分子的心理和动态见长。不过,我们若严格的说,这不是一部成功的创作。描写革命的人物,尤其是投机分子,仍不免失之于模糊"。这是钱杏邨对《动摇》的总体评价,有肯定,也有否定。文章还具体举出了《动摇》可改善的四个方面。文章最后说:"《动摇》这部小说,严格的说来,是不完善的。但就目前的文坛的成绩看,这是值得一读的。虽然技巧有一些缺陷,但是规模俱在;虽然意识模糊,我们终竟能在里面捉到革命的实际。"应该说,这时的钱杏邨,所评价的《动摇》,尽管也指责它没有把健全的革命党人写出来,但和此前的评《幻灭》一样,还是比较客观、中肯的。不像后来的《批评与分析》等文章,对茅盾的《蚀》和《从牯岭到东京》"严厉的指摘和批判""一点也不能宽容"。

周宗棠的《评〈动摇〉》发表在1929年1月的《荒原》第1卷第2号上。文章从思想、描写、结构等方面评价了《动摇》。认为"在思想方面,作者写的就是'动摇'";"在描写方面,人物个性的描写很细腻,比较描写、讽刺描写很完美、很深刻",当然也指出了"有许多地方是'过火的曝露'";"在结构方面,转折和衬托妥适,思想和描写不冲突,前后语气和叙述不烦闷冗长,结构佳妙,可惜过于'笼统'"。在总体上认为"《动摇》是新文艺的长篇中很难得的作品"。①(在20世纪20年代,长篇小说甚少,所以,把10万字的《动摇》也看作是长篇。今天普遍认为《动摇》是中篇。)

---

① 转引自陈思广:《中国现代长篇小说编年史(1922—1949)》(上册),武汉出版社2021年版,第124—125页。

林樾在 1929 年 3 月的《文学周报》第 8 卷第 10 期发表了《〈动摇〉和〈追求〉》一文,肯定《动摇》"是具有时代性的作品。他对于时代的转变,和混在这转变中的一般人的生活,是看得很明白的,所以他能够写得这样深切动人"。同时指出其不足是"结尾似乎太软弱",收场也显得"沉寂"。到了同年 5 月,克生在《海风周报》第 17 期发表《茅盾与〈动摇〉》一文,对《动摇》完全持否定批判的观点,竟把《动摇》比作鸦片,认为《动摇》有消极作用,应该捣碎消灭,建设新文化。这样的判断显然与作品不符,是极左的宗派主义在作祟,是不足为训的。

　　《追求》是茅盾的第三部小说,发表于 1928 年《小说月报》第 19 卷第 6—9 号。按照茅盾的自述:"《追求》是想写一群青年知识分子,在经历了大革命失败的幻灭和动摇后,现在又重新点燃希望的火炬,去追求光明了。""可是在写作的过程中,我却又一次深深地陷入了悲观失望中。""一些熟识的朋友,莫名其妙地被捕了,牺牲了。""我却完全被这些不幸的消息压倒了,以致我写的《追求》完全离开了原来的计划,书中的人物个个都在追求,然而都失败了。"①对《追求》的评论文章,相对少于《幻灭》和《动摇》。林樾在上文中肯定《追求》"对于人物的心理和个性,都写得很深刻"。"不过《追求》缠绵哀怨的情调比较浓厚",读者对结尾有"疑问"。钱杏邨在给藻雪的信中批评《追求》"所显示的,只有灰色的暗影","在全书里是到处表现了病态,病态的人物,病态的思想,病态的行动,一切都是病态,一切都是不健全。""创作的立场不是无产阶级的。"②辛夷在 1929 年 3 月《文学周报》第 8 卷第 10 期发表《〈追求〉中的章秋柳》一文,对《追求》中的人物之一章秋柳进行了较为详尽的分析。认为"章秋柳是《追求》中的主要人物。在全书中,她是'追求'得最猛烈,而且终于得到了革命的出路的"。在作者看来,章秋柳的追求"是有出路的;只有她是在数月中有了思想的变迁,前后迥然不同。在这一点上,这部小说大概可以说不是始终悲观消极的罢"。这一观点被后来的研究者认为是新鲜别致的。近年来,陈思广教授则认为,"此文是茅盾授意秦德君写的,初稿经茅盾修改后,以'辛夷'为笔名发表,是针对钱杏邨认为主人公章秋柳是具有世纪末痼疾的、病态的女子而提出的辩护"③。

　　总之,第一批评价《动摇》和《追求》的文章,认为《动摇》写得比《幻灭》进步,因为作者经过了冷静的思索和认真的构思,素材也来自生活,人物描写也细腻生动。但正面人物昙花一现,结尾软弱,收场沉寂。因此,也不是完善的作品。《追求》则更加悲观失望和病态,色调灰暗,在很多方面又回到了"幻灭",但也有如章秋柳等有追求者。但《追求》的成就不如《动摇》,因为《动摇》的历史真实性和人物的复杂性是超过《幻灭》和《追求》的。正如茅盾在 1979 年写的《〈动摇〉法文版序》中所说:"《动摇》和它的姐妹篇《幻灭》与《追求》都是企图反映 1927 年前后的中国革命形势。但正面描写那时期革命与反革命斗争的,只有《动摇》。《幻灭》与《追求》中

---

① 茅盾:《创作生涯的开始》,收录于《茅盾全集》第 35 卷,黄山书社 2014 年版,第 441 页。
② 钱杏邨:《茅盾与现实》,见伏志英编《茅盾评传》,上海现代书局 1931 年 12 月初版,香港南岛出版社 1968 年重印,第 189 页。
③ 陈思广:《中国现代长篇小说编年史(1922—1949)》(上册),武汉出版社 2021 年版,第 134 页。

的人物都是知识分子,《动摇》中的人物便复杂得多了,这是更近于实际情况的。"①

(三) 贺玉波等对《虹》和《蚀》的分析(1929—1931)

《虹》是茅盾的第一部长篇,1929年4月至7月写于日本,其中,前三章曾连载于1929年的《小说月报》第20卷第6、7月号,上海开明书店1930年3月初版单行本。对《虹》的最初评价多为肯定和赞扬。早在《小说月报》部分连载(整部小说还没有写完)之后,就受到好评,认为"《虹》比起三部曲来,一切都有了新的开展了。我爱此书,因为我们都是这个时代的巨轮下过来的人"。甚至认为"《虹》是'五四'以后新文学运动以来的杰产"②。这个评价是很高的。原发在《读书月刊》上的贺玉波的系列文章《茅盾创作的考察》,用对话体考察了《虹》,认为"《虹》的技巧比《三部曲》强多了"。"《虹》是作者所有的小说集中最成功的一篇,无论在哪方面,比其他的都要好。"同时,也指出了毛病,比如,最后一章最末一节,"徐自强对梅女士的滑稽的恋爱的喜剧是不应该插入的。'五卅'的民众运动本来写得很紧张而活现,可是热烈亢奋的调子却被这段蛇足似的情节打破了"③。贺玉波的解读很细致,对《虹》的判断,笔者也很赞成。今天重读茅盾的作品,依然觉得《虹》是茅盾早期作品中最好的,景物描写、肖像描写令人称道,结构也较为完整,主人公梅女士的形象也比较丰满。虽然梁刚夫的形象比较单薄,但整部作品不像《三部曲》存在种种的缺点、不足、败笔等。此外,还有锦轩的文章《〈虹〉》,发表于1930年8月的《前锋周报》第10期。文章分析了主人公梅女士的典型意义,认为她"是一位脆弱的女性""是一个'五四'时期的典型的女性""充分地表现'五四'时期的智识阶级的女性的特征"。"在结构方面:本书的结构是和屠格涅夫的《春潮》相类似的。"从上述的人物形象和结构特点的概括,可以看出作者对《虹》也是基本肯定的。但它的结论却说"我们不能说它是一本成功的创作",甚至说"我们民族更是决不需要这样的作品"。这个结论不仅是武断的,也是自相矛盾的。

《幻灭》《动摇》《追求》在《小说月报》发表后,曾被列入"文学研究会丛书",由上海商务印书馆分别印成单行本于1928年出版。1930年5月,茅盾将这三部小说合为一集,取名《蚀》,由上海开明书店出版。《蚀》出版后,对其进行系统分析的主要是贺玉波的《茅盾创作的考察》,分别对《蚀》三部曲的故事、思想、技巧进行了细致的述论,并指出了每部作品具体章节的优劣成败,还对《野蔷薇》和《虹》进行了考察(对《虹》的考察前面已经述过)。这是对此时期茅盾的创作最为系统而又细致的解说。在"序引"中,贺玉波就说:"茅盾是个经历从1926年起的中国革命运动的作者","他的作品的特点就是染有浓厚的时代色彩,专门借了恋爱的外衣而表现革命时代里的社会现象,以及当时中国的一般革命事实,革命后的幻灭、动摇和悲哀。而青年男女的恋爱心理的分析,尤其是他的特长。不过所描写的恋爱心理大都带有感伤的病态的成分。他最喜欢以女子作小说的主人公;尤其喜欢描

---

① 茅盾:《〈动摇〉法文版序》,收录于《茅盾全集》第1卷,黄山书社2014年版,第471—472页。
② 莫芷痕:《读茅盾的〈虹〉》,《开明》1930年第27号。
③ 贺玉波:《茅盾创作的考察》,见伏志英编《茅盾评传》,上海现代书局1931年12月初版,香港南岛出版社1968年重印,第47—51页。

写带有世纪末的颓废思想的女性典型。"①"序引"中的这段话,可以看作该文的总纲,抓住了茅盾早期创作的特点,是符合茅盾及其作品的实际的。但在具体的论述中,有正确的意见,也有偏颇的表达。比如,对于《幻灭》,承认"作者对于人物个性的描写很是不差""小资产阶级女子的脆弱心理的描写,作者更其擅长"。但说《幻灭》这样的消沉、悲观,充满灰色幻灭的作品"却在革命势力中散布了大量的毒气,使一部分意志薄弱的革命战士灰心而退缩。这就是作者留给我们的坏影响了"②,这显然将作品的负面的东西夸大了,言过其实了。对于《动摇》,贺玉波的总体评价是:"这篇虽然有许多缺陷,但在现代我国的文学作品中,实难找到几本有同样价值的。"具体认为,"作者能把他们的动摇心理明晰地分析在这篇里,是很难得的。不过作者所描写的只是一群犹移的革命青年,而忽略了一部正在斗争中的毫未发生动摇的真正革命者"。③ 这是在要求作家"写什么""应该写什么",而不仅仅是"怎么写"和"写得怎样"。对于《追求》,贺玉波同样在述略故事的基础上,不满《追求》思想的幻灭,并呼唤作者要"精神苏醒过来""不再颓唐",等等。在技巧方面,贺玉波的判断是《追求》"比较《幻灭》《动摇》两篇平淡多了"。并指出了具体章节的好坏。但认为"结构太过于板滞,仿佛旧式作文法一样""读过了整个故事,我觉得许多地方难以相信,作者的矫揉造作的痕迹在每页中都可以体会得出来"。④ 这样的观点,还是不能苟同的。

三、雏形:两部最早的茅盾研究单行本著作(1931、1933)

1931年和1933年,先后出版了两部研究茅盾的单行本——《茅盾评传》和《茅盾论》,标志着茅盾研究,特别是对茅盾早期创作的研究的雏形基本形成,在茅盾早期创作的研究中起了奠基的作用。

(一)对茅盾早期创作的全面扫描——第一部单行本:《茅盾评传》(1931)

《茅盾评传》于1931年12月由上海现代书局出版。翌年,出版第二版,1936年7月,开明书店出版第三版,内容没有变化。该书名曰"评传",但却不是正宗的"作家评传",而是由多人完成的"论文集",是第一部茅盾研究的单行本著作。编者伏志英,学界至今没有其生平资料。这部文集收录自1928年至1931年报刊上发表的评论茅盾作品和思想的论文22篇,内容涵盖此前茅盾的全部作品。其中,贺玉波的《茅盾创作的考察》和钱杏邨的《茅盾与现实》属系列论文。此外,该书前有伏志英撰写的《序》和《茅盾传》,后有伏志英编的《茅盾先生著译书目》(包括创作、翻译和文艺论著)。附录中收录了在当时影响甚大的茅盾的两篇答辩式的名

---

① 贺玉波:《茅盾创作的考察》,见伏志英编《茅盾评传》,上海现代书局1931年12月初版,香港南岛出版社1968年重印,第7—8页。
② 贺玉波:《茅盾创作的考察》,见伏志英编《茅盾评传》,上海现代书局1931年12月初版,香港南岛出版社1968年重印,第12页。
③ 贺玉波:《茅盾创作的考察》,见伏志英编《茅盾评传》,上海现代书局1931年12月初版,香港南岛出版社1968年重印,第23—24页,第19—20页。
④ 贺玉波:《茅盾创作的考察》,见伏志英编《茅盾评传》,上海现代书局1931年12月初版,香港南岛出版社1968年重印,第29—30页。

文《从牯岭到东京》和《读〈倪焕之〉》，其用意是可以和书中对茅盾思想和作品的批评"两相对照，读者借此可窥见全豹"。可见，伏志英编辑此书是很有自己的考虑和想法的。

在简短的《序》中，伏志英表达"谨以此书献给关心茅盾先生的读者"。对茅盾及其作品给予很高的评价："茅盾先生是一个富有时代性的作家，他以1926年的中国革命高潮的某一部分的现象，写作了《幻灭》《动摇》《追求》，反映时代的三部曲而一鸣惊人的。""他技巧的纯熟，观察的深刻，确能捉住那一时代的核心，如小资产阶级对于革命的幻灭和动摇，女性的脆弱，投机分子的丑态，以及病态的青年男女心理，表现得都有相当的成就。"这种评价，在茅盾此后的研究史中已经证明是完全正确的，也是难能可贵的。至于说《虹》在结构上不及《蚀》；《一个女性》则为稀有的力作，褒贬有些失当。对于茅盾的《从牯岭到东京》的批评，伏志英认为"见解虽各不同，但茅盾先生在中国文艺界的地位是怎样的重要，是可以想见的了"。这种观点是完全正确的。

在不足三百字的《茅盾传》中，伏志英简略地介绍了茅盾早期的经历，但在时间和地点上出现了差错。如说"1924年，辞《小说月报》事"，实际是1923年；说"1927年往日本东京"，实际是1928年。关于茅盾与文学研究会，说茅盾"在北平和郑振铎、周作人诸氏组织文学研究会……后南下主持《小说月报》编辑事务……"，这也与事实不符。事实上，茅盾从1916年进上海的商务印书馆，到主持《小说月报》，一直在上海工作，不存在"南下"的问题。由此看来，伏志英对茅盾的生平并不十分熟悉。

但这并不影响伏志英编《茅盾评传》的功绩。书中所编论文，相当真实、全面地反映了早期茅盾研究的面貌、特点，从高度评价到严厉批评，从拔高和溢美到贬低与否定都原形态地展现了出来，具有很强的历史现场感。

书中收录的钱杏邨、罗美、张眠月、林樾、辛夷、贺玉波的文章，笔者在前面已经作了评介，这里不再重复，只对没有论及的略作介绍。复三的《茅盾的三部曲》认为茅盾"一鸣惊人"，"作者必也是个参与实际工作的一员战士，所以才能这般忠实地握住时代，表现时代，而且深入时代的核心"。"这三部曲实在是沙漠中稀有的、宝贵的绿洲了，而且它还有它更大的使命、价值和位置的。""有它永久的价值，在中国文学史上也占有特殊的位置。"这个评价是相当高的。普鲁士的《茅盾的三部曲小评》，用对话体表达的作者的判断与复三完全相反："作者的三部曲所以不能算好的革命文学作品，是为作者思想所限定的"，即"幻灭的消极观念"，最后说"革命者是不曾消极悲观的"。

对于《野蔷薇》，贺玉波认为是失败的，并逐一列举了每篇的坏处。钱杏邨的《茅盾与现实》系列论文，也是在第四部分讨论了《野蔷薇》，认为《野蔷薇》的创作，与茅盾在《写在〈野蔷薇〉的前面》的主张（即"不要感伤于既往，也不要空想着未来，应该凝视现实，分析现实，揭破现实"）并不一致，也"和他崇拜的北欧女神"的"盛年、活泼、勇敢、直视着前途"不一样。至于技巧，钱杏邨认为"《野蔷薇》的技巧，完全是承继着他的三部曲的一贯的路线""一切都没有新的发现，新的改变……""感伤的情调流露在每一篇之中"。克在短文《〈野蔷薇〉》中，也是对照茅盾的主张,认为"这集子里的五篇却使我们极不满意。就思想上说,这都是不健全的作品,就艺术上说,这也是很平淡的故事。作者的文笔也未脱尽章回体的意味,毫不曾获到新的技巧"。顾仲彝的《〈野蔷薇〉》一文,评论的不仅仅是《野蔷薇》,也包括此前的《蚀》,其观点与贺玉波、钱杏邨相反,文章开头就说"茅盾的创作小说在现在可说是风行一时"。接着说"茅君的艺术是无可遮掩的成熟了。文笔的灵活,辞句的生动,在新创作小说中,确是可以首屈一指的了"。然后指出缺点:《野蔷薇》和《蚀》"可说是一个版子印出来的"。"美中不足,他的小说有几个似小而大的缺点,(一)时代性太浓厚。(二)因意设事痕迹太显。(三)主见太深。"这种分析有几分道理。绛湫的《时代精神与茅盾的创作——评〈野蔷薇〉》一文,高度肯定了茅盾作品的时代精神和艺术成就,认为"时代精神毕竟是最难捉摸而且是容易使人误解的东西"。文中不同意"近来有好些人以为茅盾君的创作,纯然是表现着小资产阶级的意识形态,所以还不能摆脱布尔乔亚的根性,不足以代表时代的精神"的观点,认为"茅盾君的创作,是现代中国文坛上很能代表时代精神的一个"。这种看法是正确的。至于说到艺术成就,认为"其描写手段的高超,技巧的纯熟,结构的精密"有些离谱,作为初期的创作,茅盾不曾也不可能达到那样的程度。

除了对《野蔷薇》的批评,《茅盾评传》中还收录了两篇专门评论《野蔷薇》之一的《一个女性》的文章。祝秀侠的《茅盾的〈一个女性〉》一文,认为《一个女性》受莫泊桑《一生》的影响,并举出具体段落,两相对照,认为"《一个女性》的描写是不十分深刻的"。文中分析了琼华描写的得失,认为"全篇的结构并不怎样的好"。最后宣称,"我们不需要无时代性的文学"。徐傑的《〈一个女性〉》一文,认为"我们的小资产阶级的志士茅盾先生"在《一个女性》中"与其说为小有产者的诉苦,不如说是小有产者时过情迁遗留下的感伤"。在徐傑看来,"小有产者是有积极向上的可能性的,应当使他积极起来",可是,"《一个女性》里面很明显地暴露了作者的思想带了许多虚无主义的倾向,到头只是一个虚无的结局"。这两篇评论,从思想的消极方面基本否定了《一个女性》。

《茅盾评传》中还收录了张平的《评几篇历史小说》一文,评论了《豹子头林冲》《石碣》和《大泽乡》,认为这三篇小说"都充溢着反抗的意识,同时,在另一面,是还有讽刺的意味",还认为这三篇历史小说,比施蛰存的《将军底头》《石秀》"紧张有力,在技巧上,也较为圆熟"。这大概是最早评介茅盾历史小说的文章,是作者的一家之言。

当时,太阳社、创造社的一些激进成员,对茅盾的"三部曲"进行严厉批评,引出茅盾的《从牯岭到东京》和《读〈倪焕之〉》两篇长文予以回应。没想到引来了更猛烈的围攻。这一事件在《茅盾评传》中也有充分体现。书中收录了钱杏邨的《从东京回到武汉》和《批评与分析》、克兴的《评茅盾的〈从牯岭到东京〉》、潘梓年的《到了东京的茅盾》、曾虚白的《文艺的新路——读了茅盾的牯岭到东京以后》等5篇文章。

钱杏邨是早期茅盾研究的重要人物,早在《幻灭》《动摇》发表之初,他就撰文评论。那时的钱杏邨对茅盾的作品有批评,也有肯定,还是比较客观的。但到了对《从牯岭到东京》的批评,则完全不同了,是全盘地否定和批判。他的《从东京回到武汉——读了茅盾〈从牯岭到东京〉以后》对《从牯岭到东京》逐一加以批驳,主观地认为茅盾对自己以前所信仰的革命起了怀疑,消极幻灭起来,甚至认为茅盾已走入歧途。他的另一篇文章《批评与分析》是对茅盾《读〈倪焕之〉》的批驳。文中说:"倪焕之这样的人物,和茅盾的创作中的人物是比较接近的,这也就无怪乎茅盾说,这种人物是'值得同情'的了。"不过,"我们对于倪焕之这样的人物是可以给予相当的宽容,对于茅盾的创作里的那样人物在事实上是毫无假借的要给予严厉的指摘和批判的。我们一点也不能宽容"。① 同样是描写小资产阶级,一个"相当的宽容",一个则"严厉的指摘",钱杏邨当时对茅盾的诋毁便可窥见一斑。

克兴的《评茅盾的〈从牯岭到东京〉》对茅盾的诋毁更为厉害。他说:"茅盾君底这篇文字,除了巧妙地玩弄些文字上的矛盾,幻灭、动摇的把戏外,确是找不出很大的价值。""他不愿意走到无产阶级的队伍里"因为"那是小资产阶级的绝路"。更为"奇葩"的是他在文中自曝"至于他的作品我虽然还没有读过,据他在第五段里面底自述可以知道《幻灭》《动摇》《追求》底大概的内容"。没有读过作品,仅仅根据茅盾的自述就妄加评论,肆意诋毁,还号称"当时革命文学的理论权威之一"②,其可信度就可想而知了。

潘梓年的《到了东京的茅盾》对茅盾的诋毁也不示弱。文中说:"中国发生无产阶级文学运动以来,所有对它意图中伤的言论,都是不能自圆其说的冷讥热讽。现在有位茅盾先生在《小说月报》第19卷第10号上发表一篇《从牯岭到东京》,可以说是反对派强有力的文字。可是我们一考其内容,与前后相较,也不过百步与五十步之比;在消极方面,徒然增加意图中伤的那一派无聊文学家的气焰罢了。"还说,"他那文字简直是在诱惑青年,居心叵测"。这样的文字,就不是摆事实,讲道理,心平气和,而是上纲上线,恶意地揣度与猜测了。

曾虚白的《文艺的新路——读了茅盾的牯岭到东京以后》与上述的猛烈批评不同,他更多地表示理解,甚至引为同调。他认为"在这中国的文艺界既拆去他几千年陈旧的基础,又没有酝酿出十分完善的设计的绝续之交,刚遇上革命潮流汹涌澎湃,激荡得生活动摇,人心惶惑,人人装着满肚子说不出的苦闷,郁勃,于是叫的叫,跳的跳,不择手段地借着文艺来宣泄蕴藏在他们心底里的火焰"。"这是过渡时代不能免的一种酝酿",所以,我们"用不着悲观,也犯不上反对攻击的,我们只应该取镇静的态度去找寻进展的新路"。这种态度,在当时极左的氛围里是难得的,也是少有的。抱着这样的态度和主张,当他读到《从牯岭到东京》以后,"不觉惊喜地发见我的主张有了这样一位同调者,并且他竟清晰地指给我们一条可以遵循的文艺的新路"。这篇文章还有这样两个观点:"第一,我们应该认明文艺是没有时间也没有阶级性的一个整个,不论它为的是人生或为的是艺术,永远是一个拆不开的整个,决不能给人家鸡零狗碎地切成了片段来供给某一时代或某一部分人所独享的。""第二,'文艺家的表现动机''是要表现自己',不幸茅盾竟疏忽了

---

① 钱杏邨:《批评与分析》,见伏志英编《茅盾评传》,上海现代书局1931年12月初版,香港南岛出版社1968年重印,第322页。
② 茅盾:《亡命生活》,收录于《茅盾全集》第35卷,黄山书社2014年版,第456页。

这一点。"文章最后总结说:"我们以为文艺决没有一条共同的道路,每个作家各有他最适合的路径。现在,我们该提倡的是要叫一切作家去找寻他们发展'自我'的路径,不能指定了一条路叫一切作家都跟着我们走。茅盾是找着了他的路了,可不一定是大家共同该走的路。"这种主张在当时极其难能可贵。

(二)重复与新编——第二部单行本:《茅盾论》(1933)

茅盾研究的第二部单行本是《茅盾论》,黄人影编,上海光华书局1933年2月出版。黄人影(1908—1940),原名顾凤城,笔名凌梅、洁梅女士等,是一位编辑、出版家。除了《茅盾论》外,还编辑出版过《郭沫若论》《创造社论》《中国当代女作家论》等,并创作有《没落的灵魂》等作品。

和上述伏志英编的《茅盾评传》不是严格意义的"评传"一样,这本《茅盾论》也不是严格意义的"作家论",也是论文集。书中收录1928年至1932年发表的评论茅盾的文章15篇,其中,有10篇与伏志英编的《茅盾评传》重复,外加一篇茅盾的《从牯岭到东京》,对于这11篇,笔者在前面已经作了评述,这里不再赘述。只对新收录的5篇进行评介,这5篇是:克生的《茅盾与动摇》、贺玉波的《茅盾的〈路〉》、录自《现代》一卷四期的《路》、苏汶的《读〈三人行〉》、易嘉的《谈谈〈三人行〉》。

书的开头,是黄人影以笔名凌梅撰写的《茅盾小传》,从"小传"内容来看,应该写于1931年。这篇不足600字的"小传",也有常识性的错误。开头说"茅盾是中国当代文坛上一位老作家沈雁冰氏的笔名。现年31岁,浙江桐乡人"。① 从开始创作到写作本文,茅盾的创作生涯只有四年,还算不上"老作家","现年31岁"也不准,应该是35岁。这篇《茅盾小传》与伏志英的《茅盾传》相比,一个明显的不同是:不仅列举了茅盾此前的创作,而且还有简短的评价。如说"三部曲都是以小资产阶级的青年为中心人物,描写大革命时代中的浮沉,有极浓厚的时代色彩,刻划了中国1927年大革命的一幅剪影。三部曲出版后,受到时代青年的热烈的欢迎,认为作者系表现小资产阶级知识分子的最好的典型作家"②。还总结了茅盾创作的特点和优长:"流畅生动的文笔,尤其擅于描写青春女性的心理,细腻而熨帖,栩栩如生。如《追求》中的章秋柳,《诗与散文》中的桂奶奶,《陀螺》中的二位女性,都各有其个性与特点,作者文笔之老辣,表现时代青年的心理,非其他作家可比。"③这样的评价,尽管没谈缺点,但优点还大体符合茅盾作品的实际,这是它胜过伏志英的《茅盾传》的地方。

克生的《茅盾与动摇》对《动摇》仍持否定的观点,认为它"可能灰化青年的心,教他们混乱的意识,迷失了历史社会进化路径"。所以"我们应当起来捣碎消灭麻醉剂似的文化"。④ 贺玉波的《茅盾的〈路〉》,认为茅盾的《路》的感伤主义比《三部曲》要淡一点,"稍稍渗混着前进与光明的气氛"。"他的颓废与感伤的情调确已变淡,而思想确已走上了比较积极而正确的路"。"在技巧上说,我们还感到相当的

---

① 凌梅:《茅盾小传》,见黄人影编《茅盾论》,上海光华书局1933年版,第1页。
② 凌梅:《茅盾小传》,见黄人影编《茅盾论》,上海光华书局1933年版,第2页。
③ 凌梅:《茅盾小传》,见黄人影编《茅盾论》,上海光华书局1933年版,第3页。
④ 克生:《茅盾与动摇》,见黄人影编《茅盾论》,上海光华书局1933年版,第194页。

满意。"①录自《现代》一卷四期的《路》,作者不详,认为《路》有不少小毛病,"把女主人公杜若写得太模糊。但《路》还不失为一部进步的作品,在作者个人,也在整个的国内文坛"。②苏汶的《读〈三人行〉》,认为《三人行》写得模糊,"因为我在读第一遍的时候竟没有把许多重要的关键看清楚"。另外,"三个人似乎还缺少点连环性"。③易嘉的《谈谈〈三人行〉》对《三人行》作了进一步否定的评价。文章首先认为"当我们读完这篇小说的时候,我们最初的感觉就是:这篇东西不是一口气写的,而是断断续续的凑合起来的"。接着,作者认为,"《三人行》的创作方法是违反第亚力克谛——辩证法的","这篇作品甚至于是反现实主义的"。最后,认为"作者的革命的政治立场,就没有能够在艺术上表现出来。反而是小资产阶级的市侩主义占了胜利"。"《三人行》将是他的很有益处的失败,并且,这是对于一般革命的作家的教训。"④

综上所述,1922年至1933年初,是介绍、评论茅盾的前奏、开端和雏形阶段。最早对沈雁冰的评论,不是他的文学批评、文学翻译,也不是他的革命活动,而是他的编辑工作。其中,既有赞赏、褒扬,也有意见、建议和指出不足。尽管评论者的意见还显得简单,甚至是只言片语,也不无偏颇,但毕竟是茅盾评论的前奏,是最早的。1928至1931年,对"三部曲"和《虹》的单篇评论是茅盾研究的开端。1931年和1933年,先后出版了两部研究茅盾的单行本——《茅盾评传》和《茅盾论》,标志着对茅盾早期创作研究的雏形基本形成,也可以说是初级阶段。

从1928年1月,士骥对《幻灭》的评论开始,到1933年初,短短5年就有30多篇论文发表,涉及茅盾此前的全部作品,证明茅盾的创作从开始就不同凡响。当时的评论,虽然表达的是评论者的直观感受,多是即兴式、印象式的杂感,感觉多于评论,感性胜于理性,但毕竟是自己观点的真实表达,从高度评价到严厉批评,从拔高和溢美到贬低与否定,都毫不隐晦地展现了出来,虽然显得主观随意,但也真实、全面地反映了早期茅盾研究的面貌、特点、成绩和局限,具有很强的历史现场感。说明茅盾此时期的创作还不成熟,更不完善。从当时普遍存在的肯定中有拔高和溢美,否定中有武断和诋毁,都存在言过其实之处来看,当时的茅盾研究还很不成熟,一些不实之词后来就被时代和历史过滤掉了。而正确的观点和看法,则在后来的茅盾学术史上得到了认可、承传、延续和发扬,为我们今天再认识茅盾提供了有益的参照。

总的来看,这个时期对茅盾作品还处于"评论"的阶段,真正的"研究"还没有开始。创作的历程、发展与嬗变、"史"的观察还没有出现。深度的考量也非常匮乏,"学理"的东西、"学术"的意味还没有体现。因此,仅仅是前奏、开端和雏形。

---

① 贺玉波:《茅盾的〈路〉》,见黄人影编《茅盾论》,上海光华书局1933年版,第269—273页。
② 黄人影编:《茅盾论》,上海光华书局1933年版,第278—280页。
③ 苏汶:《读〈三人行〉》,见黄人影编《茅盾论》,上海光华书局1933年版,第283、288页。
④ 易嘉:《谈谈〈三人行〉》,见黄人影编《茅盾论》,上海光华书局1933年版,第289—299页。

《幻灭》的启示：革命非关认同①

蒋晓璐②

摘　要：茅盾早期小说《蚀》三部曲，代表了他探索小说表达人生、认识现实的开始。过往研究对其早期小说的分析通常围绕在革命与恋爱间的形式表征上。本文将从革命与认同间的关系入手，通过对小说《幻灭》的具体分析，呈现茅盾在创作中想要表达的对"现代性""共同体"等问题的关注，以及现代人在重新认识现实与自我的过程中逐渐清晰起来的革命的样貌。茅盾早期小说中表达的"迷惘""焦虑"等情绪，恰恰说明对革命的认识无法避开个人如何进入现代性历史这样一个问题。因此，从"个人"对"共同体"的认识入手分析茅盾早期小说，能够更清晰地反映其创作的复杂现代性内涵。

关键词：《幻灭》；革命；现代性；焦虑；共同体

《蚀》三部曲——《幻灭》《动摇》《追求》，是茅盾从1927年到1928年先后完成的三部中篇小说。《幻灭》写于1927年，当时正值大革命失败，"国共合作"全面破裂，茅盾对革命失败后的情势感到迷惘。③正是"大革命"的失败，让茅盾认识到他需要停下来思索革命究竟往何处去？"三部曲"当中包含了许多令作者感到否定与痛苦的情绪。也正是这样的情绪使他开始重新审视"革命"以及共同体、普遍性等相关问题，并开始了创作。因此，他的写作就与作家认识现实与自我发生了密切的联系。对茅盾而言，文学实践中的"革命"议题就不只是表现为意识形态的皈依或是对历史必然性的认同，而更倾向于一个主动认识现实与自我的过程。那么，"革命"作为一种认识过程，其中透射出"否定"与"悲观"的情绪，毋宁说是认识现实与革命的"辩证"过程。

在茅盾写作的评价体系中，他的创作往往与政治挂钩，被认为是一种主题先行的结果，甚至被批评为"为政治而损害文学"④。但无视作家创作过程中"感到迷

---

① 本文系黑龙江省省属本科高校优秀青年教师基础研究支持计划资助项目（编号：YQJH2023167）的阶段性成果。
② 作者简介：蒋晓璐，哈尔滨师范大学文学院讲师。
③ "我是真实地去生活，经验了动乱中国的最复杂的人生的一幕，终于感得了幻灭的悲哀、人生的矛盾，在消沉的心情下，孤寂的生活中，而尚受生活执着的支配，想要以我的生命力的余烬从别的方面在这迷乱灰色的人生内发一星微光，于是我就开始创作了。"茅盾：《从牯岭到东京》，《茅盾全集》第十九卷（中国文论二集），人民文学出版社1991年版，第176页。
④ 陈建华：《革命与形式：茅盾早期小说的现代性展开1927—1930》，复旦大学出版社2007年版，（序一）第1页。

惘"的情绪,忽略创作中"形象"建构的过程,何尝不是对其作品评价的偏颇。茅盾在创作"三部曲"的过程中,并不是一开始就在建构一种"革命精神",反而是通过迷惘、焦虑等具有否定性的情绪来呈现人在面对现代性时的转变和认识。革命也恰恰发生在有序、连续性和必然性的断裂中,而正是在无序与断裂中,使重新认识世界与自我成为可能。在"三部曲"中,茅盾所表现的革命更倾向于是一种以认识现实为基础的主体性实践,而非在绝对精神召唤下的认同。也就是说,他小说中的主体并不是在绝对精神的引领下不断收编,在自我和解中完成革命的使命;而是在现实中,不断探索个体与共同体以及他们的边界与关系的过程。"三部曲"的第一篇《幻灭》,包含了主人公相当多矛盾的情绪。但这种"矛盾"并非来自选择上的二元对立,反而是对国族等共同体和现代性概念的理解与认识的过程。因此,从个人与共同体的关系以及个人对共同体的认识角度出发分析《幻灭》,能够更好地理解茅盾想要呈现的革命建构过程以及在这当中"现代人"的形象。

《幻灭》中,慧女士从法国留学回到上海,静女士则是从乡村来到上海,她们之间的共同点在于对上海的厌恶。它作为第一个对西方帝国主义领土开放的中国"门户",其现代性元素是以帝国主义为中介而存在的。慧女士讨厌的"外国人",大商店里的"伙计",以及"黄包车夫""电车夫""二房东""瘪三"实际上也都是透过帝国主义的介质而存在的。值得注意的是,慧女士对上海的讨厌发生在从法国留学回来之后。因此,这种讨厌就不只是源自陌生感,更多的是对其代表的"殖民—帝国"元素的焦虑。静女士也讨厌上海,但乡下的"固陋"和"呆笨"同样使她感到厌烦,"静心读书"成为静女士唯一的安慰。她本以为上海是一个适合于读书的地方,但"读书"这件事本身对于静女士来说也是一个模糊的概念。她讨厌上海,却不得不走出乡村。这种出走以及对"知识"的渴望,表明上海的现代性元素已经影响到乡村,并使像静女士这样的小知识分子为此感到焦虑。也说明,传递焦虑与迷惘情绪的除了慧所讨厌的"外国人""伙计""黄包车夫"等,"书与知识"也是不可忽视的元素。静原本认为的上海的唯一的好处是"求知还方便","可以静静儿读一点书",最终却发现"知识"与其他现代性元素一样,是透过殖民主义中介呈现出来的,同样令她感到焦虑和幻灭。茅盾非常巧妙地运用这种情绪焦虑的表述,使得"书与知识"不再仅仅局限于启蒙的意义。在乡村中因现代性的侵入而焦虑的静,并没有在上海通过"读书"得到缓解,反而加深了迷惘的情绪。茅盾通过这样的设计排除了乡村与城市或是现代与传统之间的对立,而是把它们拉入到一种辩证的关系中——即对知识的否定与反思的部分,尤其是知识启蒙所带来的"认同"的反思。因而,茅盾在小说中呈现的革命,并不来源于一开始的"认同",而是首先来自"焦虑"。酒井直树在探讨现代性的界定时认为,重要的是了解讨论"现代性"的基础。在他的话语图式(discursive scheme)理解模式中,"现代性"是与"非现代"或者"非西方"相对照的,并且现代的"西方"与前现代的"非西方"被分开,排除了其非地缘的共时存在的可能性。那么,在"现代性"的话语中,"西方"就在话语装置(discursive apparatus)中形成了自己的主体与权威,并且不断地扩张自己的疆界,试图改造他者。在他者中寻找自身,或者说寻找一种西方视域下的普遍性。在这个过程中,他者总是以"西方"为参照物来寻找自身。① 因此,"现代性"在"非西方"的视域中,就不可避免地产生一种认识上的焦虑。茅盾正是通过静与慧对上海的厌恶,以及静女士的焦虑展现出现代性的样貌,它以一种主体配置的模式出现在"非西方"的视野。

伴随焦虑而来的,还有知识与权力间的关系以及对普遍性认识的思考。在电影院中,静、慧和抱素三人展开了一场关于电影《罪与罚》中有关"惩罚"的讨论。三人的讨论,将"罪与罚"的关系延伸到了知识权力的关系。正如静的疑问,既然少年赖斯柯尼考夫的犯罪是值得同情的,那么惩罚的意义在哪里?这样就使"罪与罚"从表面上的合理性过渡到思考其背后的知识与权力的渗透。真理知识的渗透使惩罚成为一种权力,使人们相信罪恶与惩罚是真理的必然。在《必须保卫社会》一书中,福柯指出:"应当承认:我们被权力强迫着生产真理,权力为了运转而需要这种真理;我们必须说出真理,我们被迫、被罚去承认真理或寻找真理。权力不停地提问,向我们提问;它不停地调查、记录;它使对真理的研究制度化、职业化,并给予报酬。我们必须生产真理,如同我们无论如何也要生产财富,为了权力生产财富,我们必须生产真理。从另一方面来讲,我们同样服从真理,在这个意义上,真理制定法律,至少在某一个方面,是真理话语起决定作用;它自身传播、推动权力的效力。总之,根据拥有权力的特殊效力的真理话语,我们被判决,被罚,被归类,被迫去完成某些任务,把自己献给某种生活方式或某种死亡方式。"② 小说中这段有关"罪与罚"的探讨,恰好呈现了小知识分子在面对"知识"话语体系时,体会到的不仅仅是其启蒙意义,还包括其权力属性。"罚"在此的意义已不在于罪的行为本身,而是转移到产生罪的真理与权力的合谋,它使"罪"与"罚"的关系成为真理,并与道德相连,形成一种自觉机制。在慧与抱素对赖斯柯尼考夫表达同情后,静问道:"为什么赖斯柯尼考夫在认为杀人是合理的之后,又会受到良心的谴责呢?"这也揭示了他是如何被收编在认同的道德当中,同时说明道德与惩罚变得息息相关。在三人的讨论中,静的焦虑跃然纸上,茅盾写道,抱素呼在静脖颈上"咻咻然"的热气使她颇觉不耐烦。抱素的"无政府主义"以及他认为陀氏"革命不彻底"的言论同样是这段讨论的问题来源。在小知识分子的认识结构发生变化的过程中,如何处理逐渐在个人视域中清晰起来的现代性问题,以及逐渐纳入生命当中的如"罪与罚"这样的"知识—真理"权力规训,都不是"革命不彻底"这样的言论可以当作"遁词"的。

因此,茅盾所探讨的是在由"现代性"带来的认同关系中,自我作为主体又作为对象所产生的认识与主体性的转变问题。在《蚀》三部曲中,茅盾并不急于把完成革命放置在首要的位置,他关注的是面对现代性所产生的认识问题。原来的华夏帝国的共同体秩序(一种有边界的共在)被打破,而不得不面对"主体配置"模式对边界的吸收和认同的收编。在革命之前,如何面对日益明显和紧张的个人与共同体的关系问题?如何保证革命不被一种单一的"认同价值"所收编?这恐怕才

---

① 参考酒井直树:《现代性与其批判:普遍主义和特殊主义问题》,引自张京媛主编《后殖民理论与文化批评》,北京大学出版社1999年版,第383—413页。
② [法]米歇尔·福柯著,钱翰译:《必须保卫社会》,上海人民出版社1999年版,第23—24页。

是茅盾首先关注的主题,也是《蚀》三部曲"没有积极地表现革命"的原因。① 而我们之所以要探讨有关"共同体"的问题,目的就是摆脱对革命与共产主义的简单认同,避免用一种内在精神共同体模式代替革命对真正自由的追求动力。

尚吕克·侬曦(Jean-Luc Nancy)在《解构共同体》中文版序言中,引入对中国(东方)以及西方"共同体"模式的分析。一方面,在中国(东方)共同体模式中,血缘、地缘的分量如同语言、风俗习惯一样重要。这种共同关系拥有团体成员间非比寻常、亲密而自然的团结力。马克思从生产模式的角度将"东方"的共同体指向"亚洲生产模式"——自然形态的共同体。其中包括共同存在的"延续"和"复制"以及"父权式"权威下的帝国、中央的"统一性"。另一方面,西方针对共同体的设计则蕴含了共同的"灵魂""精神"的神赐。侬曦形容这种共同体模式"不仅仅是(再)生产模式,而是用以实现超过个体,创造本质的熔接模式"。并将其称为"基督教罗马帝国式的共同体",揭示其意识形态的霸权——"十九世纪的国族主义、'正统'文化与'民族精神'的幻想,皆由此诞生并变本加厉,成为早已毫无解放色彩的法西斯与国族主义等意识形态。"②因此,我们在分析19世纪末20世纪初有关中国革命的话题时,就不应该先入为主地把民族国家共同体设计看作一个理所当然的前提,反而应该注意到革命在西方基督教式共同体不断收编过程中的反抗与走向。

白培德(Peter Button)则指出,在西方中国现代文学批评的脉络中,传教士史密斯对中国人形象的评价占据了重要的地位,进而也影响了包括夏志清在内的北美中国现代文学评价体系。例如,夏志清就从中国作家与"原罪"学说缺席的关系来诊断现代中国文学的整体弱点。③ 因而,他认为中国作家共产主义式写作的革命小说是理性的设计,在此基础上使人类实现完美无限能力的概念是危险的。④ 通过夏志清对中国作家、对共产主义理论与小说实践关系的解读可以发现,他的批评忽略了中国左翼小说中有关马克思主义辩证法在认识现实与审美方面的作用。夏志清将"共产主义"看作是一种绝对理性精神,他认为左翼作家创作中

---

① 《蚀》三部曲创作完成之后,遭到了左派评论家的负面评论,认为小说中没有出现正面人物,认为茅盾没有积极地表现革命。然而,对于茅盾来说,他想要表明的恰恰是革命真正的动力来自哪里的问题——也就是茅盾所说的去经历去思考的过程,而不是在认同中产生。

② [法]尚吕克·侬曦(Jean-Luc Nancy)著,苏哲安译:《解构共同体》,桂冠出版社2003年版,作者为中译版作序。

③ "改革和革命是理性主义的企划,而大多数讽刺作品都隐含着对恶的理性理解。夏志清从中国作家与原罪学说缺乏联系的角度来诊断中国现代文学的总体弱点。"("Reforms and Revolutions are rationalistic enterprises, and most satire implies a rationalistic understanding of evil. Hsia diagnoses modern Chinese literature's overall weakness in terms of the Chinese writer's absent relation to the doctrine of Original Sin.")Peter Button, *Configurations of the Real in Chinese Literary and Aesthetic Modernity*, Leiden, Brill NV, 2009, p.126.

④ "对夏志清而言,更危险的是人实现完美的无限能力的概念,也是对人的本质的误解。"("For Hsia, it's dangerous the more concept of the infinite capacity of the human to realize perfection also a misconception of the essence of human being.")Peter Button, *Configurations of the Real in Chinese Literary and Aesthetic Modernity*, Leiden, Brill NV, 2009, p128.

"原罪"的缺失,恰恰就依赖于侬曦所说的基督教式的共同"灵魂""精神"。当这种共同精神成为一种绝对主体,并以认同关系来收编个体时,它当然就不再具有解放的革命性,而仅仅成为西方基督教式的大写主体。"原罪"的观点,也就成为了帝国主义霸权的一种收编方式。① 茅盾恰恰通过小说实践暴露了这种基督教式共同体中,知识权力给进入现代性的"中国人"(小知识分子)带来的焦虑,也恰恰说明"革命"正是产生在对知识生产带来的现代性观念的焦虑中。如果革命带来的是对理性绝对精神的认同,或是仅仅表征"共同体的革命浪漫元素",剔除了认识过程中的焦虑与反思,那么"革命"的意义又在哪里呢?在《解构共同体》中,侬曦表示:

> 这本书力图拆解的对象——共同体浪漫主义的元素,仅仅都是现代个体,经受孤独与离散后的无奈而已。这个问题、这个焦虑、这种迫切性的整个基础,有别于无所关联一事的两种形式——"共同体"与"个体",而全部植根于关系的思考。
>
> 孤独的感触——这不只是"感觉"而是真正存在的状态,是到了很晚的时候才出现的:我们不妨说它就是西方的西方。它就从西方历史到了尽头而变成世界之际(也就是说,自从美利坚大陆的发现及殖民帝国的布局以来的欧洲历史),开始涌现并逐渐演变,直至都认不出自己,甚至再也无法辨识这是否,亦或在任何程度上仍为浪漫主义意义上,加大写的"历史"(人类的命运、进步、胜仗或未来认同的塑造等等)。②

他在谈到浪漫主义时将共同体视为一个大写的主体(其实是沿袭基督教主体性的思考而发展出来的个体模式)就是其最大的问题。而孤独的感触和存在正是来自浪漫主义对"加大写的'历史'"及"一个主体"的认同。个体所经受的离散与无奈之后的认同,却无法在除西方之外的文明中得到"共同"的验证,也就是说,在"怪里怪气的东方"无法形成这样一种浪漫的精神共同体。因此,如果我们将中国革命纳入西方(尤其是浪漫主义)共同体的概念当中,本身就将其同质化了,或者说纳入了"西方"的范畴。这样就容易忽略革命建构当中,个人与共同体在"同"与"异"间的紧张关系,也就无法还原革命对自由与解放的追求,而仅使其沦为一个大写的"主体"而已。因而,在探讨茅盾的革命小说时,比起将其内容仅视作一种革命精神的指引,将其看作主题先行,从现代性知识权力带来的"紧张""焦虑"的情绪出发,寻找蛛丝马迹,也就是从认同中无限的差异进行思考,转换到"他者"的

---

① 夏志清认为现代中国文学之肤浅,在于对"原罪"说的无意识:"五四时期的小说,实在觉得它们大半写的太浅露了。那些小说家技巧幼稚且不说,他们看人看事也不够深入,没有对人心作深一层的发掘。……现代中国文学之肤浅,归根究底来说,实由于对其'原罪'之说,或者阐释罪恶的其他宗教论说,不感兴趣,无意认识。"(选自刘绍铭《纪念夏志清先生》一文)夏志清著,刘绍铭等译:《中国现代小说史》,香港中文大学出版社 2001 年版。
② [法]尚吕克·侬曦(Jean-Luc Nancy)著,苏哲安译:《解构共同体》,桂冠出版社 2003 年版,作者为中译版作序。

场域,能够更清晰地看到在革命中建构起来的主体的复杂性。《幻灭》中,静女士置身于现代(西方)的上海使她感到孤独与焦虑,而唯有回忆乡村中的母亲能少许令她宽慰。上海、学校里对"革命""救亡"的宣传使她感到陌生,而正是"母亲",也就是传统中国(东方)——一种包容式的感情能够让静重新鼓起勇气面对孤独与焦虑。不妨说,这正是茅盾所塑造的一种"现代人"必须面对的重新认识世界与自我的现实,而革命也在这一现实中变得清晰起来。

静女士在医院休养期间,受到一位医生的革命宣传:

自然,这几年来,中国乱的也够了,国家的主权也丧失尽了。中国一定有抬头的一日。只要有一个名副其实的共和政府,把实业振兴起来,教育普及起来,练一支强大的海陆军,打败了外国人,便成为世界一等强国。①

她却对黄医生的"爱国论"存有疑虑:

我们知道国民党有救国的理想和政策,我的同学大半是国民党。但是天意却是引导人类历史走到光明的路吗?你看有多少好人惨遭失败,有多少恶人意外地得意,你能说人生的确是光明么?革命军目前果然得了胜利,然而黑暗的势力还是那么大!②

"主权""教育""军队""强国"成为黄医生观念中的救国方案。这一方案也体现了现代性概念中"共同体"与"共同体"的对抗和试图收编对方的关系(黄医生所说:打败了外国人,便成为世界一等强国),暗含了"国族主义"的危险。正如依曦指出的——"'共同社区'的感情一直被各种法西斯主义拿来支撑诸如'人民''国族''正统'及'命运'等诉求,这样一来,'共同体'同时成为灭族恐怖的名称(共同体对共同体)以及对象又一次遗失的总称。然而,这个对象不是别的而正是一个主体(全统的主体的概念)。"③一旦我们认同这个收编的概念,就必须追随它、不断地靠拢它。静女士则质疑这种浪漫主义的"共同体"方案——"天意却是引导人类历史走到光明的路吗?""人生的确是光明么?""好人失败""恶人得意"这样带有否定的观点与对人生的光明和革命的必然胜利联系在一起,就把黄医生的浪漫共同体转换为一种不确定性的焦虑。只有在这种焦虑不断生发与否定的过程中,革命的轮廓才能逐渐地清晰起来。正如静的同学李克如此勾勒革命的轮廓:

"密司章,你不是不能,你是不愿。"李克发言了,"你在学校的时候很消极,自然是因为有些同学太胡闹了,你看着生气。我看你近来的议论,你对于政治,也不

---

① 茅盾:《幻灭》,《学生阅读经典:茅盾》,文汇出版社2001年版,第41页。
② 同上书,第42页。
③ [法]尚吕克·依曦(Jean-Luc Nancy)著,苏哲安译:《解构共同体》,桂冠出版社2003年版,作者为中译版作序。

是漠不关心的,你知道救国也有我们的一份责任。也许你不赞成我们的做派,但革命单靠枪尖子就能成吗?社会运动的力量要到三年五年以后,才显出来,然而革命也不是一年半载打几个胜仗就可以成功的。所以我相信我们的做派不是胡闹。至于个人能力问题,我们大家不是顶天立地的英雄,改造社会亦不是一二英雄所能成功,英雄的时代已经过去了,现在是人们合力来创造历史的时代。我们不应该自视太低。这就是我们所以想到武汉去的原因,也就是我劝你去的理由。"①

李克所解释的革命,已不复是一个浪漫主义式的主体的概念。而是一种需要社会力量的运动与发展才能实现的过程(三年、五年以后,而不是一年半载打几个胜仗就可以成功)。而革命也与个体的认识(合力完成),个体寻找自由与解放的方法相关联。因而,在对"革命"的理解上,茅盾强调的不是对共同体的主体认同,进而发展为追逐意识形态统一的暴力手段;亦不是个体被共同体以及共同观念吞噬或是二元对立。而是充分展现了在面对共同体以及认同的现代性焦虑时,个人如何认识发现自己以及他者,并且如何通过革命找到自己的出路。茅盾通过静女士情绪的转变表明,这种认识的过程同时也是缓解焦虑紧张的过程:

现在静病着没事,所有的感觉都兜上了心头。她想起半年来的所见所闻,都表示人生之矛盾。一方面是紧张的革命空气,一方面却又有普遍的疲倦和烦闷,各方面的活动都是机械的……然而这就是烦闷的反映。在沉静的空气中,烦闷的反映是颓丧消极,在紧张的空气中,是追寻感官的刺激。所谓"恋爱"遂成了神圣的嘲解。……矛盾啊,普遍的矛盾。在这样的矛盾中革命就前进了么?静不能在理论上解决这问题,但是在事实上她得了肯定。她看见昨天誓师典礼是那样地悲壮热烈,方恍然于所见的疲倦和烦闷只是小小的缺点,不足置虑;因为疲倦烦闷的人们在必要时确能慷慨为伟大之牺牲。这个"新发现"鼓起了她的勇气。所以现在她肉体上虽然小病,精神上竟是空前的健康。②

认同的焦虑,"共同精神"与"救亡"的压迫,给人们带来了"普遍"的烦闷。革命反而表现为一种"矛盾"——"矛盾啊,普遍的矛盾。在这样的矛盾中革命就前进了么?"茅盾的思考,表明革命的前进恰恰不是在精神上的认同,而是通过现实中的否定后(一系列的烦闷与颓丧后)得到的积极的认识过程。"恋爱的神圣嘲解"和"慷慨为伟大之牺牲"体现着个体暴露于共同的方式。那么,革命如何在差异而不是认同中诞生,并且成为一种可能呢?首先,"恋爱"以及"舞蹈"的行为类似侬曦在《解构共同体》当中所说的"独一""单个"间的"轻轻碰触"。例如静在参与革命后所感受到的"疯狂的恋爱"——"单身女子若不和人恋爱,几乎罪同于反

---

① 茅盾:《幻灭》,《学生阅读经典:茅盾》,文汇出版社2001年版,第45页。
② 同上书,第55页。

革命——至少也是封建思想的余孽"①,以及在小说《追求》中,仲昭对上海舞场中疯狂舞蹈的描写。恋爱的亲密,舞蹈的肢体接触,并没有给"独一"与"独一"之间带来真正的触合,而是在接触中得到了更深切的陌生感。近似疯狂的恋爱与舞蹈行为并不是内心与内心之间的沟通,而是努力寻找暴露在外的一致性的一种尝试。而这类似于一种存在的反观,因与他者的共同暴露而得到的共同存在——"集体的暴露"。然而,如果说共同体可以通过内在性的扬弃完成认同,那么这种方式只能促成一个大写的主体。正如静女士的感受"不同人恋爱仿佛就成为反革命"。如果革命就像"强迫恋爱"一样成为一种认同,它就会成为一种被"陈列"出来的本质。这正是茅盾通过恋爱与革命的关系想要呈现给我们的关于共同体与认同关系的思考,而非"给革命披上恋爱的外衣"那般简单。

依照侬曦的观点,"存在"是不能被整合到一个大写的主体中的存在。如果可以被整合,又如何说是存在呢?"存在之所以为存在是因为它居于'共同'之间,却不会让自己被吸入什么共同的实体。"②"共同居间的存在"(being in common)不是独一不经过暴露融入一个大写的主体。共同体应该去除完满无限的认同,它的无为才是它形成的缘由。如果共同体该有的通过暴露而参与的"现实的否定"在内部就被扬弃掉,共同被实体的统一取代,那么它的存在就变为一种不可能。所以,"革命"的意义就不在于实现一个纳入所有个体的实体,而应该探索一个共同体如何共在的过程。如果共同体被看作一个整体,把它所暴露的外延性,以及暴露过程中彼此的关照忽略掉,成为内在性的认同,那么我们就无法实现共同存在。反而很有可能落入法西斯或国族主义的陷阱当中。所以,茅盾探讨恋爱与革命的关系,目的是思考革命如何逃脱因"认同"而消除差异这一陷阱,思考革命所能带来的真正的自由是怎样的。也正如侬曦对革命的释义:

思考暴露一事所"是"的这一限度,这就必然等于思考革命契机现身的临界点或限度。或许可以说,革命的理念因为一直被了解为"崭新的基础"或者"归还的主权"等理念,所以迄今还是理解的不够……共同点的存在就力抗任何试图吞噬自己的超越性,无论是总和的,还是个别的……"革命"一次及其所唤起的激烈度来命名此一契机,真是当之无愧。这个词毋庸置疑是个暧昧的历史所留下的委托的遗产,而其中的意义尚待加以革命性的变化。③

茅盾正是在《幻灭》中通过主人公情绪与认识间关联的呈现,思考"革命"所应该赋予的认识现实的意义。这样,革命就不存在什么绝对的主体,大写的历史,它的内涵就变得更为复杂。同时,人的牺牲在革命中就不会变得那么不值一提或是成为认同的体现(因革命的绝对主体的本质阐释观念而将人的牺牲看作一种必然性而不加思考),也不再仅仅是象征和再现意义上的反映而已。

---

① 茅盾:《幻灭》,《学生阅读经典:茅盾》,文汇出版社2001年版,第55页。
② [法]尚吕克·侬曦(Jean-Luc Nancy)著,苏哲安译:《解构共同体》,桂冠出版社2003年版,英译版前言。
③ 同上。

与"恋爱""舞蹈"相同的"独一"与"独一"间的共同暴露同样存在于"死亡"当中。对死亡的理解多见于"牺牲"——对"共同的精神"（国族或是感情）的理解。在这种主体、共同精神的指引下——革命的死亡被赋予"正义性"和"永生"，且不经过任何现实的扬弃与辩证。正如侬曦所说，仿佛"他们各自的死亡会被一个将要实现内在的共同体扬弃并纳入其理想的将来（la-venir），时而以人民、国族或高效社会为本位的我们，离真正的共同体越来越远了"。然而，当"我"真实地暴露于他者的死亡当中时，这种"共同"已经成为不可能——"任何活着的存在看见了另一个存在的死亡，便只能外在于自己地活着。"①所谓死亡后的"永生"和"永远在一起"只能成为一种无法到达的未来。《幻灭》中，强惟力从对死亡的崇拜与对战争中声音、炮火的崇拜，到思考战争"用力对不对"，实际上就是逐渐将"死亡"排除在"效忠"的逻辑之外，转而思考死亡与共同体之间关系的过程：

"我还是要去打仗。战场对于我的引诱力，比什么都强烈。战场能把人生的经验缩短。希望、鼓舞、愤怒、破坏、牺牲——一切经验，你必须活半世去尝试，在战场上，几小时内就全有了。战场的生活是最活泼最变化的，战场的生活并且也是最艺术的；尖锐而曳长的啸声是步枪弹在空中飞舞；哭哭哭，像鬼叫的，是水机关；——随你怎样勇敢的人听了水机关的声音没有不失色的，那东西实在难听！大炮的吼声像音乐队的大鼓，替你按拍子。死的气息，比美酒还醉人。呵！刺激，强烈的刺激！和战场生活比较，后方的生活简直是麻木的，死的！"

"据这么说，战场竟是俱乐部了。强连长，你是为了享乐才上战场去的吧？"静禁不住发出最娇媚的笑声来。"是的。我在学校时，几个朋友都研究文学，我喜欢艺术。那时我崇拜艺术上的未来主义；我追求强烈的刺激，赞美炸弹，大炮，革命——一切剧烈的破坏的力的表现。我因为厌倦了周围的平凡，才做了革命党，才进了军队。依未来主义而言，战场是最适合于未来主义的地方：强烈的刺激，破坏，变化，疯狂似的杀，威力的崇拜，一应俱全！"少年突然一顿，旋即放低了声音接着说："密斯章，别人冠冕堂皇说是为什么为什么而战，我老老实实对你说，我喜欢打仗，不为别的，单为了自己要求强烈的刺激！打胜打败，于我倒不相干！"②

从强连长对战场和炮弹的赞美中，我们可以看到审美与革命的关联。战场与死亡在强连长的观念中具有审美的崇高（sublime）感。而强连长对战争与死亡的赞美即是这种对对象的美的崇高感觉——"战场的生活是最艺术的。死的气息，比美酒还醉人。""革命"与"战争"在强连长的认识中远离现实，成为现实无法把握的一种对象的美感。也就是说，在"崇高"的理念中，"革命"或是"战争"已经超越人的知性能力，因此只能跳过知性，使想象力直接与理性达成和谐。而这种"崇高"感觉中，想象力的作用在艺术中可以创造出"超越自然的东西"，这正是使强连长将战争与"未来主义"联系的根源。这似乎是采用一种否定性立场，表明参战者

---

① ［法］尚吕克·侬曦（Jean-Luc Nancy）著，苏哲安译：《解构共同体》，桂冠出版社2003年版，第31页。
② 茅盾：《幻灭》，《学生阅读经典：茅盾》，文汇出版社2001年版，第67页。

可以通过自由否定将自己归入更高秩序的社会模式当中——例如强连长所赞美的"未来主义"。实际上,在"否定性"逻辑的使用上,"未来主义"与"国家主义"间具有无法忽视的关联。酒井直树分析,田边元通过"个人牺牲"所表达的个人与国家或者个人纳入国家的逻辑,实际上是把否定性作为一种中介,使人跨越自然的"属类",转向和归入一种更普遍主义的国家形式的认同(超越自身内在的自然属类)。那么,个人牺牲(死亡)就成为实现国家逻辑的中介,而自我属性的内在扬弃,就成为自我预期的实现,成为了个人牺牲的正当理由。① 在强惟力对未来主义的崇拜中,自我事实上也是经历了内在扬弃而进入超然秩序,死亡就成为一种对崇高的认同。如果"死亡"不经过外部的辩证,而是直接在内部被纳入一个神性的秩序,那么,正如依曦所说,我们离真正的共同体就越来越远了。因为,我们的死亡已经不是看到彼此共在的方式,而是成为一种融入一个整体的"认同"。此时,死亡就只能与认同相连。

强连长在与静恋爱后,这种对象的审美经验发生了变化,死亡不再仅仅是对崇高感觉的内在扬弃,而是纳入了现实的否定性:

"我已经抛弃未来主义了。静,你不是告诉我么? 未来主义只崇拜强力,却不问强力之是否用得正当。我受了你的感化了。"他在静的脸上亲了一个敬爱的吻。"至于打仗,生在这个时代,还怕没机会么? 我一定不去。也许别人笑我有了爱人就怕死,那么也不管了。"②

茅盾为我们展示了一个少年军官审美经验以及对死亡认识的发展过程。他逐渐抛弃"崇高"式的审美,认识到革命与现实之间的关联。对"死亡"的认识的转变,让我们看到了共同体能否让我们保持共在而不消除差异的问题。如果主体的否定性成为一种内在的扬弃,决定人们拥有自由将自己纳入到哪一个认同当中,那么就丝毫不需要去思考与他者共在的问题。任何一个他者都可以通过扬弃的过程得到认同,并且给这种认同冠以"合理性"。死亡与共同体之间就不再具有辩证关系,而是成为一种整体性设计(或为国族,或为统一精神)。但事实上,死亡恰恰揭示了共同体中自我与他者的共在,以及内在性无法被超越的真相(因为我们只有透过他人的死亡,才能看到暴露在外的"共同")。依曦指出:"死亡的启示就是'一起所在'或'与他所在'的真相。共同体的结晶力在于其成员的死亡上,也就是说,在于其成员各自的内在性的丧失中。"③这恰恰证明,共同体可以通过死亡显示出共在与否的关系。而当一个个体的死亡被纳入认同的范围下,共同体便不再有这样的机会。个体的内在性通过认同被超越,所有的死亡都将被共同体接收,我们也就无法看到死亡。然而,共同体通过外延暴露于现实。它与内在性的关系

---

① 参考酒井直树对田边元"个人牺牲"与国家逻辑的分析。Naoki Sakai, "Subject and substratum: on Japanese imperial nationalism", *Cultural Studies*, 2000, 14:3-4, p.468-470.
② 茅盾:《幻灭》,《学生阅读经典:茅盾》,文汇出版社 2001 年版,第 67 页。
③ [法]尚吕克·依曦(Jean-Luc Nancy)著,苏哲安译:《解构共同体》,桂冠出版社 2003 年版,第 32 页。

恰恰是"承担自身内在性的不可能",而不是一种整体性的设计,或是国族方案。因为,我们无法用一个方案去统一内在,而只能通过外在的暴露(比如死亡)得到共同体的可能性。正如依曦所说:"死亡本为这些非我属之间得以构成真正共同体的要件(la véritable communauté des je qui ne sont pas des moi),打造一个共同体不是将我属的自己融入大家属之类的整体就可以了,共同体总是由他者而组成的。"①而正是共同体对内在的无能为力,对他者以及共同暴露的肯定,才真正使共同体的不可能成为了可能,成为一种现实的呈现,而非对内在精神的再现。内在的力与外在的力才真正地相互作用彼此渗透,使共同体的呈现成为可能(死亡与共同体本为一体两面,两者是分不开的。共同体与死亡只有彼此透过对方才能启示出来)。强连长经过战场上的经验,对死亡与战场的审美经验的发展,才能去思考如何运用"革命的力"——恰不恰当。这也是"独一"在暴露在外的他者中,而非启蒙的主体精神中,所看到的"共在",也是共同体真正呈现的过程。

《幻灭》呈现了个体在与现代性触碰时产生的焦虑,以及对革命与认同关系的辩证思考。在茅盾探讨"文学"与"革命"关系的脉络中,"文学"不是玫瑰色的镜子,其目的不是皈依为大写精神的认同。文学的责任是了解"现代人类的痛苦与责任"。因而,"革命"与"文学"的关系所表现的就不是精神与形式的问题,而是与主体的认识过程相关联的问题。②《幻灭》中对有关"迷惘""焦虑"等复杂情绪的呈现,表明在面对现代性时,个人与共同体发生关系,或者说现代性迫使人去面对自我的"存在"与"共在"的关系中的"认同"概念时所产生的"否定性",是革命必须要面对的问题。茅盾通过"爱情""死亡""欲望"与认识现实的关联呈现出革命发生的过程。同时,他也在创作中探讨个体与共同体间的关系问题,而非简单地表达对历史整体的认同。在这当中,革命不是一蹴而就的,而是在认识的过程中逐渐清晰起来,其中包含了人的自觉、审美与欲望的关联以及否定性与自由之间的关系,而这也是茅盾小说中最复杂的现代性呈现。

---

① [法]尚吕克·依曦(Jean-Luc Nancy)著,苏哲安译:《解构共同体》,桂冠出版社2003年版,第34页。
② 陈建华认为茅盾是在"利用小资产阶级生活美学和'新女性'文学的商品市场营造革命与小说形式之间的张力"的根据。如果说"新女性"仅仅能够成为点缀革命的商业效果,那么"革命"的内容确实不足以成为这个评价体系中需要讨论的重点。这样,革命就很容易直接成为意识形态的隐喻,或是"无产阶级党性立场"的象征而存在。王德威认为茅盾将小说负有政治功能的说法导向一个明确的意识形态——中国共产主义,因此给原本模糊的论述赋予了形式活力。而陈建华则认为茅盾基本上是接受了创造社新秀们所鼓吹的马克思主义,进一步尝试将"意识形态"和"辩证法"作为小说创作的理论依据。并且认为茅盾的小说涉及艺术再现与认识论的问题,其实是自觉地执行"无产阶级"的党性立场。革命仿佛一开始就是为了某种意识形态或是某个阶级的特定的存在,而"新女性"仅成为沟通革命与意识形态之间的外在动力,这些小说就很容易被冠以革命加恋爱的头衔将革命作为终点,而不是认识革命的过程。
陈建华:《革命与形式:茅盾早期小说的现代性展开1927—1930》,复旦大学出版社2007年版,第51—86页。
王德威:《写实主义小说的虚构:茅盾,老舍,沈从文》,复旦大学出版社2011年版,第79页。

"出路"的形式与形式的"出路"
——论茅盾的《清明前后》

李超宇[①]

摘 要：在《子夜》的创作谈中，茅盾判定"动摇"的中国民族资产阶级是没有"出路"的，而随着时代的变化和中共统一战线政策的确立，民族资产阶级的"出路"渐渐浮现。茅盾的《清明前后》就是一部以戏剧形式探讨民族资产阶级"出路"的剧作。然而，初尝戏剧写作的茅盾遭遇了很多成规的束缚，也收到了不少苛评。然而剧本上演后却引起了观众的热烈反响，甚至助推了中共与民族资本家的联合。在评论家眼中缺乏舞台"行动"，形同"化装演讲"的一个剧本，却通过演出促成了难能可贵的实际"行动"，这将倒逼戏剧这门"行动"艺术重新思考"行动"这一术语的内涵与外延，反思既有理论与成规在20世纪40年代的有效性和适用性。茅盾、郭沫若、洪深等作家通过自己的努力，对"现成的"艺术生产规范做出了革命性的突破，创造出了"使得作者、读者与观众成为合作者"的新的戏剧形式。

关键词："出路"；形式；茅盾；戏剧；《清明前后》

"在茅盾的作品中，主要创造了民族资本家与时代新女性两个形象系列。"[②]《中国现代文学三十年》中的这句话如今已成为文学史的常识。然而，常识形成之后难免成为一种无形的束缚，以往对茅盾剧作《清明前后》的论述，就大多局限在对民族资本家形象的分析上，而较少对文学形式及其背后的时代因素和政治导向做出讨论。本文将从民族资产阶级的"出路"问题入手，集中探讨《清明前后》中形式与政治的关系——政治究竟是破坏了"形式"的纯洁性，还是为"形式"创造了新的可能性？

一、从"无路"到"有路"

1939年，茅盾在《子夜》的创作谈中对民族资产阶级的"出路"作了如下描述："当时，他们的'出路'有两条：（一）投降帝国主义，走向买办化；（二）与封建势力妥协。他们终于走了这两条路。"看得出，这"两条路"指向的都不是什么好的归宿，所谓"出路"不过是"死路"。在茅盾看来，"中国民族资产阶级的动摇性"[③]造成了

[①] 李超宇，中共山西省委党校文史教研部主任、副教授。
[②] 钱理群、温儒敏、吴福辉：《中国现代文学三十年（修订本）》，北京大学出版社1998年版，第177页。
[③] 茅盾：《〈子夜〉是怎样写成的》，《茅盾全集》第22卷，人民文学出版社1993年版，第54页。

他们无路可走的结局。这个理念一直贯穿在茅盾的创作和批评中——1945年,在评价宋霖(胡子婴)小说《滩》的主人公萧鹤声时,茅盾指出:"我总觉得这一位主人公在中国的民族工业家中所代表的特殊性实在比普遍性为多些。换言之,倘若作为中国民族工业家的典型来看,这还多少有缺憾。由于经济基础的脆弱,中国民族工业家的典型的性格,其中主要的缺点恐怕还不是刚愎自用而是容易动摇,富于幻想,习于苟安。"①《滩》在发表前经过了茅盾本人非常细致的修改,之所以最终没有改掉主人公"刚愎自用"的特点,是因为"考虑到作者是以章乃器作模特儿,而这些特点正是章乃器所有的"②。然而,照顾了与人物原型的一致性,就会削弱人物形象的普遍性和典型性,对坚持现实主义创作道路的茅盾而言,后者的意义和层次远远胜过对人物原型的简单描摹。正是在这一修改过程中,茅盾萌生了写作民族工业题材的念头③,而在《读宋霖的小说〈滩〉》发表的同时,茅盾的剧本《清明前后》正在《大公晚报》副刊"小公园"连载(1945年8月6日至9月30日)。宋霖没能塑造出来的"容易动摇,富于幻想,习于苟安"的典型性格在茅盾自己的笔下一一得到了实现——剧中的民族工业家林永清在黄金投机面前摇摆不定,又在金澹庵面前不断妥协让步,陈克明批评他"太多了幻想",但他却当着陈克明的面说出"但求今日有酒,不问明天无米"④的话……一系列的对话与心理活动,都紧扣着"动摇""幻想""苟安"三个关键词。

　　按照《子夜》创作谈中的观点,"容易动摇,富于幻想,习于苟安"的民族工业家是不会有出路的。但《清明前后》中的林永清却在最后一幕找到了"与封建势力妥协"和"买办化"之外的真正"出路"——"民主"。从"无路"到"有路",相隔不过十多年,但对变局丛生的近现代中国而言,十多年的时间足以酿成翻天覆地的变化。李健吾在剧评中即指出:"从《子夜》到现在,中间究竟有了一段悠长的时距,……《清明前后》的林永清,这位配合神圣的抗战一再内迁的工厂厂主,显然不是肥头大耳的吴荪甫。……他的犹疑不决就是他的良心未泯的有力的证明。……他是一个硬汉子,不认输,也不卸责……十五年前的吴荪甫不复再是十五年后的林永清:变了,我们在不变之中也终于变了,进步了。"⑤尽管是人物形象的比较,但李健吾道出了这些年间发生的最重大的变化——"神圣的抗战"。因此与吴荪甫相比,林永清最大的不同就是有着强烈的民族国家观念,他说过:"我没有做过对不住国家的事。八年前,战争刚一开始,我就响应政府的号召,把工厂迁来内地,我不曾观望,更不曾两面三刀,满口爱国爱民,暗中却和敌人勾勾搭搭,我相信我对于国

---

① 茅盾:《读宋霖的小说〈滩〉》,发表于1945年9月16日重庆《大公报·文艺副刊》,引自《茅盾全集》第23卷,人民文学出版社1996年版,第199页。
② 茅盾:《雾重庆的生活》,《茅盾全集》第35卷,人民文学出版社1997年版,第516页。
③ 茅盾回忆:"我决定写我比较熟悉的题材——中国民族工业的厄运。还在帮助胡子婴修改她的中篇小说《滩》的时候,我就萌生了这样的念头。"参见茅盾:《走在民主运动的行列中》,《茅盾全集》第35卷,第547页。
④ 茅盾:《清明前后五幕话剧》,人民文学出版社1963年版,第158、32页。
⑤ 刘西渭(李健吾):《〈清明前后〉》,唐金海、孔海珠编:《中国当代文学研究资料·茅盾专集》第二卷·下册,福建人民出版社1985年版,第1396页。

家民族,对于抗战,也还尽过一点力,有过一点用处。"①这样一来,林永清的"犹疑不决"就不再是于"封建势力"与"买办"这两条反动道路之间摇摆,而是在李健吾所说的"良心"的道德天平两端摇摆,这就使他具备了走向积极出路的可能。何其芳的剧评则把道德选择上升到了政治选择的高度:"中国就社会成分来说,是两头小中间大(无产阶级与大地主大资产阶级人数都不很多);但由于中国是半封建半殖民地的国家,而且无产阶级又久经锻炼,就政治力量来说,则又是两头大中间小。民族资产阶级处于两大之间,不能不是软弱的,动摇的。但是,真的就投向地主买办阶级及其经济势力吗,又明明是死路一条。……最后,只有一条路是真正的出路:参加民主斗争。参加民主斗争,就是与广大的被压迫的和已经解放的人民大众站在一起,共同为打碎旧中国身上的封建主义与帝国主义的枷锁而奋斗。无产阶级及其领导的人民大众是最彻底的反帝反封建的战斗队伍,也就是民主运动的主力军。工业家只有和这个主力军联合起来,才可能打断把工业拖得半死不活的脚镣手铐,才可能使中国走向工业化。"②同样是从"动摇性"出发,但动摇的两极发生了巨大的变化,茅盾提出的"封建势力"和"买办"被归并为一极,而另一极成为了"无产阶级及其领导的人民大众",民族资本家的唯一"出路"即在于和"无产阶级及其领导的人民大众"相联合。

何其芳为民族资产阶级找到的"出路"明显带有中共意识形态的色彩。事实上,他的全部论点都来自毛泽东——一方面"中间派是动摇的,中国的政治力量是两头硬中间软"。③ 而另一方面,"中国社会是一个两头小中间大的社会,无产阶级和地主大资产阶级都只占少数,最广大的人民是农民、城市小资产阶级以及其他的中间阶级。任何政党的政策如果不顾到这些阶级的利益,如果这些阶级的人们不得其所,如果这些阶级的人们没有说话的权利,要想把国事弄好是不可能的"④。基于对中国社会成分的分析,毛泽东提出了统一战线的理论:"中国无产阶级应该懂得:他们自己虽然是一个最有觉悟性和最有组织性的阶级,但是如果单凭自己一个阶级的力量,是不能胜利的。而要胜利,他们就必须在各种不同的情形下团结一切可能的革命的阶级和阶层,组织革命的统一战线。"⑤在抗日民族统一战线的政策下,民族资产阶级正是"无产阶级及其领导的人民大众"需要联合的力量,然而在抗战的初期和中期,中共与民族资产阶级却一直没能建立实质意义上的统一战线。

造成这一结果的因素是多方面的,从意识形态的角度看,共产主义理想最终是要消灭剥削阶级的,资产阶级和无产阶级在理论上处于水火不容的对立状态;而更关键的因素来自现实层面:解放区的经济形态以农业为主,而大多数民族工

---

① 茅盾:《清明前后五幕话剧》,第 156 页。
② 何其芳:《〈清明前后〉的现实意义》,唐金海、孔海珠编:《中国当代文学研究资料·茅盾专集》第二卷·下册,第 1408 页。
③ 毛泽东:《对〈论联合政府〉的说明》,《毛泽东文集》第三卷,人民出版社 1996 年版,第 273 页。
④ 毛泽东:《在陕甘宁边区参议会的演说》,《毛泽东选集》(一卷本),人民出版社 1967 年版,第 766 页。
⑤ 毛泽东:《中国革命和中国共产党》,《毛泽东选集》(一卷本),第 608 页。

业都处在或迁往国统区,在国民党政权的积极支持下,他们还经历了短暂的繁荣时期——茅盾在《清明前后》的人物小传中提到:"二十八—九年的'工业繁荣'使他的厂有些扩充"①,曹禺未完成的剧本《桥》中同样称民国二十九年(1940年)是"工业最抬头""一本万利的时候",其原因在于"国家确实需要自己的工业来维持民生。以前受尽了外来势力的挤压,目前是没有任何外力与之竞争"②。加上"军需品的大量需要,也自然会使工业繁荣"③。在这种"春风得意"的情形下,多数处在国统区的民族工业显然不会想到与遥远的(思想上和地域上)中共政权发生关联。但民族工业与国民党政权的蜜月期很快结束,到了"倒霉的三十二年(1943年),生产低落,资金缺乏,大多数的工业,已经无利可图"④。"几年来,统制管制,就是脚镣手铐,粮食飞涨,原料飞涨,就是压在背上的千斤重闸,生产萎缩,市场萧条,……说是成立了生产局,工业就有转机呵,风声倒大!嘿,生产局固然就来定货了,可是官价太低,不够成本,这简直变成了无底洞,哪来这么多的钱来赔贴……"⑤种种情形迫使民族工业家们一步步走上了政治抗争之路——1944年5月20日,在重庆《宪政》月刊社召开的座谈会上,吴羹梅指出:"政治民主是工业生产的绝对必要条件,没有它,一切均无从谈起。"5月24日,中国工业协会、西南实业协会、迁川工厂联合会等五个团体联合举行宪政座谈会,出席会议的有吴蕴初、吴羹梅、章乃器等一百多位工业界代表,他们一致呼吁:要求政治民主,生产自由,保障人权,并联名向国民党当局提交一份题为《解决当前政治经济问题方案》的建议书,但这份建议书被强行扣压,没能公开发表。就在工业家们抗争无望之时,中共方面敏锐地意识到开展统战工作的时机已到——1944年5月,中共中央决定由王若飞出面,通过罗叔章、胡子婴联系,邀请重庆工商界代表三十多人座谈⑥,这等于向民族工业家们释放了联合的信号。1944年9月,林伯渠在国共谈判中公开提出了"结束一党统治,组织联合政府"的主张⑦;1945年1月28日,周恩来在重庆招待产业界人士,包括吴蕴初、刘鸿生、章乃器、胡厥文、胡子昂、李烛尘、胡西园等三十余人,"他们一致赞成民主,反对国民党一党专政"⑧。在"抗日民族统一战线"的旗帜下没能争取到民族资产阶级的中共,这次终于在国民党当局这个共同的敌人面前,在"民主"的共同诉求之上,把统一战线建了起来。

1945年4月,毛泽东在中共七大上作了《论联合政府》的政治报告,详细地阐述了这条新的统一战线的内容,将"联合"的意义上升到理论高度。值得注意的是,报告对资本主义表现出了极大的包容:"拿资本主义的某种发展去代替外国帝

---

① 茅盾:《清明前后五幕话剧》,第7页。
② 曹禺:《桥》,《曹禺文集》第3卷,中国戏剧出版社1990年版,第380、372页。
③ 胡子婴:《滩》,花城出版社1982年版,第162页。
④ 曹禺:《桥》,《曹禺文集》第3卷,第380页。
⑤ 茅盾:《清明前后五幕话剧》,第31页。
⑥ 黄逸峰、姜铎:《旧中国民族资产阶级》,江苏古籍出版社1990年版,第556页。
⑦ 《林祖涵同志在参政会上关于国共谈判的报告》(1944年9月15日),《国共谈判文献》,七七出版社1944年印行,第10—15页。
⑧ 中共中央文献研究室编:《周恩来年谱(1898—1949)》,中央文献出版社1990年版,第598—599页。

国主义和本国封建主义的压迫,不但是一个进步,而且是一个不可避免的过程。……我们的资本主义是太少了,……在新民主主义的国家制度下,……一定要让私人资本主义经济在不能操纵国民生计的范围内获得发展的便利,才能有益于社会的向前发展。"①毛泽东特别指出,这个报告与1940年的《新民主主义论》的不同之处在于:"确定了需要资本主义的广大发展,又以反专制主义为第一。"②1945年9月重庆谈判期间,毛泽东在桂园举行茶会,亲自招待产业界人士,"到会者有刘鸿生、范旭东、胡西园、吴羹梅、吴蕴初、章乃器、潘昌猷。毛泽东赞扬他们为发展中国民族工业所作的贡献,同时指出,在半殖民地半封建社会的中国,民族资本是得不到发展的,只有在国家独立、民主、自由之下,民族工商业才有发展前途。并向他们介绍了中国共产党对待民族资本的政策"③。这一切都为民族资产阶级与"无产阶级及其领导的人民大众"的结合扫清了障碍,铺平了道路。中共全新的统一战线政策让民族资产阶级看到了真正的"出路"。

二、当"出路"转化为戏剧形式

茅盾的《清明前后》就是一部以戏剧形式探讨民族资产阶级"出路"的剧作。以小说创作为主的茅盾这次之所以尝试写剧,"除了朋友的鼓励,主要的原因是,写成剧本而又能上演,它的影响将是直接的,集中的,爆发性的。而且,让民族资产阶级花二三小时看一场戏,他会愿意,让他坐下来啃完一部长篇小说,就很难。"④可见茅盾是根据自己的接受对象来选择文体的,而戏剧在影响方面相对于小说的优势,茅盾早在20世纪30年代就深有体会。在读过曹禺的剧本《日出》后,茅盾感慨道:"我渴望这剧本能够早早排演,俾在已经很多读者而外更获得万千的观众,——这广大的观众,通常是和新文艺作品比较隔膜的,只有靠了舞台的媒介才能使他们有亲密的接触。我真觉得一剧本上演一场的效力胜过一部书的一版。"⑤可以说,茅盾在心里早已埋下了尝试戏剧的种子。不过与小说相比,戏剧有着更多的规范和限制,在写作过程中,茅盾很快就感受到一种束缚:"写剧本一定要把这些人物在同一个时候,拉在同一个地方活动,时间的拘束还没有什么问题,但是,空间必定要局限在同一幕的舞台上,这倒是我感觉到很难处理的。"⑥舞台对空间的限制使茅盾不得不把布景安排在公馆与房间之内,这不仅无法展现"更新"机器厂从上海迁到汉口再迁到重庆的广大空间跨度,就连"更新"机器厂当下的整体面貌也难以呈现。工厂的悲惨命运完全要靠演员转述出来,这就使剧作受到了不少评论者的诟病,在《清明前后》和《芳草天涯》的座谈会上,与会者S谈道:"工

---

① 毛泽东:《论联合政府》,《毛泽东选集》(一卷本),第961—962页。
② 毛泽东:《对〈论联合政府〉的说明》,《毛泽东文集》第三卷,第275页。
③ 中共中央文献研究室编:《毛泽东年谱(1893—1949)》下卷,中央文献出版社2013年版,第26页。
④ 茅盾:《走在民主运动的行列中》,《茅盾全集》第35卷,第548页。
⑤ 茅盾:《渴望早早排演》,《茅盾全集》第21卷,人民文学出版社1991年版,第229页。
⑥ 黎舫:《〈清明前后〉在重庆》,《周报》1945年第10期。

业家的痛苦,在林永清的口中是说了,但只是口说,而没有在舞台上用行动表现出来。"①李健吾在他的剧评中也指出:"为了透入他们夫妇爱护的亲手缔造的事业,仅仅仰仗语言和口气不够传达,事业的正面必须展开给我们看,……戏剧需要摊开一件事看,尽量避免叙述一件事看。"②这种强调"摊开"和舞台"行动"的戏剧观是当时很多评论家的共识,如叶圣陶认为:"戏剧决不能仅是故事,所以纯取叙述手法是不可为训的。……如果不留意在表现,或者想表现而表现不出来,戏剧就只剩一个故事了。叙述与表现的分别,打个比方,一个是平面,一个是立体;一个是仅具形象的人体,一个是有呼吸有脉搏的血肉之体。就功效上说,一个使观众知道有这一回事,一个却使观众身入其中,使与剧中人物同呼吸与脉搏。"③可以看出,强调戏剧的"行动"与"表现",最终要落脚到观众的接受方面,在很多评论者看来,重"叙述"而轻"表现"的《清明前后》将很难引起观众的共鸣。

由于对工业家的痛苦"表现"不足,为民族工业家们指示"出路"的第五幕,就引发了更大的争议。在《清明前后》和《芳草天涯》的座谈会上,即有与会者J指出:"工业家的痛苦没有具体地写出来,如不民主的实际情形,政府的统制管制政策怎样摧残工业等等,在这里都没有具体表现,因此第五幕里的大声疾呼,就很难看出情节和人物发展的必然性了。"④王戎在读过座谈会记录后同样认为:"作者没有把统制管制以及高利贷等等压力形象地压在林永清身上,没有把一些营利舞弊的特权阶级吃人的面貌生动地刻画出来,……最后把所谓'求得生存的道路'概念地指示出来,这怎么能算符合了主题呢?"在王戎看来,"政治倾向""决不是概念地抽象地在作品的外表上来表现,而是要求在反映生活真实的基础上本质地形象地内在地由作品本身表现出来",应当"在作品里隐秘地埋藏起作者的意见或理念,而让作品里的人物通过具体的事件和它的心理过程表露出来,……只有这样的作品价值才高,所发挥的力量才越大"。⑤这一观点在20世纪80年代仍有回响,陈平原在《〈清明前后〉——小说化的戏剧》一文中谈道:"指明出路,从直接的社会伦理教育作用看,是可取的;但从艺术整体看,却显得很不协调。确确实实是作家'替他找到了真正的出路',而不是他自己找到真正的出路。像《清明前后》这样的现实主义作品,完全可以如恩格斯所说的,让倾向从情节和场面中自然而然地流露出来。"⑥陈平原点出了他和王戎共同的理论来源,但不同的是,陈平原的落脚点并不在戏剧"所发挥的力量",而在于"艺术"自身的整体性、自足性,这也是20世纪40年代不少戏剧工作者和观众的落脚点。在他们看来,第五幕过于直露地呈现政治"出路"会使戏剧显得不伦不类——据宋之的回忆,"中术"的成员最开始不愿出演

---

① 《两个话剧的座谈〈清明前后〉与〈芳草天涯〉》,《新华日报》1945年11月28日。
② 刘西渭:《〈清明前后〉》,唐金海、孔海珠编:《中国当代文学研究资料·茅盾专集》第二卷·下册,第1396页。
③ 叶圣陶:《读剧偶写》,商金林编:《叶圣陶抗战时期文集》第一卷,人民教育出版社2005年版,第351页。
④ 《两个话剧的座谈〈清明前后〉与〈芳草天涯〉》,《新华日报》1945年11月28日。
⑤ 王戎:《从〈清明前后〉说起》,《何其芳全集》第2卷,河北人民出版社2000年版,第401—403页。
⑥ 陈平原:《〈清明前后〉——小说化的戏剧》,全国茅盾研究学会编:《茅盾研究论文选集》下册,湖南人民出版社1983年版,第674页。

《清明前后》，他们给出的理由是："我们并不是在舞台上举行讲演会。"①叶圣陶观剧之后也在日记中写下"(《清明前后》)似不能为高品，亦是应时之作，难免化装演讲之嫌"②。这类对戏剧文体自律性、纯洁性的诉求等于彻底否定了第五幕的意义。

"现实主义作品"到底要不要"指明出路"？这一问题在邵荃麟对王戎的反驳中早已有了明确的回答："恩格斯所说'不管作者的观点怎样，总是会显示出来的'，这是指对现实的显示，并不一定包含所谓'真实的结论'的意思。"他以托尔斯泰为例，论证了旧现实主义在"对现实的显示"方面是成功的，但却没有给出"真实的结论"，而是否给出"真实的结论"是旧现实主义与革命的现实主义的区别。③茅盾后来在解释"革命的现实主义"的概念时，也着重强调了它与旧现实主义的区别："这些(旧)现实主义的作品虽然批判了世界的罪恶，却没有指示出前进的道路。"④在20世纪30年代接受了苏联的社会主义现实主义理论后，茅盾的理论表述一直坚持着"革命的现实主义"立场，在抗战初期的《还是现实主义》一文中，他就已明确地指出："(现实主义)不仅反映现实而已，且须透过了当前的现实而指出未来的真际。"⑤由此看来，"指明出路"本就是"现实主义作品"的题中应有之义，研究者提出的所谓"艺术整体"恰恰是对"现实主义"这一整体的阉割。如果在现实主义的范围内讨论"出路"问题，那就不是"要不要写"的问题，而是怎么写的问题了。王戎借助恩格斯的理论，认为《清明前后》的写法过于直露和概念化，应当更"隐秘"一些，而茅盾在写作《清明前后》的大纲时也提示过自己："写时不用'民主'两字，而以其他不很抽象之语句出之。"⑥但是在《清明前后》成稿之后，"民主"两字还是赫然印在了第五幕之中，并在演出时变成了"演讲"的模样。究竟哪种写法"所发挥的力量"更大？还是要看观众的接受情况如何。

三、戏剧形式的新"出路"

由于缺乏写剧经验，茅盾在创作《清明前后》时专门请教了曹禺和吴祖光，他们看过茅盾的剧本后都委婉地说："在西洋戏剧史上不乏不适宜演出的好剧本，譬如萧伯纳的剧作就是。"赵丹在与茅盾谈论剧本时也是欲言又止："只是从演出的角度看，怎样使它能够更……"⑦而宋之的则直接判定《清明前后》要赔钱："我暗中盘算，这个戏大概要赔个五六百万，这个数字对剧社来说，实在不能不算是一种过重的负担，……而《芳草天涯》是同行中公认的好戏，……若果《清明前后》赔了，

---

① 宋之的：《〈清明前后〉演出前后——演剧生活的回忆》，宋时编：《宋之的研究资料》，解放军文艺出版社1987年版，第200页。
② 叶圣陶：《1945年10月10日日记》，商金林编：《叶圣陶抗战时期文集》第三卷，人民教育出版社2005年版，第289页。
③ 邵荃麟：《略论文艺的政治倾向》，《邵荃麟评论选集》上册，人民文学出版社1981年版，第87页。
④ 茅盾：《略谈革命的现实主义》，《茅盾全集》第24卷，人民文学出版社1996年版，第92页。
⑤ 茅盾：《还是现实主义》，《茅盾全集》第21卷，第335页。
⑥ 茅盾：《〈清明前后〉大纲》，《茅盾全集·补遗》上卷，人民文学出版社2006年版，第107页。
⑦ 茅盾：《走在民主运动的行列中》，《茅盾全集》第35卷，第548—550页。

《芳草天涯》也许会赚回来的。《清明前后》政治性强,不论是成功还是失败,都应该演的。"①

然而到了正式上演之后,情形却发生了极大的翻转:"九月二十六日正式公演,头一两天卖了六七成票,有人就担心演不长,要赔本。谁料从第四天起观众愈来愈多,售票处排起了双行长队。场场爆满,每逢星期日不得不加演一场。演出的气氛十分热烈,剧场内掌声不绝。"②普通观众的眼光和前引若干评论家的眼光呈现出了巨大的分歧。工业家吴羹梅(原刊误作"吴梅羹")说:"我们工业界的人看过了《清明前后》的,很多人都被感动得流泪。这是因为我们工业界的困难痛苦,自己不敢讲,不能讲的,都在戏里面讲了出来,全部都是最真实的。不过,我们还希望讲得更多些,将我们工业界的苦斗情形更多些告诉大家……"这个意见代表了多数民族工业家的观感,他们似乎并不在意茅盾用"叙述"代替了"表现"和"行动",只要把他们想说的话"讲"出来,就足以引起他们的共鸣。之前在周恩来、毛泽东的招待会上出现过的工业家吴羹梅、胡西园等,此次主动设宴专门招待茅盾和《清明前后》演职人员,这不仅仅是一次"还席",更是以实际行动向中共释放出的联合信号。黎舫在《〈清明前后〉在重庆》中即指出:"这个剧本的深刻的现实意义,使文化界和工业界联络起来了。"③评论家陈涌对剧本的这种实际效应表示了更加热情的颂扬:"许多事实证明:这个剧本实际的推进了大后方的民主运动,并且还成了中国文艺界的少见的光荣的实例,这便是:这个剧本的出现,竟从工业界方面提出加强工业界和文艺的联系。"④可以说,在评论家眼中缺乏舞台"行动"的一个剧本,却通过演出促成了难能可贵的实际"行动",在当时的历史环境中,后一种"行动"的意义显然远远大于前者。这将倒逼戏剧这门"行动"艺术重新思考"行动"这一术语的内涵与外延。

如果说以上讨论只反映了工业界的观感与行动的话,那么被诟病为直露、"概念化"、形同"化装演讲"的第五幕则引发了更多普通观众的共鸣。黄炎培指出:如果删掉第五幕,由观众自行揣摩,可以达到回味无穷的效果,"而终于写出,终于不把它删掉,是什么理由?"在他看来:"露骨的描写,和盘托出的控诉,呼天喊地的狂叫,赤裸裸不留一些余地的悲号"更能够激发一般观众的同情。⑤普通观众的强烈反响使何其芳在反驳王戎的观点时显得底气十足:"它把一般观众吸引住了,又把工业家们推动起来了,难道仅仅是空洞口号或抽象概念就做得到的吗?批评也好,理论也好,难道就有这样的特权,……可以完全无视于广大群众的意见吗?"⑥"广大群众的意见"不仅使王戎的观点不攻自破,而且彻底翻转了宋之的等

---

① 宋之的:《〈清明前后〉演出前后——演剧生活的回忆》,宋时编:《宋之的研究资料》,第200页。
② 茅盾:《走在民主运动的行列中》,《茅盾全集》第35卷,第551页。
③ 黎舫:《〈清明前后〉在重庆》,《周报》1945年第10期。
④ 陈涌:《看〈清明前后〉以后》,唐金海、孔海珠编:《中国当代文学研究资料·茅盾专集》第二卷·下册,第1404页。
⑤ 黄炎培:《看了〈清明前后〉话剧以后》,《联合增刊》1945年第3期。
⑥ 何其芳:《关于现实主义》,《何其芳全集》第2卷,第394页。

文艺界人士对《清明前后》和《芳草天涯》水平高下的看法,这种翻转很快地反映到了党的文艺工作者中间——1945年11月10日,在《新华日报》组织的关于两个剧本的座谈会上,与会者M就直白地表示了自己的观感:"看了《芳草天涯》之后,对比之下,我就觉得(《清明前后》的)这些缺点都不算什么,就更喜欢这个戏了。"C在座谈会最后总结道:"假如说《清明前后》是公式主义,我们宁可多有一些这种所谓'公式主义',而不愿有所谓'非公式主义'的《芳草天涯》或其他莫明其妙的让人糊涂而不让人清醒的东西。"①在既有的理论和戏剧成规下被视为"公式主义"的《清明前后》,反倒可以"让人清醒",受到观众的欢迎,这将又一次倒逼文艺工作者们反思既有理论与成规在20世纪40年代的有效性和适用性。

邵荃麟在剧评中谈得很明白:"恩格斯有些话,是特指当时的环境而言的。即作品'主要地是供给资产阶级圈子的读者,即是不直接属于我们这个圈子的人。……那么,纵然作者没有提供任何明确的解决,甚至没有显明地站在那一边,这部小说也是完成了它的使命'。如果在另一个环境,作品是为人民大众写,为人民大众读的,是人民大众自己的文学时,这情形就并不一样了。"②邵荃麟笔下的不同"环境"对应的其实是两种不同的社会形态,在前者中资产阶级意识形态占上风,在后者中以无产阶级意识形态为主导,伊格尔顿即认为:"文学形式的重大发展产生于意识形态发生重大变化的时候。它们体现感知社会现实的新方式以及艺术家与读者之间的新关系。""环境"变了,以人民大众为主体的读者和观众希望戏剧"让人清醒",给他们以"明确的解决",那就需要艺术家们创造"新的形式"。在本雅明看来:"革命的艺术家不应当毫无批判地接受艺术生产现成的力量,而应该加以发展,使其革命化。"伊格尔顿沿着本雅明的思路进一步指出:"'倾向性'不止是在艺术中表现正确的政治观点;'倾向性'表现在艺术家怎样得心应手地重建艺术形式,使得作者、读者与观众成为合作者。"③虽然初尝戏剧创作的茅盾本人不一定有"重建艺术形式"的自觉,更没有那么的"得心应手",但他在客观上还是对"现成的"艺术生产规范做出了革命性的突破,创造出了"使得作者、读者与观众成为合作者"的新的戏剧形式。

需要说明的是,本雅明和伊格尔顿的论述都是围绕着布莱希特展开的,而茅盾的写法显然不同于布莱希特间离理论对共鸣的规避和对观众独立思考的强调。《清明前后》第五幕的大段"演讲"如同郭沫若《屈原》中缺乏"戏剧性"的大段独白,正是期待着观众"认识、感受情感的驱动力,进而认同这种情感的操作模式",把这种情感转化为一种"有效的政治或社会能量"④。与茅盾的经历非常相似,洪深在导演田汉的《丽人行》时也加入了"朗诵式的说明","用了若干旧戏的剧中人向台下说话的方式",因而也受到了一帮"纯粹主义者"的讥评,"斥之为不伦不类",但

---

① 《两个话剧的座谈〈清明前后〉与〈芳草天涯〉》,《新华日报》1945年11月28日。
② 邵荃麟:《略论文艺的政治倾向》,《邵荃麟评论选集》上册,第87页。
③ [英]特里·伊格尔顿著,文宝译:《马克思主义与文学批评》,人民文学出版社1980年版,第28—29、67、68页。
④ 刘奎:《诗人革命家:抗战时期的郭沫若》,北京大学出版社2019年版,第220—221页。

上演之后却收到了很好的演出效果,起到了"预期的教育作用"①。看来,恪守固有的话剧形式,排斥"演讲""朗诵"的"纯粹主义"心态不仅无法适应20世纪40年代的政治动员需要,而且远远落后于观众情感结构的变化。在这种情形下,正是茅盾、郭沫若、洪深等作家为行将固步自封的戏剧美学注入了新的活力,探索到了一条新的"出路"。到20世纪50年代,当胡可的话剧《槐树庄》出现演员对观众讲的"旁白"时②,虽然还有欧阳予倩这样的老艺术家表示"不理解"③,但称赞的声音已经成为主流:"作者在这个戏里大胆地采用了人物直接对观众讲话的手法,不仅使人物的色彩更明朗,而且人物这样直接向观众剖析自己的心理、情绪,更密切了和观众的情感交流,增强了戏的效果。"④在拉近观众距离、增进情感联系、实现情感教育和政治动员等方面,胡可的做法都呼应着郭沫若、茅盾在20世纪40年代的努力。由老一辈作家为戏剧形式打开的"出路"终于在20世纪50年代开花结果,在继续发挥其教育功能的同时,也获得了实至名归的地位与合法性。

---

① 洪深:《优美的作风》,《文艺报》1949年第9期。
② 《槐树庄》剧本中常见"对观众"的台词(见胡可:《槐树庄(五幕话剧)》,解放军文艺出版社1959年版)。
③ 欧阳予倩:《令人喜悦的〈槐树庄〉》,原载《光明日报》1959年7月26日,引自陆文璧、王兴平编:《胡可研究专集》,解放军文艺出版社1984年版,第147—148页。
④ 肖泉:《〈槐树庄〉的人物描写》,原载《文学知识》1959年8月号,引自陆文璧、王兴平编:《胡可研究专集》,第164页。

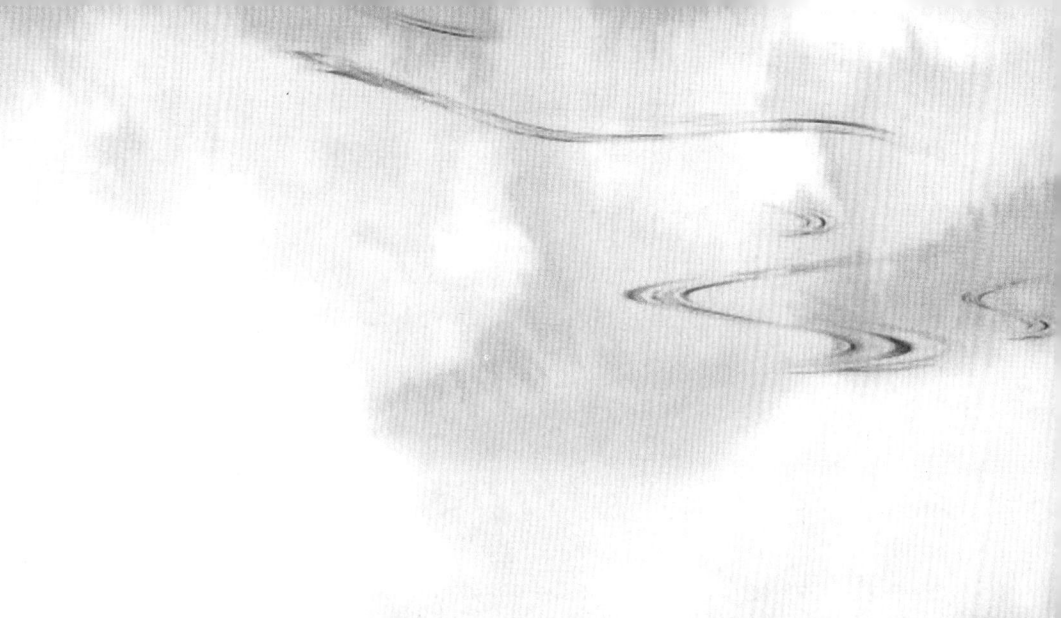

茅盾史料考证

茅盾写于香港的一篇佚序

金传胜　杨　娜①

摘　要：1948年11月，茅盾曾给吴辉扬、陶锡琪编著的《俄文文法大全》作过一篇序文，未见人民文学出版社、黄山书社推出的两版《茅盾全集》收入，各家《茅盾年谱》亦未提及。茅盾欣然为此书作序，一方面缘于他与两位编著者之间的友情，另一方面则是作为"苏联专家"的茅盾"义不容辞"的责任。《〈俄文文法大全〉序》不仅见证了茅盾夫妇与吴辉扬、陶锡琪等香港本地作家（翻译家）的友情，而且向读者展示了茅盾独具特色的书法艺术。

关键词：茅盾；佚序；吴辉扬

1949年9月，吴辉扬、陶锡琪编著的《俄文文法大全》由新华外国语文研究学会出版。本书包含《茅盾序》《著者序》，其中茅盾的《〈俄文文法大全〉序》是以手迹排印的。这篇序文未见人民文学出版社、黄山书社推出的两版《茅盾全集》收入，各家《茅盾年谱》亦未提及，兹将全文整理如下：

学习外国语文的目的，在于能读外文书报，而阅读外文书报的目的又在于增进知识，研究各专科的学术。近五十年来，世界最新最进步的学术思想都集大成于苏联，而在人类史上实现了最合理最平等自由的政济社会制度的第一个国家也就是苏联；因此，我们如要研究学术思想或人类社会发展的道路，即卑之无甚高论，仅思明了我们这伟大邻邦的真相，都非阅读俄文的书报不可。此所以学习俄文的青年近来天天在增加了。

然而学习俄文的工具书仍很缺乏，学者求一完善之文法书而不可得。吴辉扬、陶锡琪两先生有见及此，穷一年之时力，参考俄文文法书多种，又辅之以平日教习之经验，成此文法大全，即将问世。这对于有志学习俄文者，真是一个好消息。此书优点有目共睹，不必我来哓舌。我深佩吴陶两先生用力之勤，取材之博，抉择之精且慎，又深庆学习俄文者从此得一良好工具，必将事半功倍，用敢不辞浅陋，书此数言，聊表钦佩之意。一九四八年十一月二十日，茅盾于香港寓楼。

1949年5月，《电影论坛》第3卷第3、4期合刊（香港版第5号）曾预告本书将于5月出版，称誉它是"学习俄文的宝典""一九四九年中国出版界的异彩""东南

---

① 作者简介：金传胜，扬州大学文学院副教授。杨娜，扬州大学文学院在读研究生。

亚印刷史上的第一本俄文巨册"等，并节录了茅盾的序言，以及苏联电影业部东南亚代表杨少任的推荐语："吴辉扬先生多年来为苏联电影工作服务，努力介绍苏联电影艺术，具有不可磨灭的功绩，吴先生所撰译之苏联电影资料早已脍炙人口，今日与陶先生合编著此书，对促进中苏文化交流必有莫大帮助。"该书实际出版于1949年9月，当月3日香港《大公报》"出版消息"中报道："吴辉扬、陶锡琪编著的《俄文文法大全》昨已出版，由三联书店经售，全书达五百页，内容非常精密，举例详尽，并由茅盾写序，为学习俄文的宝典。"①10月9日再次刊登广告，并摘录了茅盾的序文和杨少任的推荐语。承印者为香港印刷工业合作社，总经售处是生活·读书·新知香港联合发行所，价格定每册港币八元，可知该书主要面向香港读者。出版者署"新华外国语文研究学会"，版权页亦写作"新华外国语文研究会"，标有上海、香港两个地址。其中上海地址为：静安寺路斜桥弄六十三号。经查，这与安达股份有限公司上海分行（代理处）是同一个地址。安达股份有限公司"是我党在东南亚华商中的一个统战组织、又是一个华侨商业单位"②，负责代理苏联影片在香港及南洋地区的发行业务。香港南方影业公司即是由安达公司影业部发展而来，脱离安达公司后"专门从事发行苏联电影"③，总经理杨少任，洪遒任副经理。由于暂未见到新华外国语文研究（学）会的相关信息，笔者猜测这个看似学术性的机构实际上就是安达股份有限公司。

吴辉扬的生平资料十分零散，缺乏完整的叙述，而陶锡琪的相关记载更少。据吴辉扬1948年发表的《我的学俄文经验》一文，已有英语基础的他于1937年春开始学习俄文，曾得到过刚从苏联回国的著名翻译家耿济之先生的指导。1939年3月，青年新闻记者学会香港分会主办的中国新闻学院成立，院长为《申报》总编辑郭步陶，副院长为《星岛日报》总编辑金仲华。教师队伍网罗了刘思慕、梁式文、叶启芳、郑森禹等著名编辑或教授。学校的宗旨是"为了大量造就坚苦耐劳的新闻战士"④，每一期六个月。吴辉扬为第一届学生，同时录取的还有李君毅、薛君度、雷景冬、邬侣梅等，1939年10月毕业。钟华在回忆文章《难忘的二三事》中提到雷景冬邀约同班同学邬侣梅和吴辉扬一起替《世界知识》翻译文章，作为主编的金仲华老师"对这几个小伙子的译文极为赞赏，给以千字5元至10元高稿酬"⑤。1940年吴辉扬复为金仲华主编的香港《星岛日报·中国与世界》投寄译稿。1943年曾担任俞颂华主持的衡阳《大刚报》的英、俄文翻译，后返回香港为苏联电影翻译字幕。⑥《明朗周报》《电影论坛》《大公报（香港）》等报刊上都可以找到吴氏的文章，大多是关于苏联电影的译文，也有捷克作家斯蒂芬·海姆的著名小说《人质》。据

---

① 《大公报（香港）》1949年9月3日第4版"出版消息"。
② 邱秉经：《关于安达公司的回忆》，中共广东省委党史研究室编：《广东党史资料　第20辑》，广东人民出版社1992年版，第88页。
③ 朱虹主编：《闪耀在同一星空：中国内地电影在香港》，云南人民出版社2005年版，第1页。
④ 落霞：《青年新闻记者学会香港分会主办的中国新闻学院成立》，《申报（香港）》1939年3月30日第5版。
⑤ 钟华：《难忘的二三事》，载《上海文史资料选辑　第84辑　金仲华纪念文集》，上海市政协文史资料编辑部1997年版，第139页。
⑥ 参见吴辉扬：《我的学俄文经验》，《学生文丛》1948年第4辑。

《学生文丛》1948年1月"第三辑"《新生的一代》封底广告,吴辉扬是香港业余英俄文专修学校校长。该校约成立于1946年底,"为战后华南开办最久之俄文研究中心",设英文专修科、俄文专修科,附设俄语会话专修班。吴氏于1948年2月翻译出版了《论苏联电影艺术》(苏联电影研究院编著),由苏联电影业部东南亚区总经理南方影业公司出版。本书校阅者署陶锡奇,与陶锡琪应是同一人。同年,吴辉扬与陶锡琪合译的《列宁的童年》(维里登尼科夫原著)由香港业余英俄文专修学校出版发行。1949年9月,吴辉扬、陶锡奇分别翻译的《苏联的自动收割机》《丹娘怎样学习》同时收入新少年出版社"新少年综合丛书"第一辑《迎接新时代》。① 1950年,吴辉扬、陶锡琪编译《苏联电影的艺术思想基础》和电影剧本《青年近卫军》《列宁传》,均由香港南方影业公司出版。从种种迹象来看,吴辉扬、陶锡琪长期与香港南方影业公司有合作关系,为该公司代理的苏联影片翻译字幕并为之宣传。

　　茅盾欣然为《俄文文法大全》作序,一方面缘于他与两位编著者之间的友情,另一方面则是作为"苏联专家"的茅盾"义不容辞"的责任。茅盾的第一外语是英语,早在中学时代开始学习,1913年至1916年在北京大学预科学习期间进一步研读英文原著,并选读法语作为第二外语。茅盾一直对苏俄文学艺术情有独钟,翻译了多篇(部)苏联作品。1939年春茅盾赴新疆工作,经过兰州时特意买了一本"英文解释的俄语读本",并为两个孩子请了"一位归化族的俄语教师"。② 1946年12月至1947年4月应邀访问苏联,全面考察了苏联社会主义建设事业,回国后发表了有关苏联的若干演讲、文章,结集为《苏联见闻录》《杂谈苏联》两书。1947年11月③,茅盾第五次来港,直至1948年12月离开,度过了一年有余的寓港生活。《杂谈苏联》一书结集之前,曾于1948年6月11日至8月24日连载于香港《华侨日报》④,增进了香港读者对于苏联的认识和对社会主义制度的了解。正是在茅盾等进步文化人士的影响下,香港乃至东南亚青年对苏联的兴趣大增,学习俄文的需求扩大。在吴辉扬看来,"俄文对中国人民特别显得重要","对俄罗斯语言和俄罗斯文化的了解是关系中苏友好关系的基础巩固"。⑤ 正是在这一背景下,吴辉扬不仅创办了香港业余英俄文专修学校,为香港《学生文丛》1948年第4辑《给初学者》撰写了《我的学俄文经验》,而且决定编写一本学习俄文文法的工具书。在作于1948年10月的《著者序》中,吴辉扬阐述了《俄文文法大全》的编著意图:"近年来,由于研究俄文的人数大大增加,对研究俄文的参考书籍的需求愈为迫切,但一本研究俄文文法的比较完全和详尽的中文书本现在还不可得。本书问世,希望能

---

① 参见《新少年综合丛书第一辑今日出版》,《大公报(香港)》1949年9月1日第4版。
② 茅盾:《茅盾全集　第三十六卷　回忆录二集》,黄山书社2014年版,第300页。
③ 茅盾在回忆录中说自己1947年12月上旬和叶以群同时离开上海。查《陈君葆日记全集(卷二:1941—1949)》,1947年11月30日有茅盾、郭沫若、柳亚子参加《华商报》茶话会并作演说的记载,说明茅盾1947年11月已抵香港。
④ 参见金传胜《茅盾〈杂谈苏联〉的初刊处》,《文汇报》2018年2月12日"文汇读书周报"。
⑤ 吴辉扬:《我的学俄文经验》,《学生文丛》1948年第4辑,第5—6页。

够解决这一巨大困难,破除中国青年对学习俄罗斯语文和了解俄罗斯文化的障碍。"①《俄文文法大全》旨在帮助中国青年掌握俄语文法,进而了解俄罗斯文化。两人在《后记》(写于1949年8月28日香港)中透露"由编著工作开始直到印出来止一共费了一年零十个月"②,据此推知,本书的编著工作开始于1947年12月前后,正是茅盾来港之时。茅盾夫妇与吴、陶的结识可能是通过金仲华等友人的牵线搭桥,具体交往情形尚待进一步考证。由于茅盾访问过苏联,吴辉扬精通俄语,他们之间显然有许多话题,尤其苏联的文学、电影,想必是他们经常讨论的内容。茅盾在香港期间观看了《侵略》《我的大学》《陌上春回》等苏联电影(大多早于片子正式公映),并发表《略谈苏联电影》等文章或影评,向香港观众大力推荐苏联优秀影片。可以说,茅盾、吴辉扬以各自不同的方式促进了苏联电影与文艺在中国的传播。

序文末尾的"香港寓楼"是茅盾1948年在香港九龙住得最久的寓所,但具体地址不详。茅盾、郭沫若几乎同时到港,但最初分别住在两家不同的公寓里③。茅盾在1948年1月10日致曹靖华的信中说:"弟南来后,倏忽经月,现已觅定住房,一切粗安聊可告慰。"④可知茅盾1948年1月上中旬已找到房子。茅盾在回忆录中曾提到1947年来港后的住所变迁:"香港房子紧张如前。我们在公寓中住了一个半月,才靠周钢鸣的帮忙,好不容易在九龙弥敦道租到了一位华侨的房子;房东住楼下,我们租了二楼,后来翦伯赞搬来住了三楼。"⑤翦伯赞稍早于茅盾来到香港,最初住在李济深的招待所。"11月中旬,迁居九龙山林道的一个公寓中。至12月中旬,翦夫人从广州到香港,他们又迁居尖沙咀海防道40号。"⑥翦先生自山林道迁居海防道的时间"是在1948年初"⑦。杨济安《恩师翦伯赞在香港的日子》也写到了翦伯赞在香港海防道的住所:"翦老住在九龙尖沙咀海防道40号四层。这是翦师母外甥女葛启钰和女婿苏一立的家,两家合住,有诸多不便,也很拥挤。"⑧杨乔回忆1948年春"到九龙海防道翦伯赞同志家中有事,华岗同志也在座,他们两位都是著名的历史学家"⑨。上述文章中均未提及翦伯赞曾在弥敦道住过,与茅盾的描述有一定的出入。似乎存在两个可能:第一,茅盾因时过境迁对香港寓所的回忆不太准确。第二,翦伯赞曾在弥敦道茅盾楼上短暂留宿,在尖沙咀海防道40号四层居住的时间更长。

---

① 吴辉扬:《著者序》,《俄文文法大全》,新华外国语文研究学会1949年版,第13页。
② 吴辉扬、陶锡琪:《后记》,《俄文文法大全》,新华外国语文研究学会1949年版,第459页。
③ 参见方旸《访问两位文豪 郭沫若和茅盾先生》,《华商报》1947年12月19日第4版。
④ 茅盾:《茅盾全集 第三十七卷 书信一集》,黄山书社2014年版,第300页。
⑤ 茅盾:《茅盾全集 第三十六卷 回忆录二集》,黄山书社2014年版,第900页。
⑥ 张传玺:《翦伯赞传》,北京大学出版社1998年版,第192页。
⑦ 张传玺:《寻访翦伯赞先生在香港的踪迹》,北京大学历史学系编《北大史学10》,北京大学出版社2004年版,第341页。
⑧ 《翦伯赞纪念文集》编委会编:《翦伯赞纪念文集》,人民教育出版社1998年版,第54页。
⑨ 浙江省龙游县华岗研究学会编:《华岗研究 第1辑 纪念华岗同志文章汇编》,内部发行,1986年版,第139页。

由《后记》中"工作期间茅盾先生夫妇曾给我们俄文文法书籍参考,并提供许多宝贵的意见,我们首先要向他们道谢"①的描述可知,茅盾夫妇十分支持吴辉扬、陶锡琪编著《俄文文法大全》的工作,并为他们热情提供了俄文文法的参考书籍和许多意见。因而此书的诞生实际上也有茅盾夫妇的辛劳在内。茅盾在序文中则强调了青年学习俄语的重要性,希望青年读者能够通过阅读俄文书报"增进知识,研究各专科的学术","明了我们这伟大邻邦的真相"。不过书籍正式出版时,茅盾已不在香港,不知他是否曾见到单行本。无论是茅盾、孔德沚夫妇,还是吴辉扬、陶锡琪,他们为20世纪中苏文化交流所作的贡献都是不应被遗忘的。茅盾一生为许多文学作品、研究著作写过序,但是像《俄文文法大全》直接将茅盾序文以手迹的形式刊印出版的图书,并不多见。同样以手迹制成锌版的序文是茅盾1948年6月在香港写的一篇自序——《〈第一阶段的故事〉四版序》,收入同年上海文光书店出版的《第一阶段的故事》。《〈俄文文法大全〉序》不仅记录了茅盾夫妇与吴辉扬、陶锡琪等香港本地作家(翻译家)的友情,而且也向读者展示了茅盾独具特色的书法艺术。

---

① 吴辉扬、陶锡琪:《后记》,《俄文文法大全》,新华外国语文研究学会1949年版,第459页。

新见茅盾佚信三通考释

孙晨晨[①]

摘　要：查阅各地文史资料，新发现茅盾佚信三通，即《致孙永华》（1956年12月、1957年3月）与《致沈阳铁西区文化馆》。佚信为研究茅盾在20世纪50年代的思想观念与社会交往增添珍贵史料。前两封信共计三千余字，既回答了现行《茅盾全集》中孙永华的身份问题，亦显露出茅盾的工作情况、创作主张与政治态度，还展示了茅盾关爱青年的形象。后一封信件篇幅不长，但体现出茅盾对基层工人文艺创作的关注。新见佚信值得后续茅盾全集与年谱的修订者参酌。

关键词：茅盾；孙永华；佚信；20世纪50年代

茅盾是现代文学史上的重要作家，人民文学出版社与黄山书社先后推出两版《茅盾全集》。除全集外，查国华、万树玉、唐金海、李标晶等先后开展茅盾年谱的编纂工作，李标晶版《茅盾年谱》新补大量有关茅盾生平行实的详细资料。但是茅盾尚有诸多集外文字散见他处，"打捞"佚文的工作尚需继续进行。笔者在阅读各地未公开出版的文史资料时，新发现茅盾20世纪50年代的三通佚信，信件不见各版《茅盾全集》收录，相关史实亦不见诸家年谱载录，现将新见佚信披露如下并做考释。首节详述茅盾与孙永华通信的史实，证明信件的真实性；第二、三节分别解读致孙永华的两封信件；第四节考证剩余一封佚信。

一、《致孙永华》佚信的发现

《茅盾全集》（黄山书社，2014年版）收有1956年6月2日茅盾致孙永华的一封复信，信件是整理者据茅盾手稿录入的，全文见下：

《百日诗草》和《四年月诗选》早已收到。可是，您既没有信附在原稿里，也没有在原稿上写个通讯址，因而一直无法处理。我们正弄得毫无办法，幸而昨日接到您在五月卅日寄出的信，总算在信封上找到简单的地址。现在我写这封信告诉您：诗稿我抽读了几首，说老实话，没有多少诗的味道。我每日都为行政工作和社会活动而十分忙碌，真真没有时间读完您这样两大厚册的诗稿，自然更其不可能详细分析这些诗的缺点了。十分抱歉，请您原谅。现在我把您的诗稿交给《诗刊》编辑部，他们或许可以给您提些比较具体的意见，请您直接和《诗刊》编辑部联

[①] 作者简介：孙晨晨，西安交通大学人文社会科学学院中文系硕士研究生。

系罢。①

通过回信可知此前孙永华曾寄给茅盾两部诗稿，但未曾附信也未写清地址，故不能回信。5月30日孙永华来信催问，茅盾在信上找到简单的地址后即作回复，一方面坦言诗作平平无奇，另一方面因公务繁忙，提出将诗稿交给《诗刊》编辑部并让孙永华直接与之联系的建议。据年谱记载，茅盾在1956年5月间参加过"五一"国际劳动节庆祝会、纪念海涅等三大文化名人大会、怀仁堂报告会等各类会议②，故信中所言"每日都为行政工作和社会活动而十分忙碌"并非虚辞。回信对象孙永华究竟是谁？茅盾与他还有怎样的交往？

这些问题得到了孙永华本人的回答。《茅盾研究》第6辑收有孙永华所撰《茅盾——新中国最慈爱的文学爷爷——文学爷爷第一封复函》一文。文中孙永华回忆自己与茅盾书信往来时，只是张家口第二中学读高一的学生，他本人酷爱文学创作且甚为自负。当得到茅盾1956年6月2日的回信之后，不久又将自己创作的电影剧本《汽枪》寄给茅盾评阅，因未获回复，便致信斥责。同年9月得到茅盾回信，为茅盾的谦卑精神与宽阔胸襟所折服。文中载录了复信的全文。值得注意的是，孙永华文章题目将茅盾9月的回信视作"文学爷爷第一封复函"，那么此后茅盾应该还有回函。最近笔者在翻阅各地政协文史资料时，意外发现茅盾致孙永华的两封信件，分别写于1956年12月11日与1957年3月9日，与已知的复信在时间上相续接。

据《张家口文史》（第3辑）所载，茅盾1956年9月至1957年3月，共寄给孙永华总计5600余字的三封行楷书复函。③ 但信件原稿在1957年11月的运动中遗失，此后孙永华只能"天天搜索枯肠，深怀着对茅公没齿难忘的感激和深情苦苦回忆"④。故1995年《茅盾研究》第6辑所载茅盾回信并非据底本录入，而很可能是孙永华的回忆稿，文中"记得第一封复函开始""记得是这样写的"等句亦证实了这一猜测。⑤ 幸运的是1957年7月孙永华将茅盾的三封来信抄录在父亲孙仲良的旧日记本上，而1998年8月26日孙永华意外在父母故宅中发现这一抄录件，《张家口文史》（第3辑）载有信件全文。将第一封信与《茅盾研究》所载回忆稿相比较，文字差异不大，其余的两封回信则不见两版《茅盾全集》收录，相关论著亦未提及，当是佚信。致佚原因有二：客观原因是相关文史资料的印刷量不大且未公开发行，研究者不易觅得。主观原因是民国时期的报刊是搜集现代作家佚文的重要来源，研究者对新中国成立后，尤其是20世纪末至21世纪初的资料关注度不高。

---

① 茅盾：《茅盾全集》第37卷，黄山书社2014年版，第405—406页。
② 李标晶：《茅盾年谱》，浙江大学出版社2021年版，第559页。
③ 孙永华：《茅盾关心青少年作者的三封复函》，《张家口文史》第3辑，第349页。
④ 孙永华：《茅盾关心青少年作者的三封复函》，《张家口文史》第3辑，第351页。
⑤ 孙永华：《茅盾——新中国最慈爱的文学爷爷——文学爷爷第一封复函》，《茅盾研究》第6辑，第318页。

二、《致孙永华》(1956年12月11日)

孙永华在接到茅盾1956年9月的回信后不久,又寄来自己的多部文稿,请求茅盾评阅。茅盾于1956年12月11日再次回信。首先对稿件之多表示赞赏,但也指出孙永华急于求成,不愿在"改"字上下功夫的缺陷。希望孙永华多删改自己的作品,并以孙犁为刘绍棠改稿为例,说明修改文章的重要性。同时建议孙永华多读优秀的短篇小说,避免平铺直叙的写作。孙永华在接到茅盾上一次诚恳的回信后,可能对自己浮躁过激的行为有所反思,故在来信中自我贬低,将署名的字体写得极小。茅盾又善意地批评,指出"立身做人应心怀坦荡、谦虚、谨慎,但不等于不要自尊",同时谦卑地称自己不过是酷爱文学的青年作者,老一点的"文友"而已。

信中茅盾还仔细计算了孙永华文稿的数目:长、短诗二百五十六首、七本散文集、两部小说。针对每类作品还提出了详细的处理办法。此次孙永华来信还向茅盾请教作文的秘诀,茅盾认为自己的写作离不开"改""钻"二字,并详细陈述了自己的写作心得,即"想学的东西,非要千方百计学会,欲知之事,无论是费多少周折,也要弄清,偶发灵感,想写的文章,总要把它写出来,绝不懈怠"。尽管孙永华任性成癖,但茅盾反而赞赏他的直率,并赠送"入得深山,方闻鹧鸪"的墨幅。① 孙永华在信中可能还表达了未收到稿纸的不满,茅盾在回信的末尾也加以解释并申明会尽快解决。

孙永华同学:

大札、大作均悉,沉甸甸的一包,令人大吃一惊:刚上高中的学生,下笔著文宛如飞瀑落涧,短短四年便连篇累牍,让人目不暇接。对你执著的写作精神,让人钦佩。但使人担心的是你的急于求成,不愿在"改"字上下功夫的执拗;这样固执的结果往往是"欲速则不达"。因为文学创作是一项很艰苦、严谨的工作,很注意作品的质量优劣,因为广大读者期盼的是能打动他们心灵的佳作精品。中国有句俗话:"宁吃鲜桃一口,不吃烂杏三筐。"列宁也说过:"宁可少些,但要好些。"这里事先声明:我绝无揶揄之意,只是诚心诚意希望你今后著文不要光想一蹴而就,不作修改,贸然交卷。写文章,上报刊,是让全市、全省、全国人民看的,不同于给志愿军写慰问信,不用心琢磨、推敲,不尽力删改怎么行? 古今中外,成功的佳作,都是深思熟虑后改写出来的。何为成功之佳作? 仅仅掌握了写作技巧是远远不够的。文学艺术来自丰富多彩的生活,何止是语言艺术? 好的文学作品,不仅是反映现实生活的聚光镜、包蕴人生绚丽色彩的万花筒,而且是治愈人类精神创伤的灵丹妙药!

就拿刘绍棠来讲,估计他也是你这个年龄开始刊登小说,十六岁出集子,堪称中国小说界的神童、才子,解放后的中国农村新生活被他描绘得风光旖旎,栩栩如

---

① 据孙文华所记,墨幅长69厘米,宽44厘米,寄到的日期是1956年12月中旬。1957年11月被二中校方没收,至今下落不明。孙国华保存有书法家张允龙的仿幅。见孙永华:《茅盾关心青少年作者的三封复函》,第350页。

生！笔下的人物，写一个活一个，活脱脱就在眼前！年纪轻轻一个农村长大的孩子，这种神奇功力从哪里来？除本身天赋外，还不是有孙犁这样的良师悉心指导，一遍又一遍帮他改稿，本人不辞辛劳，一遍又一遍勠力去改，作品才渐臻完美的！最近抽读贵作《藕》①，总感到小说里语言恬淡无味，显得冗赘，故事几乎是平铺直叙，很少跌宕起伏的情节变化。建议你多读些优秀的短篇小说，如刘绍棠的《青枝绿叶》《山楂树的歌声》《运河的桨声》，这样，对你的小说创作，我想，不无裨益。你的来信充满年轻人的直率、可爱，有些语句很耐人寻味，竟把自己比作一只"放大多少倍的跳蚤"。这样的自嘲、自詈未免太过分和离题。立身做人应心怀坦荡、谦虚、谨慎，但不等于不要自尊，对人宽厚对己严。人无贵贱之分，团结友爱，互相尊重，礼尚往来，是中华民族的传统美德。你也不必过于自责。"后生可畏"这个词，从古到今，不知流传多久。我已年逾花甲，岂同十几岁学生锱铢必较？更大可不必来函将署名缩小数倍，我本来老眼昏花，难道非逼我去借显微镜不成？本人亦是被人放大的写书匠，平素被人称为"文学家"就觉诚惶诚恐，更谈不上是大作家、大文豪！世上写出几百万字作品的作家比比皆是，我能算老几？我不过是酷爱文学的青年作者，老一点的"文友"而已。

《百日诗章》和《四年月诗选》两大本诗集，我早已送《诗刊》编辑部请人代删。这次寄来的四部诗集：《歌唱幸福春》《短诗余春》《我感到近处有一颗星星》《缀云草绿》，还有长诗：《台湾，祖国的宝岛》，我数数，恰是梁山好汉数，一百零八首，再加上两大厚本的一百四十八首，总共是二百五十六首长、短诗。还有七篇散文的《星皎集》、两篇小说《洪水下来的时候》《藉》，大约二十万字。大作诺多文字，三个月岂能读完毕？还有改诗，我是门外汉，还是另请高明好，再送全国一流的《诗刊》，请编辑教师代为删改。

来信说：作协的名作家过于苛刻，不肯授你"创作秘诀"，于是来求我。我其实也无"创作秘诀"，比起郭沫若先生授你"熟能生巧"也无甚高明之处。不过追昔静思，总结我几十年写作之尝试，只琢磨出"改"和"钻"二字。前日，闲下又拜读你几封长信，使我感触良多，想到数十年前到处奔波养成了习癖：想学的东西，非要千方百计学会，欲知之事，无论是费多少周折，也要弄清，偶发灵感，想写的文章，总要把它写出来，绝不懈怠。我想，这便是我的"创作秘诀"吧？你三番五次，成篇累牍给我写信，用词不羁，如千军万马，纵横疆场，如入无人之境。如此直言不讳，畅所欲言，对老朽如此信任，令老朽感动备至。只叹我整日忙碌，体力不支，精神有限，只能在夜阑人静之时，涂些笔墨，告知你一点心得体会，望酌情鉴谅。

另邮墨幅一帧，权作我赠你的"创作秘诀"，留个纪念。你小小年纪"初生牛犊不怕虎"，任性成癖，但竟能做到无视权势，不拍马，做到自责、自剖、心口如一，真令人肃然起敬！怎能不让老朽数夜难寐，联想翩翩？从古以来，责人者众，责己者寡。自以为是者众，自惭形秽者寡。即使是历代名人、伟人，也常乏自责者。我想，这也是你最大的可爱所在，也可作老朽赠寄贱墨的理由罢！

---

① 此处作"藕"，但该信后文提及孙永华的两部小说《洪水下来的时候》与《藉》。则"藕""藉"形近，必有一字误。

刘白羽同志未邮稿纸给你,这不要紧,请不必与去年事挂钩,乱猜疑。我会尽快给你寄去。贵作正在抽暇奉阅,请耐心等待。

此,祝剧本改写成功,学习进步!

茅盾　一九五六年十二月十一日

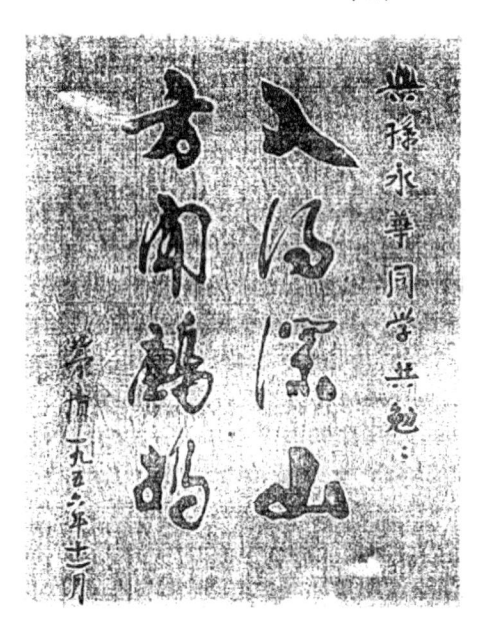

图 1　茅盾赠给孙永华的手迹(仿题)

三、《致孙永华》(1957 年 3 月 9 日)

孙永华听取了茅盾的建议,多次修改电影剧本《汽枪》,并寄信茅盾说明近况。茅盾于 1957 年 3 月 9 日再次回信。首先说明一千张稿纸与批阅后的散文、小说已经邮出,其次交流了打稿的方法、回复了《诗刊》编辑部的改稿事宜并建议多向郭小川请教诗歌创作的经验。最后对孙永华来信的"道歉""报恩"表示不满,勉励孙永华努力创作繁荣党的文化事业,其间也申述了自己的共产主义信仰。信的末尾还就孙永华改稿的具体操作表示认同。

孙永华同学:

来函均悉。剧本《汽枪》已改三遍,告捷有望。作为我隔行如隔山,只能隔山相望而爱莫能助。唯一能帮的只有提供稿纸,一千页稿纸今已付邮,连同奉阅、奉改的七篇散文的《星皎集》、两部长篇小说一并寄还,全部附上拙见,仅供参考。

写作固然是爱好者一大乐趣,但更是苦差事,改作更是苦上加苦。半年来,你对剧本的删改、抄写,一定尝够了其中苦涩滋味。改作如同塑像,一遍又一遍刻意去雕琢,力求使之完美、突兀,多余部分如同冗言赘句,尽可别去,你在无用的笔记本上打稿,并不是什么新发明,我年少时也常在草纸、旧账簿上打稿。你家中贫寒,购不起稿纸,但人穷志不移,马棚也能遮风雨,铅笔照样能撰写文章。先在废纸上起草,最后在定稿时誊在稿纸上,办法不错。如稿纸不够,尽可函告,再寄。请《诗刊》代删的《百日诗章》《四年月诗选》及九月送去的四本诗集、一部长诗,计二百五十六首,是否已改毕邮还?近来事务繁忙,未顾上去文联、作协那边,《诗刊》编辑部也久未登门。郭小川不是曾指导过你作诗吗?你为何不多请教他呢?他老在作协。他的朗诵诗很有感染力,是你很好的老师。你还年幼,我还是那句话:"做人要对己严,对人宽。"人非圣贤,孰能无过?金无足赤,人无完人。对人不要求全责备,不然,对谁也没有好处,只会越搞越僵。

你的两封来信,不是"道歉",就是"报恩"。我是共产党领导下的文化部长,你小小年纪,发奋要为中国的文化事业做贡献,我岂有不管之理?要是不管,我不成了"尸位素餐"、共产党最反对的"官僚主义"了?将来一旦你写作取得成功,真要报恩的话,那就去报答党的恩、毛主席的恩!即使你不情愿,起码也要报党的恩。没有共产党,哪会有新中国?也不会有你和我近一年的交往,你也不会有偌多散文、小说、诗歌让我改!假若你的剧本取得成功,第一个就要报党的恩!是党把你培养成人,是党给了你学习的机会,给了你创作的灵感和发挥天地,党的支持再加上你的天赋和努力才能成功。你说对吗?

党是一个伟大的几百万党员的革命群体,不是几个人、几十个人、几百个人的,这一点你应该清楚!不能白玉微瑕,便一律视作砾石,更不可以一眚而掩大德!党是全中国人民最亲爱的母亲,不要老看不到党对你慈母的爱,不要单纯认为,凡回你复函的便是真正的共产党。我不是党员,怎么会给你回信呢?其实我也是个共产党员,跟党干了几十年革命,只是不挂党员名而已。你也观察我有些时日了,看我究竟像不像个共产党员?谁叫我信仰共产主义,做了这么多共产党员要做的事?如今又当了文化部长,"在其位不谋其政"怎么行?连你这位有志于文学创作的中学生都要管,何况全国还有这么多青年作者呢?不去管,中国的文学创作能够繁荣发展吗?我这人有个脾气,不管则可,一管就要管到底,共产党领导的中国文化事业我是发誓要管到底的,直到永远闭上眼睛去见马、恩、列、斯。

孔子曰:"六十而耳顺。"我则不然,如今社会上有些言论我实在听不进,什么"共产党员是外行,领导不了内行","共产党不讲民主、自由"。诚然,党的领导中也有外行,也会有凭主观臆断行事,不讲民主、自由的,但毕竟是少数,不能一概而论。不能代表整个党!你还年轻,以后慢慢会清楚的。

我们虽属忘年交,但为国争光,为伟大的中国共产党缔造的中华人民共和国争光,为祖国母亲争气的事,不分老小都要勠力去做,谁让我们全是她的亲子亲孙呢!

来信说,为了《汽枪》及时完成,你想了个法子,不用老办法,整篇改,再重抄,而是摘着删改,这样来的快,还省时省力。既然如此,何乐不为?就这样去改好了!圆凿既好,何用方枘?此外,还有什么需要我帮助的,尽可来函赐告。

祝你创作、学业都有进步!并注意身体!

沈雁冰　一九五七年三月九日

四、《致沈阳铁西区文化馆》

1958年6月初茅盾赴东北开展为期一个月的群众业余文化活动视察工作,6月11日下午茅盾在沈阳铁西区委了解全区创作情况,晚上观看了工人自编自演的晚会演出。次日出席沈阳市文化局、中国作家协会沈阳分会联合举办的沈阳青年业余作者大会,并作报告。此后又前往哈尔滨、牡丹江考察,于7月初返京。[1] 以此次会面为契机,铁西区文化馆经常把区内编印的16开铅印小报《歌唱总路线》及其他印刷材料寄给茅盾,这封信就是茅盾收到后的回信。原文未载具体日期,应该作于茅盾返京之后。信件全文如下:

文化馆诸同志:
收到你们的刊物,谢谢。回忆在铁西区与诸位同志、工人作者会面,至今不能忘怀,祝工人作者今后写作大有进步,文安。[2]

结语

档案史料具有两个本质特征:一是直接形成,未经替换与删改;二是对以往历史的真实记录[3],因此档案能为文史研究提供丰富的资料。政协文史资料即是具有中国特色的重要档案史料,其撰集开始于20世纪50年代并逐渐扩散全国,延伸至地方各级单位,具有史料挖掘力度大与社会覆盖面广的特征。文史资料在征稿过程中要求是历史当事人、见证人和知情人亲历、亲见、亲闻的第一手资料,因而具有极高的可信度。[4] 值得注意的是这批文史资料中保存有大量现代著名作家的文章与对作家的回忆性文字,本文即利用此类资料,新发现茅盾佚信三通。因此各地文史资料对现代文学史料的深度挖掘与充分利用有较大价值,值得研究者注意。

---

[1] 李标晶:《茅盾年谱》,浙江大学出版社2021年版,第591—593页。
[2] 张国斌:《记茅盾同志与我们的一次会面》,《铁西文史资料》第2辑,第162—164页。
[3] 涂鸣华:《中国新闻史史料学》,安徽教育出版社2022年版,第134页。
[4] 黄家发、徐汉燕:《高校图书信息工作与改革》,中国文史出版社1999年版,第49页。

中国共产党早期活动纪念馆中的沈雁冰史料钩沉

欧家斤①

摘　要：上海是一座光荣之城，红色基因融入城市血脉，是这座城市最鲜明的底色。上海当前正深入实施"党的诞生地"红色文化传承弘扬工程，作为研究沈雁冰（茅盾）的学人，发掘和宣传他在上海参与党的创建的光荣历史和奋斗历程，是义不容辞的职责和使命。笔者走访了中国共产党发起组成立地（《新青年》编辑部）、中国共产党第一次全国代表大会纪念馆、中共二大会址纪念馆、中共三大后中央局机关历史纪念馆和中共四大纪念馆，钩沉了共产党早期活动纪念馆中碎片化的沈雁冰史料，使之整体化呈现。党的早期活动纪念馆陈列了大量有价值、有分量、有代表性的文物实物，用文物实物说话，以物证史、以物叙事，整体性勾勒出革命先驱沈雁冰勇于探索、无私奉献和敢于牺牲的光辉形象；用好红色资源、弘扬红色文化，更好地教育引导干部群众特别是青少年传承光荣传统、赓续红色血脉。

关键词：共产党；早期活动；纪念馆；沈雁冰

2023年10月24日，十四届全国人大常委会第六次会议表决通过《中华人民共和国爱国主义教育法》，自2024年1月1日起施行。《中华人民共和国爱国主义教育法》旨在加强爱国主义教育、传承和弘扬爱国主义精神。中国共产党史、革命文化，是爱国主义教育的主要内容。

一部峥嵘百余年的党史，点燃历史荣光；峥嵘党史，铭刻着无数革命先驱为民族独立和人民解放而奋勇牺牲的斗争历程。上海是一座光荣之城，红色基因融入城市血脉，是这座城市最鲜明的底色。她是中国共产党的诞生地、初心始发地和伟大建党精神孕育地，红色资源底蕴深厚、数量众多、特色鲜明。当前正深入实施"党的诞生地"红色文化传承弘扬工程，多措并举保护利用红色资源，全力打造建党历史资源高地、建党精神研究高地、建党故事传播高地。作为研究沈雁冰（茅盾）的学人，发掘和宣传他在上海参与党的创建的光荣历史奋斗历程，是义不容辞的职责和使命。

在此背景下，笔者走访了中国共产党发起组成立地（《新青年》编辑部）、中国共产党第一次全国代表大会纪念馆、中共二大会址纪念馆、中共三大后中央局机关历史纪念馆和中共四大纪念馆，钩沉共产党早期活动纪念馆中碎片化的沈雁冰

---

① 作者简介：欧家斤，中学高级教师。

史料，使其整体化，为人们完整地勾勒出革命先驱沈雁冰勇于探索、无私奉献和敢于牺牲的光辉形象。

一、中国共产党早期活动纪念馆概述

（一）中国共产党发起组成立地（《新青年》编辑部）旧址

1920年初，陈独秀自京抵沪后不久，便在老渔阳里2号（今南昌路100弄2号）寓居，《新青年》编辑部也随迁于此。在这里，陈独秀推动了党的创建工作，加快马克思主义在全国范围内的广泛传播。6月，陈独秀、李汉俊等5人在此发起成立第一个共产党早期组织，推动了各地共产党早期组织的纷纷建立，实际上起着中国共产党发起组的作用。在此还筹备组织了中共一大会议、中共二大会议。此外，在"一大"召开后的一年多时间里，在此办公的中共中央局机关成为了早期共产主义运动的领导中心。1959年5月及1980年8月，此处旧址两次被公布为上海市文物保护单位。2018年6月，老渔阳里2号被列为革命遗址保护项目。2020年7月，中国共产党发起组成立地（《新青年》编辑部）旧址"星火初燃"史迹陈列展完成布展并对外开放。

（二）中国共产党第一次全国代表大会纪念馆

中国共产党第一次全国代表大会纪念馆（简称：中共一大纪念馆），位于上海黄浦区兴业路76号，由中共一大会址、宣誓大厅、《伟大的开端》展厅组成。《伟大的开端》基本陈列展厅位于中共一大纪念馆新馆。展览以"初心使命"贯穿全篇，共分为序厅、"前仆后继、救亡图存""民众觉醒、主义抉择""早期组织、星火初燃""开天辟地、日出东方""砥砺前行、光辉历程"和尾厅7个板块，综合采用多种展示手段，全面系统地展示了中国共产党的诞生历程。

（三）中共二大会址纪念馆

中共二大会址纪念馆位于上海市静安区老成都北路7弄30号。在2001年纪念建党80周年之际，静安区委、区政府对中共二大会议旧址进行修复，2002年建立纪念馆并正式对外开放，2003年被上海市人民政府命名为"上海市爱国主义教育基地"。2008年静安区委、区政府再次对纪念馆进行修缮，于2009年元旦竣工并免费对外开放，同年5月被中宣部命名为"全国爱国主义教育示范基地"。2013年3月5日，中共二大会址被国务院公布为第七批全国重点文物保护单位。新馆展区由序厅、基本陈列展厅、中共二大会议旧址、中国共产党党章学习厅、平民女校旧址展厅共五个展区组成。

（四）中共三大后中央局机关历史纪念馆

1923年6月，中国共产党第三次全国代表大会在广州召开。9月，中央局机关由广州迁址上海，设在当时上海火车站附近的香山路（今临山路）三曾里办公。日军侵华淞沪抗战爆发，三曾里被毁。2007年1月，中共三大后中央局机关历史纪念馆在浙江北路118号建成对外开放。纪念馆中心展区主题是"党史辉煌、永恒丰碑"，主要陈列中共三大后中央局成员在三曾里生活及工作的情况。分中心展区主题是"红色历史、永恒记忆"，主要陈列中国共产党领导上海人民进行一系列革命斗争的红色史料。

(五) 中共四大纪念馆

1925年1月11日至22日,中国共产党第四次全国代表大会在今虹口区东宝兴路254弄28支弄8号处召开。会址原为坐西朝东的砖木结构假三层石库门民居,后毁于淞沪会战。2011年择址四川北路1468号筹建中共四大纪念馆,2012年9月7日正式开馆。2021年5月31日,中共四大纪念馆完成了历时半年的布展提升工程,以崭新面貌向社会重新开放。

二、中国共产党早期活动纪念馆陈列与沈雁冰相关史料钩沉

(一) 中国共产党发起组成立地(《新青年》编辑部)旧址陈列与沈雁冰相关史料介绍

1. 党的第一份机关刊物专版由三部分组成

(1) 上海的共产党早期组织建立后,作为书记的陈独秀决定把《新青年》作为组织的宣传阵地,从1920年9月1日的第八卷第一号开始,全面宣传马克思主义,标志着《新青年》成为中国共产党发起组的机关理论刊物。

(2)《新青年》自第八卷第一号起新辟俄罗斯研究专栏,之后连续译载外国书刊上介绍的有关苏俄革命的文章。第八卷第一号使用了新封面,画着地球和一东一西紧握着的手。"暗示中国人民与十月革命后的苏维埃俄罗斯必须紧密团结,也暗示全世界无产阶级团结起来的意思。"

(3) 1920年11月,上海的共产党早期组织创办了《共产党》月刊,作为党的理论教育刊物,由李达主编。

2. 沈雁冰与《新青年》等相关史料钩沉

1920年1月陈独秀离北京抵沪。由于沈雁冰常在《学灯》上投稿,引起了《时事新报》主编张东荪的注意。张东荪主编《解放与改造》,刊登介绍外国各派社会主义运动的文章,就约沈雁冰写稿,有事外出时并请沈雁冰代为编辑《时事新报》,两人关系由此融洽。张东荪把沈雁冰介绍给了陈独秀相识。为了筹备在上海出版《新青年》,陈独秀约沈雁冰等人在老渔阳里2号谈话。沈雁冰第一次会见陈独秀就有好感,感觉他举动随便,说话和气,没有一点"大人物"的派头。

5月上海"马克思主义研究会"成立,由陈独秀负责。成员有李汉俊、沈玄庐、陈望道、施存统、杨明斋、俞秀松、沈雁冰、邵力子等。8月中国第一个共产主义小组在沪成立。沈雁冰在当年10月间由李汉俊介绍加入。上海共产主义小组筹备出版《共产党》党刊,李达任主编,约沈雁冰写文章。《共产党》与《新青年》的分工是,它专门宣传和介绍共产党的理论和实践,以及第三国际、苏联和各国工人运动的消息。写稿人都是共产主义小组的成员,义务写稿。沈雁冰在该刊第二号发表了《共产主义是什么意思》等四篇译文。第三号上,沈雁冰写了《自治运动与社会革命》,批判当时的省自治运动者鼓吹的资产阶级的民主,指出这实际上是为军阀、帝国主义服务的,中国的前途只有无产阶级革命。同期的《共产党》上还有沈雁冰翻译的《共产党的出发点儿》。第四号上,沈雁冰翻译了列宁的《国家与革命》第一章,这是从英译的《国家与革命》转译的。

12月16日陈独秀应孙中山、陈炯明之邀,去广州担任广东省教育委员会委员长,沈雁冰等人去送行。编辑事务交陈望道主持,沈雁冰、李达、李汉俊三人加入编辑部。

1921年2月的春节期间,党的发起组铅印几万张具有革命传单性质的贺年卡,正面印上"恭贺新禧"4个字,背面印有进行革命宣传的《太平歌》,到处散发。沈雁冰与李达、陈望道等一道领导并参加了这一活动。

9月,陈独秀回上海。10月6日,上海《申报》发表了陈独秀被捕的报道,10月26日获释。老渔阳里2号经过风波,党组织不得不租房子作为党中央包括组织、宣传等各部的秘密办公地点。陈独秀仍住老地方,以此来迷惑法捕房的包探。

此时,各省的党组织也次第建立,党中央与各省党组织之间的信件和人员的来往日渐频繁。党中央因为沈雁冰在商务印书馆编辑《小说月报》,是个很好的掩护,就把沈雁冰作为直属中央联络员,暂时编入中央工作人员的一个支部。外地给党中央的信件都寄给沈雁冰,外封面写沈雁冰的名字,另有内封则写钟英(中央之谐音)。沈雁冰则每日把情况汇总送到中央。外地有人来上海中央,也先来找沈雁冰,对过暗号后,问明来人住什么旅馆,就叫他回去静候。沈雁冰则把来人姓名住址报告中央。因此,沈雁冰就必须每日都到商务编译所办公。当时在商务印书馆遇到各种刁难,沈雁冰实在不想再在商务编译所工作。可是陈独秀知道此事后,劝沈雁冰仍留商务编译所,理由是他若离开商务,中央要另找联络员,暂时尚无合适的人。

茅盾晚年回忆说:那时,上海党支部成员很少,所以"我们的支部会议地点就在陈独秀家里。支部会议每星期一次,我还依稀记得当时参加渔阳里2号支部的党员有杨明斋、邵力子、陈望道、SY(社会主义青年团)书记俞秀松等人,又有共产国际远东局代表魏庭康(原名威金斯基)。讨论事项,大抵是发展党员、发展工人运动、加强党员的马克思主义的学习。除了各人自己阅读外,每星期有一次学习会,时间是下午,从二时到五时乃至六时。学习会采取一人讲解,大家讨论的形式。担任讲解者,李达和杨明斋"。

(二)中国共产党第一次全国代表大会纪念馆

1. 中共一大纪念馆陈列与沈雁冰相关史料介绍

中共一大纪念馆第三部分"早期组织、星火初燃"中的第一单元中国共产党的发起组织在上海成立,陈列的资料与沈雁冰相关的如下:

(1)日本情报机构记载的上海共产党早期组织成员名单一页,分住所、氏名、备考三个栏目,记载陈独秀等十人。沈雁冰为最后一位,住所为宝兴路,备注为商务印书馆编辑。

(2)《新青年》第八卷介绍苏俄文章列表。第八卷第三号(1920年11月1日)雁冰译《罗素论苏维埃俄罗斯》。

中共一大纪念馆第四部分"开天辟地、日出东方",陈列的资料与沈雁冰相关的如下:

(1)1921年6月24日,《民国日报》副刊《觉悟》刊登《〈新时代丛书〉编辑缘起》,丛书编辑处通讯地址为上海贝勒路树德里108号。编辑15人,分别是(按姓氏笔画为序)李大钊、李达、邵力子、周作人、周建人、夏丏尊、陈独秀、经亨颐、李季、李汉俊、沈玄庐、周佛海、沈雁冰、陈望道、戴季陶。

(2) 平民女校高级班教员名单,分课程和姓名。英语,沈雁冰、沈泽民、安立新。

(3)《妇女评论》第十四期(民国10年11月2日)目录:乌克兰民歌(冯虚女士译);女子恋爱的方式(佩韦)。

2. 中共一大纪念馆陈列与沈雁冰相关史料钩沉

(1) 日本情报机构记载的上海共产党早期组织成员名单一页第一位汪馥泉,是著名的进步文化人士,但不是早期组织成员,备注中的"别名沈定一",张冠李戴,其实是位列第二沈玄庐的名字。沈玄庐原名宗传,后改名定一,号玄庐。五四运动时,沈玄庐参与主编《星期评论》,此时发表提倡新文化思想的文章和新诗。沈玄庐曾参与中国共产党的创建,后来又成为杀害共产党人的刽子手。他于1928年8月28日遇刺身亡,画上了毁誉参半的人生句号。汪馥泉参加反帝反封建的五四运动,与俞秀松、宣中华、沈端先等人创办进步刊物《十月》,后改名《浙江新潮》。1922年他在上海从事进步作品翻译工作,著名的译作为《狱中记》(1923年与张闻天、沈泽民合译)、《社会的文学批评论》(与张闻天合译)。1928年,他与陈望道合办大江书铺,出版社会科学书籍颇多。

(2) 雁冰译《罗素论苏维埃俄罗斯》背景。《新青年》第八卷从1920年9月起,开始明显成为倡导唯物思想和社会主义运动的刊物,由北京迁回上海。主要作者有周佛海、李达、沈雁冰、陈望道、陈公博、施存统等。《新青年》第八卷第一号(1920年9月1日)刊俄罗斯研究文章。《新青年》第八卷第二号几乎为罗素专号——因罗素访华在即,此外继续刊登俄罗斯研究文章。《新青年》第八卷第三号,继续罗素和俄罗斯研究专题。第八卷的译文达到了顶峰,共有60余篇,译者也有近20位。第八卷不仅仅增加了专栏表现出对"俄罗斯"的偏爱,其他翻译内容也多多少少涉及俄罗斯,如《罗素论苏维埃俄罗斯》等。

(3) 1921年6月24日,《民国日报》副刊《觉悟》刊登《〈新时代丛书〉编辑缘起》广告。"一大"代表包惠僧在《中国共产党第一次全国代表大会的几个问题》中披露,"一大"会议中断,巡捕们离开之后,他曾前往探视情况,李汉俊告知:"我对他们说是北大几个教授在这里商量编现代丛书的问题。侥幸的是一份党纲放在李书城写字台抽屉内,竟没被发现。"筹备党的"一大"期间,为了方便出入和确保安全,发起组在此先设立了公开的"新时代丛书"社的通信处。这使留下应变的李汉俊得以用出版机构召集作者商议为由与巡捕巧妙周旋。"新时代丛书"社通信处为"上海贝勒路树德里108号"(即望志路108号后门弄堂门牌),就是今天中共一大会址。它与望志路106号的后天井相通,同为李书城、李汉俊兄弟寓所。"发行所"印着"商务印书馆"。当李汉俊因故离沪时,丛书通讯处也发生了变化,已经成为中共中央机关工作人员支部成员的沈雁冰,不仅接替了《新时代丛书》的编译工作,而且直接成为编辑部的通信联系人。当第五种《新时代丛书》问世时,"上海宝山路商务印书馆编译所沈雁冰转新时代丛书社"就成为新的通讯处。该丛书社会销量大,它一版再版,甚至三版。

(三) 中共二大会址纪念馆

1. 平民女校旧址展厅陈列与沈雁冰相关史料介绍

(1) 平民女校教员8人姓名和肖像:陈独秀、邵力子、沈雁冰、沈泽民、陈望道、周昌寿、范寿康、张秋人。

(2) 丁玲回忆文章《我所知道的平民女校》:"固定教课的有茅盾、高语罕、李达、陈望道、邵力子。其中高语罕住在学校,教课多些。"

(3)《李达》载有关"平民女校"的章节:高级班开设语文、英文、数学、理化、教育学等课程。陈望道、邵力子、高语罕教语文;沈雁冰、沈泽民教英文;李达教代数;周昌寿(商务印书馆物理编辑)教物理。

(4) 平民女校是我党训练妇女干部的一个革命摇篮,教员都是具有新思想的知名人士,有的还是党的早期领导人。陈独秀、李达、陈望道、恽代英、沈泽民、高语罕、施存统、邵力子、刘少奇、张太雷、张秋人等都为平民女校讲过课或作过演讲。

教员除了按规定讲课外,每周还有两小时的讲演,由本校教员轮流主讲,讲的都是关系平民女子切身的问题。这一课别的学校是没有的。

2. 平民女校旧址展厅陈列与沈雁冰相关史料钩沉

(1) 平民女校旨在培养妇运人才,开展妇运工作。李达借用上海中华女界联合会的名义,1921年12月筹办平民女学校,也称平民女校,1922年2月20日正式开学,校舍在辅德里632号。这所学校是党中央创办的,校长是李达,实际上是由王会悟负责。王会悟出面租赁。这是一栋两楼两底的石库门里弄房子,客堂间作为教室,课桌椅都是上海中华女界联合会负责人徐宗汉捐助的。

王会悟与沈雁冰两家是多代姻亲世交,沈雁冰的祖父是王会悟父亲的姑妈所生。王会悟的父亲王彦臣开办了镇上有名的书塾,6岁的王会悟与8岁的沈雁冰曾是该书塾同学。"1919年9月,王会悟在沈雁冰的帮助下,离开学习生活了三年多的湖郡女校,奔赴新希望的所在地上海。沈雁冰为王会悟介绍的第一个职位,是担任上海中华女界联合会会长徐宗汉(黄兴夫人)的秘书。沈雁冰告诉王会悟,徐会长委托他找一个聪明伶俐、英文很好,有写作和办事能力,有为妇女解放而奋斗决心的新知识女性做秘书。这个人正是你啊!"①

(2) 1922年2月,丁玲和5位中学女同学跟着王剑虹一起来到上海入读平民女校。王剑虹在湖南桃源第二女子师范学校时是高丁玲一级的同学,后来她离开桃源女师来上海,认识了李达的夫人王会悟,参加了妇女解放工作。1922年1月寒假,王剑虹回到湖南,动员丁玲来上海,进平民女校学习。

丁玲晚年还清晰记得:"那年马克思生日,开纪念会……工人闹罢工,我们到马路上去捐钱,跑到浦东纱厂去讲演,劝工人坚持罢工。我的湖南口音女工们听不懂,张秋人给翻译。"平民女校对丁玲早期的思想转变有很大促进,她是在这里接受革命启蒙的。

---

① 吴骞:《峥嵘岁月 初心不变——十年四访王会悟》,《联谊报》2021年6月22日。

(四) 中共三大后中央局机关历史纪念馆

1. 中共三大后中央局机关历史纪念馆中心与分中心展区陈列与沈雁冰相关史料介绍

中心展区：中共三大后中央局机关迁入此地，因为政治基础坚定。中共上海地方兼区执行委员会所辖的中共上海大学、商务印书馆两个中共组织，党员 24 人。中共三大召开时，全国党员 420 人。沪北党员占全国党员的百分之五点七。党的群众基础好。中共二组（商务印书馆）党员 13 人：董亦湘（组长）、徐梅坤、沈泽民、杨贤江、张国焘、糜文浩、黄玉衡、郭景仁、傅立权、刘仁静、张秋人、张人亚、沈雁冰。

分中心展区：

(1) "红色历史、永恒记忆"部分介绍沪早期中共组织人物。沈雁冰专版由四幅展品构成：①人物肖像：沈雁冰（1896—1981），又名茅盾，浙江桐乡人。中共早期党员之一。②《共产党》月刊影印件：沈雁冰以"P 生"笔名先后在《共产党》月刊上发表了七篇译文。③译文《国家与革命》片段影印件。④译文《美国共产党宣言》片段影印件。

(2)《小说月报》封面：1921 年 5 月，由沈雁冰、叶圣陶等人在沪北发起成立了上海"文学研究会"，商务印书馆《小说月报》则成了开展新文化运动的重要阵地。

(3) 1923 年 7 月时的沪北党组织。中共商务印书馆小组成员：董亦湘（组长）、徐梅坤、沈泽民、杨贤江、张秋人、沈雁冰、张国焘、糜文浩、黄玉衡（女）、傅立权、刘仁静、张人亚、郭景仁。

(4) 上大教职一览表（部分）：分姓名、入校年月、职务、教授等栏目。沈雁冰，1923 年 5 月入校，职务空白，教授欧洲文学史、小说。

(5)《文学周报》：177 期，1925 年 6 月 14 日出版，《五月三十日的下午》；180 期，1925 年 7 月 5 日出版，《暴风雨》影印件；文化名人沈雁冰等连续在《文学周报》上撰写反映"五卅惨案"的文章，讴歌爱国学生的壮举，痛斥帝国主义的残暴。

(6) 沈雁冰执笔在商务印书馆工会用笺上整理的第一次罢工《复工条件》影印件。1925 年 8 月，商务印书馆党团组织领导发行所、印刷所、编译所、总务处工人举行第一次罢工。

(7) 1925 年 6 月 3 日，由上海学术团体对外联合会创办的《公理日报》影印件。此报主要由商务印书馆文学研究会会员编辑，沈雁冰是主要参与者。

(8) 根据中共中央的指示，为配合北伐军进军上海，1926 年 10 月 19 日中共上海区委主席团举行会议，为上海工人第一次武装起义作准备。图为会议记录。到会者：士、昌、尹、文。记录最后内容是人员调动问题："现在亟须调者，沈雁冰——宣传。"

2. 中央局机关历史纪念馆陈列与沈雁冰相关史料钩沉

(1) 1923 年 6 月，王荷波赴广州参加中共三大，当选为中央执行委员会委员。7 月，中共中央局机关决定由广州迁至上海，派遣王荷波考察选址。经考察，王荷波建议将中央局机关设在闸北三曾里。中央同意后，王荷波以私人名义办理了租房手续。9 月，中共中央局机关迁回上海。王荷波后被增补为中央局委员，兼任中央工委书记,领导铁路、海员和江苏、上海等地的工会工作。1924年初,国民党上海执行部进行改组,王荷波参加国民党中央上海执行部工作。由于王荷波的出色工作能力,得到时任中共上海地方兼区执行委员会委员沈雁冰的高度评价:没想到王胡子大哥"有这么大的才气,这么高的德性"。沈雁冰晚年在《文学与政治的交错》的回忆中,八次提到王荷波的名字。

(2) 沈雁冰参加中国共产党上海发起组,是商务印书馆的第一位党员。中共中央对商务印书馆这个传播新文化的阵地十分重视,指派当过印刷工人的党员徐梅坤到商务印书馆与沈雁冰开展发展党员和建立党组织的工作。1922年,印刷所的糜文浩、黄玉衡和编译所的董亦湘、杨贤江先后入党。1925年,上海发生了震惊中外的五卅惨案。6月,随着上海总工会的成立,商务印书馆工会也举行了成立大会。不久,商务印书馆下属的印刷所、发行所、编译所、总务处也相继分别成立自己的职工组织。商务印书馆发行所职工会第一届执行委员会推选陈云担任委员长。8月,商务印书馆三所一处的职工为改善生活待遇举行罢工斗争,陈云是这次罢工的发起者和重要组织者之一。此间,陈云由董亦湘、恽雨棠介绍加入中国共产党。

(3) 1922年3月18日,由中国共产党人参与创办的上海大学成立。沈雁冰于1923年至1926年的四年时间在上海大学进行革命活动。1923年春沈雁冰到上海大学执教,他在中文系讲授《欧洲文学史》和《小说作法》,在英国文学系讲《希腊神话》等课程。在上海大学期间,沈雁冰以教职员代表的身份,当选为校行政委员会委员。在一次教务会议上,沈雁冰与瞿秋白相见,两人在革命道路上,特别是在文学上成为挚友。沈雁冰又介绍瞿秋白与鲁迅认识。

(4) 上海工人第一次武装起义发动于1926年10月23日。10月,军阀孙传芳在江西作战失利,浙江省长夏超和国民政府驻沪代表钮永建约定,脱离孙传芳,归附国民政府,并向上海进军。中共上海区委(又称中共江浙区委)决定和钮永建合作,组织联合暴动,帮助夏超夺取上海。党组织为上海工人第一次武装起义作准备,需要调动沈雁冰参加宣传工作。表明沈雁冰是值得信赖和特别能战斗的。10月23日夜发动的上海工人第一次武装起义,因夏超的部队作战失败,加上起义准备不足、工人队伍力量薄弱,起义遭受失败。

(五)中共四大纪念馆

1. 四大纪念馆由主展厅、三个副展厅构成,副展厅陈列与沈雁冰相关史料介绍

(1)《公理日报》(民国14年6月7日)头版影印件。

(2)《反战新闻》影印件及文字说明:1933年8月31日,在《反战新闻》第2号上,鲁迅、茅盾、田汉联名发表了《欢迎反战大会国际代表的宣言》。这宣言书也在群众中公开地用作传单散发。人物肖像及介绍,茅盾(1896—1981),中国作家,社会活动家,中国左翼作家联盟行政书记。

(3) 红色足迹——中国共产党在虹口专版茅盾(1896—1981)

浙江桐乡人,原名沈德鸿,1920年加入上海共产主义小组,参与筹建中国共产党。中华人民共和国成立后,任中央人民政府文化部长等职,当选为历届全国人

大代表、历届政协全国委员会常务委员和第四届、第五届全国委员会副主席。

专版四张照片说明：①1927年8月，茅盾居住在景云里（今虹口区横浜路35弄11号甲），创作了《幻灭》《动摇》《追求》三部曲。茅盾笔名在此首次使用。②图为茅盾在大陆新村寓所内留影。③1933年4月，茅盾化名沈名甫住在施高塔路大陆新村（今虹口区山阴路156弄29号），与鲁迅一起以《申报·自由谈》为阵地，发表大量抨击时政、痛贬痼弊的杂文。1935年3月迁出。图为茅盾夫妇在大陆新村寓所前留影。④1946年5月，茅盾夫妇自重庆来沪，住在大陆新村（今虹口区山阴路132弄6号）二楼。茅盾在此从事进步文化活动。1947年11月，茅盾转移至香港。图为今山阴路132弄。

2. 四大纪念馆副展厅陈列与沈雁冰相关史料钩沉

（1）《公理日报》是五卅运动中的进步报纸。上海学术团体对外联合会主办。1925年6月3日在上海创刊，郑振铎、叶圣陶、胡愈之、沈雁冰等参与编辑。报纸揭露英、日帝国主义制造五卅惨案的真相，抗议帝国主义的暴行，积极声援上海工、商、学各阶层爱国群众的反帝斗争。6月24日被迫停刊，共出22期。

叶至善在传记《父亲长长的一生》中记叙："我知道《公理日报》是父亲和他的朋友们编的。可是我毕竟只有7岁，没有正经看过这份日报，也看不懂上面印了些什么，更不会知道这份日报在运动中到底起了什么作用。后来进了中学，在国文课上念到了父亲写的《在五月三十一号急雨中》，往后又听别人谈到那篇散文，我就想起了那时的《公理日报》。我问父亲，父亲说，这份日报是商务印书馆的一班朋友编的，郑振铎、胡愈之、沈雁冰几位先生出力最多，在运动中很受读者欢迎，甚至拥护。"①

（2）反战新闻。远东反战大会旧址位于上海市虹口区霍山路85号。1933年2月，中国民权保障同盟筹备召开远东反战大会，由宋庆龄担任上海筹备委员会主席，中共江苏省委宣传部长冯雪峰负责具体组织工作。为了确保大会顺利举行，冯雪峰租下这幢新建成的房子。1933年9月30日，远东反战大会在此秘密召开。宋庆龄主持大会并作《中国的自由与反战斗争》的报告，世界反帝大同盟组织派出的英、法、比利时等国家的代表，以及英国工党议员马莱爵士，法国《人道报》主编、共产党人古久列，《大美晚报》记者伊罗生和国内代表等65人出席会议。毛泽东、朱德先后向中国民权保障同盟和宋庆龄发来贺电。鲁迅、茅盾、田汉等共同签署了《欢迎反战大会国际代表的宣言》。大会推举毛泽东、朱德、德莱塞（美）、高尔基（苏联）、鲁迅等为名誉主席，并正式成立了远东反战同盟中国分会，宋庆龄当选中国分会主席。大会通过了《反对帝国主义战争反法西斯的决议宣言》《反对白色恐怖的决议》和《反对帝国主义国民党对苏区红军的五次"围剿"的抗议书》。

（3）沈雁冰在虹口足迹。1927年8月至次年6月，沈雁冰住在景云里。景云里位于横浜路（原东横浜路）35弄，是一处外观普通、占地不到三亩的老式石库门小区。在虹口景云里，沈雁冰足不出户，隐居了整整10个月，完成《幻灭》《动摇》

---

① 叶小沫：《叶圣陶和中国共产党人交往二三事》，《团结报》2022年4月21日。

《追求》三部曲。这是沈雁冰第一次以"茅盾"为自己的笔名(原名矛盾,编辑叶圣陶加了草字头)。从这个意义上来说,茅盾是从上海虹口的景云里走出来的作家。1927年,鲁迅从广州移居上海,居住在虹口景云里,前门斜对着沈雁冰家的后门,鲁迅三弟周建人也住在景云里,邻居还有叶圣陶等。1933年4月至1935年3月,沈雁冰化名沈名甫入住山阴路156弄29号,以《申报·自由谈》为阵地,发表大量抨击时政、针砭时弊的杂文,并陆续完成了《林家铺子》《春蚕》等多篇优秀小说。1946年5月,沈雁冰回到上海,居住于大陆新村1弄(今山阴路132弄)。其间,他主编《文联》杂志,为《文汇报》《华商报》《大公报》等撰稿,发表《上海文化界反内战斗争自由宣言》等文章,为和平、民主而奋斗。

三、中国共产党早期活动纪念馆陈列与沈雁冰相关史料价值评析

上海党的早期活动纪念馆不断补充内容,用好红色资源、弘扬红色文化,有效传承光荣传统、赓续红色血脉。

(一) 以物证史、以物叙事塑造沈雁冰光辉形象

1. 筹备期传播马克思主义思想。从上海早期党组织成立到中国共产党正式诞生,沈雁冰为建党做了大量有益的工作:参与了《新青年》的编辑工作,为上海早期党组织《共产党》撰稿和译文;参加党的发起组铅印几万张具有革命传单性质的贺年卡活动和其他实践活动;做好组织发展工作,介绍沈泽民加入上海共产主义小组,使之也成为中共第一批党员。

2. 发展期肩负联络员重任。陈独秀的住所在1921年冬为法租界巡捕房查抄,此地已不能作为党组织活动和联络地点了。党中央就任命沈雁冰为中央联络员,组织关系隶属于中央工作人员支部。从此,外地党组织给中央的信都经过沈雁冰的手转交。外地到上海找党中央的同志也先与沈雁冰接头联系后,再安排与党中央同志见面。沈雁冰在此岗位兢兢业业几年,为党的发展壮大做出了不可磨灭的贡献。

3. 做好推动上海党组织发展等工作。沈雁冰在党的教育宣传、发展党团员和培养干部等方面做了许多卓有成效的工作。1922年7月后,沈雁冰先后担任中共上海地委执行委员、宣传委员、国民运动委员,还同向警予一起负责上海妇女运动的领导工作,还参加平民女校和上海大学教学工作。

4. 参加五卅反帝运动。1925年6月3日,沈雁冰与商务印书馆编译所同人郑振铎、叶圣陶等创办《公理日报》,向全市人民报道五卅惨案的真相和上海各界民众参加五卅大罢工的情况。之后,沈雁冰又与共产党员董亦湘等30多人,发起成立"上海教职员同志会",号召和动员全市教职员工投身五卅运动,扩大反帝联合阵线。

(二) 珍贵的历史档案立体生动引人入胜

党史展览馆大量档案文献的展示,为观众深入了解中国共产党早期的发展历程提供了真实、可靠、生动的原始资料。这是陈列的一大亮点,也是档案信息资源开发的重要体现。档案记录历史,也能使人信服历史,使人感觉到历史的厚重。珍贵的历史档案在展览中往往是点睛之笔,使人印象深刻。

1. 如中共三大后中央局机关历史纪念馆分中心展区"红色历史、永恒记忆"部分陈列:沈雁冰执笔在商务印书馆工会用笺上整理的第一次罢工《复工条件》影印件。这影印件背后的故事:1925年8月下旬,沈雁冰与徐梅坤、陈云、王景云等十多人组成中共临时党团(即党组),领导发动商务印书馆工人大罢工。沈雁冰还是公开领导罢工的"罢工中央委员会"十三名委员之一,负责整理、起草《罢工宣言》和与资方谈判的《复工条件》,与资方进行面对面的谈判斗争。8月26日,罢工取得完全胜利。

2. 再如中共三大后中央局机关历史纪念馆分中心展区"红色历史、永恒记忆"部分陈列中共上海区委主席团为上海工人第一次武装起义作准备的会议记录影印件。这影印件背后的故事:沈雁冰晚年回忆起这个阶段工作,浙江是孙传芳的势力范围,但孙传芳驻浙的军队不多,夏超有一师兵,又见北伐军攻克武昌,于是就决然反孙。党中央事先估计到夏必反孙,计划请沈钧儒到杭州组织省政府,并内定沈雁冰任省政府秘书长,这件事沈钧儒同意了,夏超也同意了。可是后来事情发生了变化,原定由福建入浙江接应夏超的东路军——何应钦指挥的第一军,这时却在福建吃了败仗,于是夏超又被孙传芳入浙的援兵赶出了杭州,浙江局面相当混乱,沈钧儒组织省政府,事实上已不可能。同时武汉来电要人,党中央就改变计划,派沈雁冰到中央军事政治学校武汉分校工作。出发前,包惠僧从武昌来电,让沈雁冰在上海为黄埔军校武昌分校招生,同时汇来招生经费。沈雁冰在年底完成了军事政治学校的招生任务。由此可见,沈雁冰那个时候工作很有成效,许多重要的岗位都需要他前去。

这些珍贵的史料展品,给人印象深刻,能收到很好的教育效果。在人们心目中的一介书生,竟然还是勇于奋斗的勇士,人们对沈雁冰的崇敬之情不言而喻。

(三)党的早期活动纪念馆平台高效传播沈雁冰影响力

革命家沈雁冰的名气远不如小说家茅盾。沈雁冰参与建党,在"大革命"失败前,是一位职业革命家。如果没有1927年革命形势的风云突变,他的人生道路沿着原来的轨迹发展下去,几乎肯定会成为一个革命家、政治家。

党的早期活动纪念馆是受众深入交流、了解并认可的渠道。纪念馆陈列大量的与沈雁冰相关的史料,辅之以文字解说,自然也有利于沈雁冰影响力的传播。相对于茅盾研究局限在现代文学研究专业而言,纪念馆陈列的大量与沈雁冰相关史料是浓缩的精华,根据这些史料,能让全社会各行各业,尤其是年轻的一代对沈雁冰有更加深入、更加全面、更加客观的认识。这样就能够使沈雁冰产生广泛的影响力,革命家沈雁冰的名气不逊于小说家茅盾,因为前者是后者的基础。

茅盾同时代人研究

善意的误读与误读的善意
——从鲁迅谈赛珍珠说起

张　曦①

摘　要：赛珍珠于1931年出版的《大地》三部曲,在西方世界和中国引起了截然不同的反响。在西方她极大改善了人们对中国人、中国文化的认知,并于1938年获得诺贝尔文学奖;而在中国,以鲁迅为代表的中国文人却认为这是对中国的误读,所写的"不过一点浮面的情形",甚至是扭曲的。向来表示反感五四新文化的张爱玲,1950年代赴美后因英文写作连续受挫,将之归因于赛珍珠造成的影响,从而认同了自己与五四新文学内在的一致性。但鲁迅也因为译文的不可靠,意识到自己对于《大地》可能的误读,并表达了"对于原作者,实为不妥"的真诚态度。

关键词：鲁迅;赛珍珠;《大地》三部曲;张爱玲

一

鲁迅与赛珍珠(布克夫人),在中国文坛活跃的时间有所交集——赛珍珠1920年代开始发表小说,直到1934年才离开中国——尚未看到有他们见面的记录,只有鲁迅在几封信里略略提到：

其一：

"先生要作小说,我极赞成,中国的事情,总是中国人做来,才可以见真相。即如布克夫人,上海曾大欢迎,她亦自谓视中国如祖国,然而看她的作品,毕竟是一位生长中国的美国女教士的立场而已,所以她之称许《寄庐》,也无足怪,因为她所觉得的,还不过一点浮面的情形。只有我们做起来,方能留下一个真相。"(19331115致姚克信)

其二：

"布克夫人译《水浒》,闻颇好,但其书名,取'皆兄弟也'(All Man are Brothers——本文作者注)之意,便不确,因为山泊中人,是并不将一切人们都作兄弟看的。"(19340324致姚克信件)

---

① 作者简介：张曦,《学术月刊》杂志社副编审。

其三：

"九日手书奉到。关于《大地》的事，日内即转胡风一阅。胡仲持的译文，或许不太可靠。倘如是，对于原作者，实为不妥。"(19350915 致增田涉信件)

这里主要看第一、三条，都是关于《大地》的。其一是鲁迅 1933 年 11 月 15 日致姚克信，回应了姚克 11 月 11 日发表在《申报·自由谈》上的文章：《美国人心目中的中国》，文中评论了两部美国人写的关于中国的书，一是埃德加斯诺的《远东的前线》，另一是女作家诺拉沃恩（Nora Waln）的《寄庐》。姚克认为前者"观察精微，立论公正、透辟"，而对《寄庐》则觉得"不真实""荒谬"。而赛珍珠对《寄庐》则表示"这本书的真实性是没有问题的"。因为姚克评论在先，鲁迅也就"顺便"提了一下风靡一时的赛珍珠，她以中国农民为主角的长篇小说《大地》1931 年在美国出版，大受欢迎，很快译为各国文字，当然包括中文①。鲁迅作为文坛领袖，对这一文坛信息不可能不注意，在一封私信里谈谈自己的看法，不会思前想后，也不会追求全面中肯——即使在公开发表的作品里，这也不是鲁迅的追求。但无论如何，对《大地》乃至作者的不以为然，却是一目了然的。这也是中国知识界的一种代表性的态度，后文还要详细谈到。这里先谈《大地》在西方世界的影响。

1938 年诺贝尔文学奖颁给赛珍珠的《大地》三部曲，认为她"饱蘸同情之理解，写出了中国农民灵魂的几个层面"，表彰她"对于中国农民生活的丰富和真正史诗气概的描述……使西方世界对于人类伟大而重要的组成部分——中国人民有了更多的理解和认同。你赋予了我们西方人某种中国心，使我们认识和感受到那些弥足珍贵的思想和情感，而正是这样的思想情感，才把我们大家作为人类在这地球上联结在一起"。

赛珍珠小说，语言是很克制的，有 19 世纪小说的客观性和"史诗性"的特征。而笔端饱含感情，她充分"理解"、尊重中国农民对于土地近乎神明般的依赖和忠诚，对他们勤劳、精明、仁义、善良等品格的肯定，也用他们的人生表达了这种同情和肯定——王龙发家致富，生儿育女，繁荣昌盛，虽然一度被色欲迷惑，但却最终"浪子回头"。很明显，终身致力于揭示国民劣根性，"意在引起疗救和注意"的鲁迅，对此自然很难认同，觉得她只是写出了"不过一点浮面的情形"，是很可以理解的。

诺奖致辞明确显示出，赛珍珠帮助西方人理解中国人，而在 1938 年这个特殊的时期颁奖，无疑表现了西方对于身处抗战烽火中的中国的一种支持。

其实展读作品，特别是第一部《大地》，会觉得赛珍珠对于中国农民朴素的灵魂所注入的理解和爱意，是当时很多中国作家所没有的。王龙这个角色的塑造，在很多细节处表现出打动灵魂的善良和人性的闪光。比如他在观念上虽然是绝

---

① 1932 年，伍蠡甫《福地述评》出版，但是压缩版，将原来 34 章内容压缩为 9 章；1932 年 1 月，《东方杂志》开始连载胡仲持翻译的全文《大地》，并在 1933 年 9 月由开明书店推出全译单行本。

对的重男轻女,但对于生于饥荒年间、又聋又低智的女儿却有异乎寻常的关爱和不舍,而且表达得很自然;他虽然在发家后一度为情欲所胜,嫌弃自己的发妻,迷恋妓女并将她娶回家门,但在发现妻子重病后,表现出真诚的关心和行动的悔改,使她安心、尊严地走完人生路。这些都是小说里极其动人的部分,闪耀出人性的光芒。特别值得关注的是,小说贯穿始终的一条红线,是王龙与大地无法割舍的、颇具诗意的关系,赖乎土地生长出来的朴素的道德灵魂是有力的,具有一种类似土地的坚韧、强大、生生不息、永不绝望。中国农民的这一特点,其实中国作家也有注意,但他们大多视之为一种愚昧落后的"劣根性",或在现实面前屡屡挫败的悲剧特质,很少思考其积极意义,更别说这样带着敬意的理解了。

而1931年赛珍珠《大地》三部曲的出版并大受欢迎和好评(包括赛珍珠和她的出版商丈夫联合推动的林语堂系列作品《吾国与吾民》《京华烟云》《生活的艺术》),其实也体现了西方社会愿意接受一个新的中国和中国人形象,重新理解中国和中国人,1938年的诺奖虽然颁给赛珍珠,其实也是表达了对中国人"那些弥足珍贵的思想和情感"的理解和认同,并视之为"人类伟大而重要的组成部分",虽然这里,也有不少误会,但这种误会是善意的、积极的。事实上,它也改变了很多西方人对中国的看法。比如,美国前总统尼克松称赛珍珠为"一座沟通东西方文明的人桥";美国前总统老布什说,自己对中国的了解,以至于后来对中国的爱慕之情,就是受赛珍珠影响,是从读她的小说开始的。

那么,对这样一部作品,为什么鲁迅的评价并不高,当时的作家普遍反应也较为冷淡?比如茅盾认为作品扭曲了中国农民的形象,巴金、老舍等与赛珍珠有过交往的作家也从未说过她的好话,胡风更是撰文批评《大地》,认为其虽增加了西人对中国的关注,但也增加了误解。

还是回到前面姚克对两部美国人的中国作品的评价。为什么姚克赞扬《远东的前线》"观察精微,立论公正、透辟"?因为它"叫我们看见了自己的丑态",斯诺愤怒于中国人面对不公不义的腐败现实"为什么不起来造反",这与当时中国革命派的立场不谋而合。而《寄庐》则因为较为温和,以至于"看不见我们的真面目",那么,赛珍珠在《大地》里表现的中国社会并没有那么糟糕,还花了很多笔墨,写王龙耕作、劳动时的喜悦,写他的勤劳和有希望的生活,最后发家致富,成为大族,这在激进的现代作家眼里是一种"美化现实"的行为,难怪说她"不真实","女教士的立场"了。

是的。其时在中国文坛更被认可的,是茅盾《多收了三五斗》——农民勤劳努力,多收了粮食却反而更穷了;是《骆驼祥子》——祥子又结实又能干,拥有一切劳动者的美好品质,但经历了三起三落,最终沦为浑浑噩噩的行尸走肉。这一切,都在渲染一种绝望的情绪,宣示着王龙一般的美式个人奋斗在中国的不可能,除了彻底改变政治制度,个人的努力是毫无用处的——虽然在《边城》里,沈从文也刻画了船总顺顺,一个能干、仁义而受到尊重成为大户的形象,但那毕竟是传奇的"边城",而非现实的主流。可见鲁迅对赛珍珠的态度,并非"痛批",但也确是较具时代共性的。

二

与此关联的还有一个现象,就是 1952 年远渡美国,决意以英文写作的张爱玲。她的英文写作屡屡受挫,在 1965 年她对此进行反思,认为:

> 我近十年居美国,全力写了两个长篇小说(即 PINK TEARS,中文改定本为《怨女》,NAKED EARTH《赤地之恋》——本文作者注)……迄今未能出版。……这里的出版商们似乎都认为那两部长篇中的人物太令人反感,即使穷人也如此。劳诺夫公司一位编辑来信说:如果事情确如此糟糕,那共产党岂不成了救星? 在这里我违逆了特殊的文学惯例,一个奇特的现代文学习惯——视中国为到处都是满口格言的儒家哲人生活着的国家。

而造成西方人如此的兴趣和眼界,她认为跟赛珍珠、林语堂的作品在美国的风行有关:"西方闹了这些年的 anti-hero,《怨女》我始终认为是他们对中国人有双重标准——至少在文艺里——由于林语堂、赛珍珠的影响。"所谓双重标准,就是"同样的写实性,如果应用在欧洲或美国南部的背景上,他们就毫不以为奇,但是小说里的中国人,非得是纯良的王龙、阿兰,再不然就是滑稽而 cute。"①她认为,正是赛珍珠、林语堂培养了一种解读中国社会的既定口味和模式,才使得她那些更深切地揭示中国人和中国传统文化阴暗面的作品无法被人接受。

事实上,刚到美国不久的张爱玲,也因为自己和赛珍珠在对中国理解上的巨大差异,拒绝了与赛珍珠见面的善意邀请,甚至在 1980 年代与宋淇的通信中还仍然"意不平",表示诺奖历史就给错了两个作家,其一就是赛珍珠。

从某种意义上,正是有了赛珍珠这样一个"参照",张爱玲对自己一直表示反感的五四文化进行了反思,终于意识并承认了自己与五四新文化精英内在的一致性:

> 中国的历史经验,比东南亚、印度与非洲更早显示出系列社会问题,即家族制度乃政府腐败的根源。现在西方主流因无法近距离认知其系统内部的痛苦,所以采取宽容甚至尊重的态度,而这个领域是中国新文学极力探索、批判的"吃人的旧礼教",……中国的写实传统,因民族自卑而导致的自我背击变得更趋锐利。……我因受旧小说的影响较大,此前没有充分意识到,其实我的精神资源里中国新文学的影响很深,直到我遇到和语言障碍同样严重的文化障碍,被迫去作出理论的清理和解释才意识到。②

"我的精神资源里中国新文学的影响很深",诚哉斯言。当我们回想起张爱玲笔下那阴暗、华美的意象,你拉着我、我拉着你往下坠的人性,她笔下"灼灼的月亮"跟鲁迅笔下"很好的月光",亦都透露出不祥和癫狂。他们的作品里,中国的事

---

① 张爱玲、宋淇、宋邝文美:《纸短情长:张爱玲往来书信集》,皇冠文化出版有限公司 2020 年版,第 75 页。
② 高全之:《张爱玲学》,转引自王攸欣《张爱玲英文小说在美国的发表困境》,《新文学史料》2022 年第 3 期。

情是难以理喻的,更难以像赛珍珠一样流畅明晰、史诗一般地呈现。

三

回到这三封信件里,我们也可以看到鲁迅态度的审慎和友善。比如在1934年谈到赛珍珠翻译《水浒》,先表示了嘉许,"闻颇好",只是对于题目表示了一点异议。而在1935年的致增田涉信件里,态度则有更大的转变。

增田涉是鲁迅的日本友人,他看到胡风评《大地》的文章后,写信给鲁迅提出异议。鲁迅意识到,他们借以了解《大地》的"胡仲持的译文,或许不太可靠"。并立即诚恳地表示:"倘如是,对于原作者,实为不妥。"

这又是怎么回事呢?原来在1931年《大地》英文版发行后,即有伍蠡甫的压缩版中文译文出版,而最早全文翻译、影响最大的是胡仲持连载于《东方杂志》1932年29卷1—8期的译文。胡仲持是文研会成员,为现实人生的文学观,影响了他对这本书的翻译重点,就如他在连载首期所说:"我认为中国的命运全系于这些哀苦无告的农民,我们要使中国得救,首先应该彻底地认识他们。"

正是这样的翻译观,使得胡仲持的译文动机和实绩都偏向"现实"一隅:"让人认识中国农村的现实和典型农民的生活,以此作为变革图存的基础。翻译动机影响了译者的视域,译者对《大地》中农村现实的关注造成其对原著中诗意色彩的忽略,其结果是译文诗意的弱化和失落。"学者茹静在《乡农生活诗意色彩的失落》一文中,以典型段落对比了赛珍珠原文和胡仲持译文,认为译者忽视原著表达的田园耕作的诗意和大地的魅力,以及人与大地血肉相融的关系,而使此书"作为小说的感染力大大下降,突出的是农民的贫穷和愚昧……影响了中国读者对这部小说及其作者的感受"[①]。

这样我们可以理解,当作家以"观照中国农村社会现实的社会性文本"为标准来看待《大地》时,自然强烈感受到它"不过一点浮面的情形"了。可以说,胡仲持的翻译策略,强化了《大地》的弱项——小说的社会现实性:赛珍珠虽然长在中国,毕竟是外国人,对于中国的现实,不可能如中国作家那样认识深刻。而同时他也弱化了《大地》的强项——在人类共通的角度来探讨人与土地和劳作、人与人的关系,那种仿若创世之初的纯净与力量。就这个意义上说,胡仲持的翻译是一种误读,但这种误读,也是时代的潮流使然——即使他翻译出了诗意和力量,激进的中国读者也不太可能会给予太多关注和认同——他选择性的忽略,亦是某种必然。

鲁迅由增田涉的信件,意识到了其与自己阅读《大地》不一样的感受,由此开始怀疑译本的可靠性问题,并进一步想到自己及周围人的批评也许不够客观,"对原作者,实为不妥"。表现出鲁迅一以贯之的严肃的自我反省,也是对作者负责的态度。这再次显示出绝非有些人认为的鲁迅"痛批"赛珍珠,更没有如一些人刻意渲染鲁迅与"女传教士"势不两立的态度。

而无论如何,鲁迅及其同时代人,包括一直不愿将自己归于五四文化人的张

---

① 茹静:《乡农生活诗意色彩的失落——评赛珍珠〈大地〉的胡仲持译本》,《外语与翻译》2013年第3期。

爱玲,都并不认可赛珍珠《大地》对中国农民的解读,认为是"误解"和"美化",实在是一件遗憾的事情。也许五四先贤们"只缘身在此山中",反而自我屏蔽,也产生了某种程度的误读?这一点令人深思。

萧乾致乔治·艾伦与昂温出版社英文佚简66封辑译注[①]

徐从辉 池惠妍[②]

摘　要：萧乾致乔治·艾伦与昂温出版社（George Allen & Unwin Ltd.）英文信件共计66封，时间跨度从1941年10月至1947年11月，主要寄给乔治·艾伦与昂温出版社的董事昂温先生（Mr. Stanley Unwin）和出版社职员比尔德先生（Mr. Beard）。萧乾的作品《苦难时代的蚀刻》（Etching of a Tormented Age）以及《蚕》/《吐丝者》（The Spinners of Silk）先后于1942年、1944年在这家出版社出版。佚简的内容涉及上述两部作品尤其是《吐丝者》出版的详细过程：从篇目的选定、护封的设计，到战时用纸的争取、再版等信息。佚简同时披露了萧乾与阿瑟·韦利、E. M. 福斯特、约翰·莱曼等英国文人的交往，以及王云五、温源宁访英等内容。佚简的发掘对于考察萧乾在英国的文学活动、个人交游以及探讨中国现代文学"走出去"具有一定的积极意义。

关键词：萧乾；乔治·艾伦与昂温出版社；佚简

新见萧乾致乔治·艾伦与昂温出版社的英文信件共计66封，时间从1941年10月至1947年11月。信件主要寄给出版社执行董事（Governing Director）斯坦利·昂温先生（Mr. Stanley Unwin）和比尔德先生（Mr. Beard）。这些信件现收藏于英国雷丁大学特别收藏室。萧乾先后有两部作品在乔治·艾伦与昂温出版社出版。其中《苦难时代的蚀刻》（Etching of a Tormented Age）作为国际笔会丛刊（PE. N Books）1942年出版；《蚕》/《吐丝者》（The Spinners of Silk）于1944年出版。信件的发掘对于考察萧乾在英国的文学活动、个人交游以及探讨中国现代文学"走出去"具有一定的积极意义。

昂温出版有限公司（George Allen & Unwin Ltd.）是英国有名的出版公司。昂温是一位不拘一格的自由主义思想家，其主导下的出版社热衷于向英语读者介绍外国作品，在其职业生涯中出版了许多译著，其中有不少印度与中国书籍。1940年初，刚到英国不久的萧乾受到伦敦笔会中心秘书长贺尔门·欧鲁德的邀请，赴伦敦参加笔会午餐会并作关于中国新文学运动的演讲。欧鲁德邀请萧乾加

[①] 本文系国家社科基金后期资助项目"中国现代旅英作家英文散佚文献整理与研究"（编号：22FZWB101），以及浙江省哲学社会科学规划重点课题"中国现代旅英作家与英国布鲁姆斯伯里派往来文献整理与研究"（编号：22NDJC010Z）的阶段性成果。

[②] 作者简介：徐从辉，浙江师范大学国际学院副教授，文学博士；池惠妍，浙江师范大学国际学院2019级硕士研究生。

入国际笔会及伦敦笔会中心,并希望萧乾写一本介绍中国新文艺运动的书。这也是 1942 年出版的《苦难时代的蚀刻》的由来。另一部作品《蚕》/《吐丝者》则被萧乾视为自己的"爱子",是萧乾的处女作,写于 1932 年。1933 年,时任《大公报》副刊主编的沈从文发表了萧乾的这部短篇小说《蚕》,萧乾因此受到林徽因的推崇,萧结缘"太太客厅",成为"京派"新锐作家。英文版的《蚕》/《吐丝者》(The Spinners of Silk)除收录了萧乾的《蚕》外,还有《雨夕》《篱下》《俘虏》《邮票》《花子与老黄》等短篇小说,共计 12 部。

为便于读者的阅读检索,信件以时间顺序进行排列;译稿力求忠实于原文,手稿中个别地方由于书写风格字迹不清或文件受损难以辨认,以"□"代之,或以(?)表猜测。英文手稿的整理包括手稿的编、译、注等内容,工作量较大,但仍保证不了个别地方难免有些疏漏,错漏的地方请学界同人批评指正,译文的不当之处均由本人承担。本文的发表得到了萧乾夫人文洁若老师的授权,萧乾之子萧桐先生就译文提出了中肯的建议,在此一并感谢为本文的写作而付出努力的各位师友! 下文以通信时间的先后为顺序。

一、1941 年 10 月 16 日①

尊敬的昂温先生:

谢谢您的来信。我听说您精通网球,就像您精于播撒文化的种子。如果能有幸观看您的比赛,我会非常高兴。所以,我希望星期六是个好日子,我会在下午 3:00 左右从(汉普特斯)西斯公园(Heath)这边出发。但是,如果您没有在球场上看到我,我将在 4:30 之前到达您家门前。

很期待见到您。

谨致
萧乾

二、1941 年 10 月 21 日②

尊敬的昂温先生:

非常感谢您的两封来信。无论如何,上周六去打网球实在风太大了。同时,我很高兴您可以离开伦敦了。

星期六对我来说完全没问题。我还有您的位置说明和那天下午的日程。期待在"老花园"(The Old Garden)见到您。

谨致
萧乾

---

① 昂温本年 10 月 7 日致信萧乾表达会晤萧乾的愿望:一是熟悉彼此;二是希望对中国现代文学有更多的了解。

② 昂温的秘书 10 月 17 日致信萧乾告知昂温当天需要临时去德比郡,故而取消第二天的见面。10 月 20 日昂温致信萧乾表达歉意,并希望在下周六(25 日)见到他。

三、1941年11月3日

尊敬的比尔德先生(Mr. Beard)①：

感谢您的来信和《苦难时代的蚀刻》的校样。它印刷得很好，我对它非常满意。在此，我将我刚刚完成的修订本寄给您。部分更正是我做的，一部分是乌尔德先生做的。

我和乌尔德先生一直在讨论：可否比第二批次更早出版这本书，比如在圣诞节。虽然这本书与您每天编辑的大量作品相比微不足道，但我仍然不知道这样的改变是否会造成技术上的困难。如果对您来说不是太不方便，我将衷心感谢您的特殊照顾。

乌尔德先生还告诉我，这些书的封面有各种各样的颜色。我想作者不能自己选择封面的颜色。但仅作为参考，我可以说我喜欢的颜色是紫色吗？

向由此为您带来的麻烦而致以由衷的感激。请代我向昂温先生问好。

最好的祝愿！

谨致
萧乾

四、1941年11月11日

尊敬的比尔德先生：

非常感谢您的来信。得知有可能在圣诞节前2—3周出版拙作《苦难时代的蚀刻》，我真的很高兴。除了个人的感激之情，我也非常钦佩您对一本小书的认真态度。当然，如果情况有变，我亦会理解您的难处。

我最感兴趣的部分是大卫·昂温②先生负责了国际笔会书籍的精美封面。我必须祝贺他的成功。我曾有幸见过他，一直希望能在上海再次见到他。我会很快写信给他。同时，请代我向他问好。

最好的祝愿！

谨致
萧乾

五、1943年10月12日

尊敬的昂温先生：

在今天早上给您的信中，我忘了说起我想到的那本书的书名，即《在汉普斯特德③地下室一个中国人的点滴》(CHINESE VIGNETTES FROM A HAMPSTEAD BASEMENT)。即使您不出版它，我也很想听听您的意见。我希望这不是一个过

---

① 比尔德(L. W. Beard)为乔治·艾伦与昂温有限公司出品部的员工。就萧乾作品的出版细节，和萧乾有多封通信。
② 大卫·昂温为乔治·艾伦与昂温出版社(Allen & Unwin)总经理斯坦利·昂温之子。
③ 伦敦北部的一个区，现属卡姆登(Camden)区，20世纪30年代，萧乾、蒋彝、熊式一、崔骥、王礼锡等一批作家、学者、艺术家曾居于此，形成一个颇有名气的艺术区。

分的要求。一开始,您就向我伸出友谊之手,这促使我这样做。

随函附上一本小册子,它是前一段时间出版的,现在是第三次印刷。不知您看过吗?

感谢您提供有关美国版本的信息。我已经彻底解决了。

亲切的问候!

谨致
萧乾

六、1943 年 11 月 11 日

尊敬的昂温先生:

非常感谢您的来信,这极大地鼓舞了我。我不想因为这些琐碎再打扰您,因为我已经承诺过要在月底前完成所有工作。但是,您会发现随函附上的另一份草稿展示了慕尼黑时期远东的政治气候。自从我上次给您写信以来,也有一些好消息:一篇文章被一家非常著名的报社录用了,另一篇将被一部选集收录,都是今年出版,所以我们要提前一点报道。我现在正在做关于机器的那篇文章,希望能给这本书增加点分量。当得到您的意见后,也许我会和韦利先生①或福斯特先生②谈谈序言的事。我想就中国而言,韦利先生更合适,而福斯特先生可以就我的故事以及机器问题发表些看法。

我想知道您是否听说(目前仍是机密)来自中国的友好代表团即将抵达。您的朋友王云武先生也在其列。我经常想起您在汉普斯特德(Hampstead)说过的话,中国一直在盗版您的书。这将是在我们两国出版界建立长期联系和合作的绝佳机会。

我给您多寄了一份《雁荡行》的副本,您能寄还给我吗?万分抱歉!

谨致
萧乾

七、1943 年 11 月 25 日

尊敬的昂温先生:

我将给您寄部分短篇小说的片段作为补充,包括《花子与老黄》《印子车的命运》《俘虏》和《邮票》。只剩下两篇小说了,比其他故事都长一点。我希望能在这个月内把它们寄给您,这样您可以把它们汇编成一本书。我非常感谢您对我这些琐碎事情给予的耐心和关注,这对我来说是一种极大的鼓励。

亲切的问候!

谨致
萧乾

---

① 阿瑟·韦利(Arthur Waley,1888—1966 年),英国第二代汉学家中最优秀的代表人物,被誉为"没有到过中国的中国通""20 世纪最杰出的东方学家"。

② 爱德华·摩根·福斯特(E. M. 福斯特,Edward Morgan Forster,1879—1970 年),英国作家。主要作品有小说《看得见风景的房间》《霍华德庄园》等。萧乾与其交谊甚深。

八、1943 年 12 月 5 日

尊敬的昂温先生：

大约两周前，我把四篇短篇小说的一部分寄给您了(《花子与老黄》《印子车的命运》《俘虏》和《邮票》)。您给我寄来的确认函让我受宠若惊。通常您附上一封亲切的信，这让我怀疑邮局是否弄丢了这封信。我将寄给您最后两篇小说中的一篇《矮檐》，如果您能让您的秘书给我寄一张确认卡片，我将不胜感激。

我见过您的朋友王云武先生了，他周五就到了。不出意外，他在伦敦访问期间会去拜访您。他和其他四位代表住在凯莱奇酒店。

亲切的问候！

谨致

萧乾

九、1943 年 12 月 16 日

尊敬的昂温先生：

随函附上一些关于我的西班牙画家朋友乔治·普列托(Gregorie Prieto)的资料，您提过您想要看一下的。我还把从编辑朋友那里收到的一两封信一块儿寄给您，我认为您可能会对其故事感兴趣。

我必须承认，自从上次在城区见到您后，我已对早日出版这些小说不抱希望。我没有意识到您面对这些小说的困难。无论我有多么渴望发表它们，我都不想占掉您有限的出版配额①。然而，到目前为止，您没有承诺出版它们，我也没有这样做。因此，如果您认为在春季或初夏依然难以出版它们，请不要犹豫，将它们寄回给我。我知道这很遗憾，因为如果我在 6 月份没有收到您的来信，这些故事就不会被翻译。话说回来，您一直对我表现出个人的兴趣，很难有作者会拒绝这种善意。最重要的是，我想让一位著名的出版商郑重地出版我的书。这就是为什么除了"早日出版"之外，我没有任何要求。在我确定收到您的来信之前，我不会再问。

抱歉给您添了那么多麻烦。值圣诞佳节，谨祝您全家圣诞快乐！新年快乐！

谨致

萧乾

十、1944 年 1 月 18 日

尊敬的昂温先生：

非常感谢您的来信。似乎我们在努力达成妥协后又回到了原点。也就是说，连一个大致的出版日期都没有确定。您是我最渴望合作的出版商，我已经试着和您达成了一半以上的协议，希望您至少保证给我一些优先权(当然不是最优先

---

① 由于此时处于战时状态，造成用纸紧张，英国实行战时纸张配给制度，出版社的出版被大量压缩了。

的)。否则,在签署协议后,我将失去自主权。正如我一开始说的那样,我真的不是很着急麻烦您预支付。如果这本书能在夏天出版,您可以将这一条款去掉。如果您根本不打算承诺协议的出版日期,我也希望您能在信中告知尽可能早的出版日期。

我非常担心,当我在您的办公室见到您时,我记得您提到过一些"战后"的事情。虽然我很想对您忠诚,但我也很担忧,我也希望这本书不会无限期地推迟。因此,在我们签署协议之前,请给我一些友好的(非正式的)提示。希望您不要认为我不近情理。

谢谢您把草稿还给我。我还想要回那篇文章——《易卜生在中国》。

希望能尽快收到您的来信。

谨致
萧乾

另:我认为留两页作序是可以的,这样排版比较容易。如果序言只有一页,另一页可以用来致谢(如果序言是两页,那么致谢可以放在书的最后)。当然最经济明智的排版还是要由您来决定。

十一、1944 年 1 月 24 日

尊敬的昂温先生:

非常感谢您的安慰信。您的诚意让我很感动,我相信您会在条件允许的情况下尽力而为。所以,我也向您保证,我不会在这个问题上再叨扰您了。

也感谢您寄来了《易卜生在中国》。听闻大卫·昂温先生最近身体不适,我对此十分担忧。我无比希望他已经康复了。

谨致
萧乾

十二、1944 年 2 月 8 日

尊敬的昂温先生:

从附件里,您会看到我有一个不太好的消息要告诉您——两位先生都以有力的借口拒绝了我。韦利先生说他的领域是汉学,他不乐意为一部虚构的作品写序,而福斯特先生则认为我不需要被介绍!我可以列出第三、第四的推荐人选。但是,在纸张稀缺的今天,我们真的需要一篇序言吗?我记得这是我提议的,并且从来没考虑过其他候选人。所以,这既是对第三人的侮辱,又是对您纸张的浪费。在这种情况下很难不考虑这些问题。您是否同意放弃序言?请实情相告,因为您最了解这些问题。

我想您可能对附件感兴趣,尽管我无权向任何人展示它——我们不能引述。请您在下一封信中将其还给我。

我确实希望您在将手稿发送给印刷厂时附带上我的题词。书中只会有一个简短的致谢,它可以与题词占据同一页面(对页)。当然,这些全权由您决定。

从一些读过我小说的人那里,比如特里维廉夫妇(Mr. and Mrs. R. C. Trevelyan)①,我得到了令人鼓舞的反馈。我希望这些作品最终会让您觉得所有的周折都值得。

非常感谢!

亲切的问候!

谨致

萧乾

十三、1944年2月10日

尊敬的先生:

随函附上我的个人简介一份,以及上封信所要求的对《吐丝者》的详情介绍一份。请纠正其中的语法错误。如果内容过于冗长,您可以修改任意段落。

谨致

萧乾

十四、1944年3月2日

尊敬的先生:

感谢您的"宣传"单。但我恐怕要对其进行更正,这是一个非常严重的错误:我只是《大公报》的<u>文学</u>编辑,而不是它的总编辑。您能不能在以后的所有宣传中改正这一措辞,以消除此前的误会?当然,我也应该承担责任。提前致谢。

我还让我的文学经纪人在所有后续出版的小说中尽可能提及这本书。

随函附上本书的致谢,恳请您将其交给昂温先生,以附于本书的后面。

谨致

萧乾

十五、1944年3月4日

尊敬的先生:

我是《告印度》(TALKING TO INDIA)②的合著者,我想知道我是否有资格以作者的身份订购这本书?如果可以,您能不能寄给我六本《告印度》和六本《苦难时代的蚀刻》?我从您的账户预支了一笔版税。

---

① 罗伯特·卡维利·特里维廉(Robert Calverley Trevelyan, 1872—1951),英国诗人与翻译家。1891年到1895年,他在剑桥三一学院学习。他和阿瑟·韦利(Arthur Waley)是好友,曾任职牛津大学,翻译过希腊悲剧,且对中国诗歌感兴趣。他精心选编了一本汉诗英译小集子《来自中国》,序中写道:"中国文化的发展要比英国早好几个世纪。当我们还在半野蛮的中古时期,中国文化已登上了世界文化的高峰。"

② 本书由福斯特、萧乾等人选编,奥威尔作序,1943年出版。本书的完整信息如下:E. M. Forster, Richie Calder, Cedric Dover, Hsiao Ch'ien, and others(eds.), *Talking to India*, London: George Allen & Unwin Ltd., 1943.

非常感谢!

谨致

萧乾

另:能不能请您的公关部(Publicity Dept)在宣传时,将防尘封面在内的所有宣传做一个更正,我是"文学编辑"而不是"编辑"。我将不胜感激!

十六、1944年3月29日

尊敬的比尔德先生:

很高兴两周前在城区和您碰面。我想知道"陵墓图"①的进展如何,我希望《吐丝者》的样书很快就会到来。我写信打扰您是为了四件事:

1) 您一读完就会把书还给我吗?因为我将需要它来做一本选集。
2) 请您记得去掉原标题(THE SPINNERS OF SILK)中的 THE。
3) 您能不能删掉最后一行,简化致敬,改成:

TO

DALETTE DE PERLY(献给达莱特·德·佩利)

(删去:the postmaster and the uncertain voyage)

4) 如果您能寄给我两份样书就帮上大忙了。因为我有一个习惯,在我亲眼看到样书之后,再把它们给一些朋友看。如果我有多余的样书,我就能边读边寄给朋友了。

提前致谢!

谨致

萧乾

十七、1944年4月4日

尊敬的比尔德先生:

非常感谢您寄来的这两份样书。看到它们,我真是太高兴了。我对它们的批量生产表示衷心感谢和祝贺。

① 关于校对。我正在进行中,等我和我的朋友完成后,就会立刻寄给您。

② 关于"The"。既然印刷在了内页,请不要再修改了,否则读者会讶异其内外的不一致。其实这是我一个朋友的建议,我确实看不出有什么区别!

③ 请不用急于归还墓碑书。我很乐意把它留给您直到您把它读完。

④ 关于扉页:我非常喜欢它。动物图案看上去栩栩如生,不是吗?我认为框线应该在标题页的中间。

如果您认为这更好(因为我自己不是艺术家,我完全相信您的判断),或者已经来不及改了,那么请保持原样。

我很想看看底页和扉页。很想知道您打算用什么颜色,防尘封面会是什么

---

① 即萧乾在上文中提到的中国艺术书籍中关于汉代瓷砖的精美设计,以此作为本书扉页设计的参考。

样子？

亲切的问候！

谨致

萧乾

十八、1944年4月17日

尊敬的比尔德先生：

这是《吐丝者》的最终样本了。我想提醒您注意三点：

1/请保留现在的题献页。

2/请在"同一作者"中添上其他书籍，特别是最后一本，我需要做一些提前宣传。《中国而非华夏》刚刚重印，《龙须与蓝图》现在正在装订，本月底会上市，所以时间还是很宽裕的。

3/由于另一个副本已经弄脏了，我会把您的标注抄写在这份副本并寄给您。除了更正错印之外，我还做了很多改动。我想知道是否可以在所有改动被更正后，在付印之前您亲自再确认一遍。如果可以，那我就不用再看了；如果不行，我觉得自己检查最后的样本比较安心。如果您能为我审一次稿，我将非常感激。

提前致谢！

谨致

萧乾

十九、1944年4月17日

尊敬的比尔德先生：

我为扉页的精美设计向您致谢。我非常喜欢双层的设计，希望您能给我寄来样书所用的底页和封面。您为拙作费尽心思，我真诚地希望它不会让您失望。

现在两份校样都已交还到我的手上，我收到了一些修改建议，正在审阅，并会通过周二的早班邮件将最终副本寄给您。我不会接受涉及改变行的建议，除非在段落中有两个地方需要停顿。即使在这个位置，也请谨慎修改，这是我最后的坚持。

对于您让我做出的艰难选择：好的纸张晚些出版，还是稍差一点的纸张早些发表，我想了很多，或许还有商业的因素需要考虑。那么，6月份出书可行吗？因为我不知道您5月份能不能出版。如果从盈利角度来看没问题，那么我宁愿它早一点问世。如果您的发行经理另有建议，请不要介意我的再三叮扰。

亲切的问候！

谨致

萧乾

二十、1944年4月17日

尊敬的昂温先生：

由于《吐丝者》即将出版，我写这封信给您是为了探讨美国版的可能性，因为我了解到美国对现代中国书籍的需求同样强劲,市场更大。一位文学经纪人曾为此与我洽谈,但我渴望能由一家与您水平相当的美国公司出版它,最好是美国版的"艾伦·昂温出版社"。我写信给您是想了解是否可以通过您的代理来扩大美国版的影响力,或者您也可以指定一个令您满意的出版商。如果任何文学经纪人提到某个出版商,我定会写信向您请教。《每日电讯报》(Daily Telegraph)关于本书的书讯(4月3日)似乎引起了很大的期待。

亲切的问候!

谨致
萧乾

二十一、1944年4月21日

尊敬的比尔德先生:

非常感谢您的来信,我非常喜欢这种衬纸,所以当我听说您的意见相反时,我把它们退还给您。我对印刷术语一无所知,我不知道它要用在哪儿。衬纸是指封面的衬里吗?无论它要用在哪儿,我都没有反对意见。

如果您要在这张纸的内页空白处印些什么,也许可以先让我看看。

一切似乎都进展得很顺利,我期待着它早日问世。谢谢您的帮助!

谨致
萧乾

另:请将另一封信交给昂温先生。

二十二、1944年4月22日

尊敬的昂温先生:

非常感谢您的来信。听说您和约翰·戴(John Day)出版社①取得了联系,我真是太高兴了。因此,我已写信给之前那位文学经纪人,明确拒绝了他/她的好意。

我对这本书的生产流程也非常满意。从比尔德的信中可以看出,一切都进展得非常顺利,而且可能比我预期的还要早。

谢谢您和您的同事们对我的包容。期待很快收到美国版本的消息。

亲切的问候!

谨致
萧乾

---

① 约翰·戴(John Day)公司(也译为:庄台公司)是一家纽约出版公司,从1926年到1968年专门从事插图小说和时事书籍及小册子的出版。它是由理查德·沃尔什(Richard J. Walsh)于1926年创立的,以伊丽莎白时代的印刷师约翰·戴(John Day)的名字命名。沃尔什是赛珍珠(Pearl S. Buck)的编辑和第二任丈夫。约翰·戴公司于1974年出售给托马斯·Y. 克劳威尔(Thomas Y. Crowell)公司。

二十三、1944年4月25日

尊敬的比尔德先生：

非常感谢您的来信！

Ⅰ/我很想看到一些已上色的样书，我个人更喜欢浅色的底纸，例如浅朱砂色、银灰色、紫灰色，这都是一些比较深邃、有底蕴的颜色，您同意吗？然后我们可以把封面的颜色选得深一些，要么是您给我看的紫褐色，要么是深紫灰色。

Ⅱ/关于在防尘封面的空白处打印什么，我建议：

a/对于顶部的空白部分，可以像宣传单上写的那样，简单介绍这本书，并附上作者信息。即便这需要占据顶部和底部的空白，也请务必这样做。

b/如果关于这本书及其作者的描述只占顶部的空白处，那么我们或许可以：

i/在这一版中，引用《苦难时代的蚀刻》中的一些评论。如果您愿意，《中国而非华夏》的一些评论也可以。这一切是为了吸引读者的兴趣。我将用一个单独的信封把我喜欢的评论寄给您，请您务必记得归还。我已经标记了一些句子。

ii/如果这本书再版，我们可以将底部空白处改为《吐丝者》的评论，到那时我们肯定会有一些这样的评论了。

非常感谢您的辛勤工作。得知此书即将出版，我真的感到非常高兴。完全能想象这些改动的额外付出，我非常感谢您在各种情况下为我做出的决断。

我还没有收到那本墓砖的书，但现在并不急着要。

最好的问候！

谨致

萧乾

二十四、1944年4月27日

尊敬的比尔德先生：

非常感谢您选择的深紫色和纸样！

1/我真的特别喜欢这些纸样，如果使用它意味着能更早地出版，请使用它。

2/我想您会同意这个观点：衬里的颜色在很大程度上取决于我们封面的颜色，您对此有什么想法吗？如果说这是封面的颜色，那么衬里的颜色应该要浅得多。当然，这是中国人的观念。以下是我喜欢的颜色：

我最喜欢的搭配是（若它们冲突，则以您对颜色组合更科学、更有经验的判断为准）A 为封面，B 为衬里。

我的第二个选择是 C 为封面，D 为衬里。

但您拥有最后的决定权，因为您知道哪种颜色印刷起来最方便。

谨致

萧乾

另：如果您要在防尘封面上印任何东西，能否寄一份让我看一看？万分感谢！

二十五、1944 年 5 月 3 日

尊敬的比尔德先生：

感谢您寄来的书和封面样本。恐怕我在一些事上误导了您，没有说清楚。第一个是关于中国人姓名的顺序问题，即姓在前，名（乾）在后。如果我在您称呼我为乾先生时早点注意到这个文化差异，就能避免这个错误了。书的背面要改成（按照我的喜好顺序）：

i/ HSIAO CHIEN

ii/ C. HSIAO

iii/ HSIAO，但不是 CHIEN

第二点是，我更喜欢第二十八版，可能在我们做出决定时我的表达比较模棱两可。

1/我们还有时间变更吗？更改会妨碍或延迟出版吗？2/如果不会，我想要上面提到的版本，如果需要，我可以承担部分费用。3/如果这会导致延迟出版，那么无论如何让它保持原样。

这封信不麻烦您回复，因为我周五会去城区，上午 11 点左右会给您打电话。但我担心这可能会延迟出版。请先继续现在的工作，不必再等待了。

非常感谢您对我的包容。

谨致

萧乾

二十六、1944 年 5 月 9 日

尊敬的比尔德先生：

扉页看起来非常漂亮。请继续生产、印刷出来。

谨致

萧乾

二十七、1944 年 5 月 16 日

尊敬的比尔德先生：

谢谢您的来信和书。我盼望收到您寄来的任何东西。如果您要在空白处印上我的个人信息，也许我应该再纠正一下，我是《大公报》的"<u>文学编辑</u>"，而不是《大公报》的"编辑"。

另一个错误是，我将"同一作者"(By the Same Author)这一行放在"《千弦琴》"(A Harp With A Thousand Strings)下，写成"In press"。它应该是"In the press"。如果这在您看来并不严重，或者已经来不及纠正，那么就顺其自然。

谨致

萧乾

二十八、1944 年 6 月 2 日

尊敬的比尔德先生：

如果您用不到我摘录的《中国而非华夏》的评论，可否将其尽快归还给我？

关于出版这本书还有什么需要帮忙的地方吗？

提前致谢！

谨致

萧乾

二十九、1944 年 6 月 7 日

尊敬的比尔德先生：

非常感谢您归还这些评论。很高兴得知已经开始印刷本书了，甚至可能会在 19 日看到一些样书。当我离开这里时，我急需一件纪念品，我最想送的就是这本制作精良的书。因此，您能否尽可能多给我寄一些样书？我希望通过特殊渠道往中国寄两本。

护封的样本已经完成了吗？从 6 月 9 日起至另行通知前，请直接写信至阿克瑞特路 8 号(8, Arkwright Road, N.W.3.)①。如果这是我未来短期或长期的固定地址，我稍后会通知您和昂温先生。

我在同一时间出版的另一本书的封面上为这本书提前打了一个小广告。

亲切的问候！

谨致

萧乾

三十、1944 年 6 月 23 日

尊敬的比尔德先生：

非常感谢您寄来的《吐丝者》预览版，我真是太满意了。我唯一希望的是，蓝色底纸可以换成别的颜色，这不是我们双方所选择的蓝色。但这年头，谁都不能挑三拣四。我想看看护封和书的每一页。再次感谢您，愿您平安宁静！

谨致

萧乾

另：如果您有一份护封的样本，您能把它粘贴在一两本样书上，使它们相配吗？

三十一、1944 年 6 月 23 日

尊敬的昂温先生：

非常感谢您对来自约翰·戴(John Day)公司的电报的回复。作为自我批评

---

① 从本月起，萧乾接受胡霖的建议，放弃攻读剑桥大学的硕士学位，前往伦敦设立《大公报》驻伦敦办事处，并准备在第二战场开辟后奔赴欧洲大陆。

的借鉴,我非常想知道他们航空邮件中对本书的不妥有何看法。感谢您为争取其他美国出版商所做的进一步努力。

从上面的地址可以看出,我已再次回到汉普斯特德,离开迷人的剑桥对我来说是一个痛苦的决定。

我真诚地希望大卫·昂温先生现在一切安好。很遗憾,我不能留在大学里招待他。但是现在我们的距离只有五分钟的路程,要是他想要打网球、壁球、骑自行车旅行,我都很乐意与他一起。

再次感谢您的来信。我还必须告诉您,我非常喜欢您在《今日生活与文学》(LIFE AND LETTERS TODAY)①中的文章。

亲切的问候!

谨致
萧乾

三十二、1944 年 6 月 26 日

尊敬的比尔德先生:

谢谢您写信告知我"蓝色"底纸将被换成别的颜色。这个周末我在乡下和这儿的朋友们讨论了这本书。每个人都说蓝色不仅难看,而且与封面不匹配。所以我真的希望您能将印刷情况与实际相结合,否则您投入的大量精力可能会被这个颜色所破坏。

再次感谢您!

谨致
萧乾

三十三、1944 年 7 月 2 日

尊敬的比尔德先生:

我写信是想请您取消我汉普斯特德的通讯地址,因为我现在在乡下工作。您可以从上述的地址②与我取得联系,当您有任何重要的事情时,能否标记"私人"以作提示。我真的很期待《吐丝者》早日问世。

最好的祝福!

谨致
萧乾

三十四、1944 年 7 月 5 日

尊敬的比尔德先生:

谢谢您寄来护封的样本。我想您已经收到了我最后一封关于更改地址的信(请您告知昂温先生及出版部门)。

---

① 萧乾在《今日生活与文学》上发表了《印子车的命运》《花子与老黄》。
② 此封信标注的地址为:Ta Kung Pao(大公报) 40 - 43, Fleet Street. E. C. 4.

我对这个护封很满意。我认为蓝色很好，也许可以更灰一些，但不能更蓝了。红色也很好看，如果有什么变化，它可以再棕一些。如果这些颜色改变不会导致延迟出版的话，我对这些都很满意。

我认为您的建议更好：标题、书背、广告语用红色，鸟和鹿用蓝色。鹿配上灰蓝的颜色看起来很美，淡色更褐（或紫），红色的看起来也理想。总而言之，我相信您已经在这本书上取得了成功。

感谢您所做的一切，并致以亲切的问候。

谨致

萧乾

注：办公室里的电话还没有安装，我现在正在剑桥休息。

三十五、1944 年 7 月 25 日

尊敬的昂温先生：

非常感谢您的来信，这无疑是我收到的最有趣、最有帮助的信。"antrotage"一词只是一个小错误，我一定会改正。同时也会非常仔细地查阅，改正您在信中提出的其他问题。非常感谢您！①

我把剑桥的中文书都翻遍了！但我没找到您说的那本书。这个标题听起来很好。

我真希望大卫先生能好起来。我又离开了汉普斯特德，现在住在毕晓普斯托福德（Bishop Stratford）的一家旅馆里，这是一种胆怯的安排。

谨致

萧乾

三十六、1944 年 7 月 26 日

尊敬的比尔德先生：

非常感谢您的来信和护封。很高兴得知副本已完成，它是通过航空邮寄的吗？因为 2/11 看起来是很少的空运花费。如果不是空运去的，我要麻烦您再替我空运两本。如果可以，我当然很满意。我在您那儿有一个预付 25 美元的账户，所以为了省事，我不会给您寄支票。如果可行的话，我希望能看到一些副本。

提前感谢！

最好的祝愿！

谨致

萧乾

---

① 昂温在 7 月 24 日的信中就萧乾赠送给他的《龙须与蓝图》与萧乾进行交流："您在第 2 页提到某些作者，我想知道您是否见过爱德华·卡彭特（Edward Carpenter）的著作，尤其是他的《文明：其原因和治愈方法》（CIVILIZATION: ITS CAUSE AND CURE）和《走向民主》（TOWARDS DEMOCRACY）。在第 9 页的中间，您提到一位名叫谢尔的德国占星家，我想您指的是天文学家（astronomer）而不是占星家（astrologer），您指的是约翰·亚当·沙尔（John Adam Schall）……"

另：您能让销售部门给我寄十二本《苦难时代的蚀刻》吗？非常感谢！

三十七、1944年8月5日

尊敬的比尔德先生：

非常感谢您寄来的五十本《吐丝者》。我所有的朋友都夸赞它制作精美，感谢您为此付出的努力。

修改后的印刷品只有一处有点令我不满意（尽管如此，我依然十分感激）。即在我向您和宣传部强调过后，他们仍写错了我的介绍。这一错误在他人看来可能无足轻重，在我看来却十分重要。这些校样一出来，我就说我不是"大公报的编辑"，而是"文学编辑"。我请求您让宣传部把文件仔细检查一遍，我已经再三强调了。更不是"文学大公报的编辑"。

请原谅我做出如下类比。我记得我第一次称呼您为"艾伦昂温公司的总经理"。您感到不适，因为斯坦利·昂温先生也不会喜欢这样的称呼。您表示不喜欢这种称呼，然后我把它改成了"艾伦昂温总公司的经理"。这除了准确性之外，还让它更有意义。同理，我的老板会认为我是在装腔作势，显然我并不是。很抱歉我说的这样不留情面，但我必须如此强调，以防您在广告中犯同样的错误。恐怕这不是件愉快的事，所以我现在给您写信，也同样告诉印刷部：

① 我想确保您在所有的宣传活动中不会再犯这样的错误。如果是这样的话，我必须要求您正式改正。

② 如果可能的话，请打印一张纸条并用胶水粘在书上，纠正所有要出售的副本。

③ 与此同时，尽管很痛苦，我不得不把这五十个精美的护封从我寄出的副本上拿下来。我非常确定，在校阅过程中，这种误导性的信息会再次出现。很抱歉看到您的努力被这么一个小问题所破坏。

不用我说，当您寄给我护封样张的时候已经开始印刷，这一切似乎无法修改了。无论如何，在今年早些时候寄出信件强调完后，我没有预料到这个错误会再次出现。我请求您提醒贵公司宣传部注意这封信，因为我想他们会理解作者不希望因为这样的错误而头疼。

我希望该强调有效。我向您保证，我对您并无恶意，而且我再重申一遍，我知道您对您的作者向来关怀备至。

期待您和宣传部的保证。

亲切的问候！

谨致
萧乾

三十八、1944年8月11日①

尊敬的昂温先生：

---

① 此封信较为正式，信封抬头印有《大公报》的相关信息。

非常感谢您的来信。我本不想因为这件事麻烦您,更不愿意像您在信中所说的那样小题大做。我希望我已经明确表示过,我对这本书的整体制作方式以及比尔德先生所付出的努力深表感谢。如果您能向我保证,这个错误信息不会在别的地方重复出现,那么此事可以告一段落了。但让我失落的是您似乎在信中暗示,这个错误完全是我的责任。① 1/在宣传单出来后,我已经采取必要的程序分别写信给比尔德先生和宣传部。2/我在生产护封的时候再次提醒了比尔德先生。3/护封从来没有任何校样,只有最终副本:我在上面做了一些更正,例如《大公报》的两种印刷方式*,我的更正没有被采用,因为护封已经印刷了。我对此毫无怨言,因为它是一个小瑕疵。至于另一个错误,我无法想象像您这样伟大且始终深思熟虑的出版商会认为它根本不重要,因为那"一个人"恰好是我的老板,我不准备因此丢掉工作。

然而,这一切听起来显得我太忘恩负义了。我完全赞成圆满结束这件事,除了:a/我不认为它不重要,我也不能;b/我要承担全部责任。

谨致

萧乾

* 我确实有责任。

三十九、1944 年 8 月 28 日

尊敬的先生:

自从两个星期前《吐丝者》出版以来,我还没有看到任何关于它的广告。我想知道这是否是一个暗示,请告诉我您以后会为这本书打广告吗?还是已经决定不打广告了?我之所以询问,是因为彼得波索在四月份的《每日电讯报》上提到了这本书,但我至今仍收到询问出版日期的来信。②

提前致谢!

谨致

萧乾

四十、1944 年 9 月 8 日

尊敬的昂温先生:

非常感谢您提供了一本有趣的关于出版的书:一些文章在它们第一次被出版时,我就已经读过。

现在和平即将来临,我确实希望您为纸张资源而进行的英勇斗争很快就会取

---

① 昂温在 8 月 9 日的信中指出:比尔德先生已经打电话给印刷部门指出把"文学"放在"编辑"前面的重要性,但是排字工把"文学"插入到了错误的位置,像这样的错误不是第一次也不会是最后一次。
② 8 月 31 日出版社回信萧乾说:8 月 12 日的《泰晤士报文学副刊》已经刊登了本书的广告。但由于本书订购太多,虽想重印,但战时纸张供应紧张。"如果我为一本我无法提供的书做广告,书商们最为不满。"另外出版社正在《观察家》《星期日泰晤士报》和《新政治家》的广告中加了一句话,说这本书被过度订购,正在克服这个困难。

得进展。

谨致
萧乾

四十一、1944 年 9 月 25 日

尊敬的比尔德先生：

非常感谢您的来信。我很高兴得知你们正在准备二次印刷出版。① 能允许我对这件新护封提个建议吗？①我想把"wait up"的第二个方格移到前面。这样我们就可以放入更多的评论摘录。②我在作者小传中也提到了这些联系。

请您在有空的时候把评论摘录寄还给我。如果您能给我一份新护封的样本，我将不胜感激。

亲切的问候！

谨致
萧乾

四十二、1944 年 10 月 21 日

尊敬的比尔德先生：

非常感谢您寄来《吐丝者》的护封样本，它实在是太棒了，我很期待它早日问世。您知道昂温先生那儿该书美国版的进程如何吗？② 我真希望它能成功！

亲切的问候！

谨致
萧乾

四十三、1945 年 3 月 2 日

尊敬的先生：

作为伦敦外国新闻协会(the Foreign Press Association)的成员，我写信是想了解您是否愿意寄给我们有关远东出版物的评论副本。

我知道出版商协会(the Publishers Associations)在 7 月会员通告的第 86 页中已建议这么做。

作为中国报纸唯一的伦敦办事处，我非常想将出版物的任何预先消息及其大致内容通过电报传回重庆，以引起读者的兴趣。我也想通过电报进行评论，希望可以在那里进行翻译。我知道您是所有出版商中最热衷于远东的，所以我写了这封信，希望您能酌情考虑一下。

---

① 9 月 22 日出版社致信萧乾，准备重印《吐丝者》2500 册。但不能给定一个具体的日期，因为配给 10 月底才到期。

② 10 月 26 日出版社回信萧乾说，约翰·戴出版公司(The John Day Company)与霍顿·米夫林出版公司(The Moughton Mifflin Company)拒绝了本书，但会尝试联系其他出版社。

期待您的回信。

谨致
萧乾

四十四、1945 年 3 月 5 日

尊敬的比德尔先生：

  非常感谢您设法从书商处取回两本《吐丝者》。我在剑桥度过了一个周末，我从朋友那里听说，他们同样很难买到这本书。我想知道您是否在考虑印刷第三版？① 当然，这在很大程度上取决于您拥有的纸张数量。

  亲切的问候！

谨致
萧乾

四十五、1945 年 3 月 7 日

尊敬的昂温先生：

  我非常感谢您对我上一封申请远东出版物审阅副本信件的迅速、热情的回应。得知您将《大公报》列入评阅名单（review list），我真的很感激。我相信您也会提前给我们寄一份目录，以防贵公司因知识产权而出版的图书未包含在内，我方可立即购买。

  由于与贵公司的私交，我方将比国内其他同行更有优势。我还没有看过孙科（Sun Fo）②的书。在我发送电报之前，我一直在期待更多的评论。我相信他得知他的书在这里广受关注会十分高兴的。

  亲切的问候！

谨致
萧乾

四十六、1945 年 3 月 9 日

尊敬的比德尔先生：

  非常感谢您的来信。

  我已经和弗拉德先生（Mr. Floud）谈过《吐丝者》的纸张问题，他表现得很有同理心（他碰巧读过这本书）。所以您写信给他时不必提及以上问题，但要强调①获得足够纸张的困难；②这本书的巨大需求；③当然还有这本书对促进中英理解方面的价值。在出版中，一两篇评论可能会有所帮助。

  我下周要去荷兰和莱茵河，希望能在四月底回来。

  向您和昂温先生问好。

谨致
萧乾

---

① 3 月 7 日出版社回复：如果没有纸张问题很乐意再版，本次纸张配给 6 月底到期。
② 孙中山的长子，他的著作《中国之前途》（China Looks Forward）1944 年由美国的约翰·戴出版社出版。

四十七、1945 年 3 月 15 日

尊敬的昂温先生：

非常感谢您的来信和寄给我的《中国之前途》一书。我正赶往欧洲大陆，临行前一定要为此致谢。我已经看过一些评论，很高兴看到您向我们提供了确切的日期①，我想我可以在离开之前发送一份有趣的电报。

诚挚的感谢！

谨致
萧乾

四十八、1945 年 6 月 7 日

尊敬的先生：

我间接地从国际笔会那儿收到了关于《苦难时代的蚀刻》账目的消息。我突然想到，也许我不在的时候，您将《吐丝者》的账目寄往美国了。我真希望它没有丢失。

谨致
萧乾

四十九、1945 年 6 月 19 日

尊敬的昂温先生：

非常感谢您关于美国版《吐丝者》的来信。我希望我这封匆忙的来信没有让人对贵公司众所周知的工作效率与细致有所误解。此次美国之旅我碰到沃尔什先生只是一个意外。大抵许多出版商都会像昂温先生那样经历同样的印刷问题。我已经从佩恩先生②和沈从文先生那里收到了关于《中国土地》的翻译情况。我希望您很快就会看到这本书。

谨致
萧乾

五十、1945 年 8 月 2 日

尊敬的昂温先生：

---

① 昂温在 3 月 12 日的信中提供了英国媒体刊登孙科《中国之前途》书评的信息，如下："Manchester Rvening News" 2.3.45; "Cavalcade" 3.3.45; "Times Literary supplement" 3.3.45; "Western Mail" Cardiff, 6.3.45; "Da1ly Worker" 7.3.45; "City Observer", 9.3.45。

② 罗伯特·佩恩（Robert Payne，中文名：白英，1911—1983 年），英国记者、作家、汉学家，1943 年，在休斯（Hughes）和李约瑟（Joseph Needham）的推荐下，他开启了三年的西南联大任教生活。在华期间，他两度访问延安，采访了毛泽东、周恩来、朱德等领导人。他和中国的各界精英如胡适、叶公超、闻一多、林语堂、田汉、曹禺等人都有交往。沈从文的第一部英文小说集《中国土地》（The Chinese Earth）在他编译与努力下 1947 年在乔治·艾伦与昂温出版社出版。

我写信是为了向您介绍我的朋友肯尼斯·罗(Kenneth LO)①,据我所知,他正把他的一些作品发送给您,供您参考。他是我的大学同学,一直在中国和剑桥学习英国文学。在过去的几年里,他一直在中国驻利物浦领事馆工作,管理着中国海员事务,这些事务孕育着最有趣的人类问题。这使他能够写出许多短篇小说,其中一些出现在约翰·莱曼先生(Mr. John Lehmann)②出版的《新写作》中。我很冒昧对他的作品发表评论,因为这些作品是寄给您的。他清楚地知道这些作品将会被送给最专业的人。

亲切的问候!

谨致

萧乾

五十一、1945 年 8 月 8 日

尊敬的昂温先生:

非常感谢您 7 月 6 日的来信,那时我正在柏林,我的办公室替我签收了。

我立刻明白了我给沈先生发信的要旨,告诉他您接受了。现在我收到了他的来信,他想知道是否有可能在今年内出版,或者至少能确定会在明年年初出版。他自然不知道纸张配额的困难,但我知道您将在 10 月获得新的配给。从您写给佩恩先生的信件来看,既然您对他的书如此热情,也许您可以考虑一下。

《吐丝者》和《苦难时代的蚀刻》的绝版使我有些沮丧。我哪儿都买不到。不知道您是否可以考虑重印这两本书中的一本,或两本都重印。毕竟您十月的时候会获得新的纸张配额。

虽然我们签订的合同允许我在别处发行这本书,但不到万不得已,我不愿这样做。我很感激您和比尔德先生一直以来对我的体贴和照顾,可其他出版社能发行一本 600 页,5 000 册的初版书。为此我真想替您发牢骚,但也许您还能为我做点什么,我会耐心等待。

亲切的问候!

谨致

萧乾

五十二、1945 年 8 月 21 日

尊敬的昂温先生:

---

① 肯尼斯·罗(Kenneth Lo),即罗孝建(1913—1995 年),原籍福州,罗丰禄次嫡孙,英国剑桥大学毕业,曾出任中国驻英国伦敦总领事。罗孝建童年时代随父亲到过英伦。燕京大学英文系毕业后,1936 年到英国深造,获得英国剑桥大学硕士学位。二战期间,他成为英国 BBC 广播电台有史以来第一位中国籍广播员。随后,出任中国驻利物浦的领事。热衷于中国的美食,曾在英伦开一家中国菜馆,把中国烹调文化作为中国文化的一个部分在海外传播,他编写了几十本中国食谱的著作,畅销英伦。

② 约翰·莱曼(John Lehmann, 1907—1987 年),英国出版商、诗人和文学家。他创办了《新写作》和《伦敦杂志》,以及约翰·莱曼出版社。

我已经在本月8日给您写了一封信,关于您是否考虑将我的书列入10月份重印清单中。遗憾地说,从那以后我一直没有收到您的来信。鉴于您连我那些工作上不重要的信也都回复,我担心您的回信可能半路寄丢了。

谨致
萧乾

五十三、1945年10月4日

尊敬的昂温先生:

我给您寄的是我选集的预发本,渴望得到您坦率的意见。很抱歉在大使馆聚会上没有太多时间陪您。您在葡萄牙一定过得很愉快。我明天要去德国南部,我可能会独自去一趟奥地利,预计在24日之前回来。上周我与比尔德先生进行了一次谈话,他承诺将尽最大努力至少让我绝版书籍中的一本得以重印。他建议选择《吐丝者》。尽管有人联系我在别处重新发行它,但我仍然真诚地希望它由贵方出版。我相信您会酌情考虑我的要求。

亲切的问候!

谨致
萧乾

五十四、1945年10月25日

尊敬的比尔德先生:

很抱歉没有回复您16日的来信,因为我已经离开了伦敦。

我现在写信感谢您带来的好消息,即《吐丝者》将再印2 000份。考虑到您现在的处境,我不能不为您促成此事而付出的努力致以谢意。

还请转达我对昂温先生来信的感谢,我也非常感激他。

您希望我对第三版做出任何更正吗?我认为不需要更正,若您觉得有必要,我会寄给您。

谨致
萧乾

五十五、1945年10月31日

尊敬的比尔德先生:

非常感谢您的来信。我写这封信是为了建议对第三版《吐丝者》做两个改动(如果可能的话),即:

① 在标题页的对页,也就是列出我其他作品的那页。请您把最后一本书的"in the press"删去,因为它终于出版了。

② 请在书的扉页上增加一个新的献辞,上面写:

致敬慕菲的罗宾(For Muffin's Robin)

带着感激和深情(With Gratitude and Affection)

提前致谢!

谨致
萧乾

五十六、1945年11月17日

尊敬的比尔德先生:

有人想将《吐丝者》译成法语版。但除了我做过标记的副本,我自己也没有多余的副本了。您能找到一本并寄给约翰·莱曼先生吗?我将承担全部费用,随信附上他的名片。

提前致谢!

谨致
萧乾

另:您能找到《苦难时代的蚀刻》的副本吗?

五十七、1945年11月29日

尊敬的比尔德先生:

非常感谢您来信告诉我《吐丝者》的第三版将于2月面世,也许您还能向我提供几份《苦难时代的蚀刻》的副本。

关于法语译本,它来自霍加斯出版社的经理兼《新写作》(New Writing)的编辑约翰·莱曼先生(Mr. Lehmann),《新写作》在法国知识分子中很流行。他是我的朋友,他问这些纯粹是想知道我是否对此感兴趣。一旦我收到他的具体消息,与出版商取得联系,我就会把他介绍给您。

也有人询问《吐丝者》的瑞士版。这个译者先给我写信,问我要翻译哪个故事。现在我把他一起介绍给您。希望您现在已经收到他的来信。我附上了他与我往来的信件。

亲切的问候!

谨致
萧乾

五十八、1945年12月10日

尊敬的昂温先生:

我写这封信是为了推荐一篇从中国寄给我的手稿,陈源教授将把他的补充意见一并寄给您。

这是朱彤先生根据著名小说《红楼梦》改编的戏剧《郁雷》①,相信大家都看过。这是一个非常雄心勃勃的计划。《红楼梦》的情节同《战争与和平》一样复杂。我认为剧作家所取得的成就,只有刻苦钻研的人才能做到。

---

① 1944年,朱彤(1915—1983年)在重庆读书生活社出版由《红楼梦》改编的话剧剧本《郁雷》(又名《宝玉与黛玉》,多幕剧)。

书籍形式的戏剧并不总是适合舞台。我相信您最近已经出版了在广告中特别提到的那本剧本。《郁雷》也许适合给熟悉剧情和人物的中国观众看,他们可能会更好地理解剧中的感情。但是,由于中国当代戏剧的译本很少,我相信您不会介意翻阅这份手稿以便做出决定。我想把审美的判断留给比我更有资格的陈源教授,但我必须说,我很高兴能通读这部剧本。有时我觉得译文看上去有点费劲,显然是因为译者试图忠于原文。此外,剧本将男女主人公复杂的情节简单化,有轻微西化的倾向,但蕴含的感情是中国的,是19世纪初的中国。

请直接向陈源教授提出您对该作品的意见。因为当您审阅完该作品时,我可能已经不在英国了。

亲切的问候!

谨致

萧乾

五十九、1945年12月11日

尊敬的比尔德先生:

我想知道您是否像上封信所说的一样,成功地帮我弄到一些《苦难时代的蚀刻》的副本。因为我明年年初要回中国。如果您能找到,我将不胜感激。

亲切的问候!

谨致

萧乾

六十、1945年12月18日

尊敬的比尔德先生:

谢谢您的来信,告诉我您正在尽一切努力为我获取一些《苦难时代的蚀刻》的副本。我真的很需要它们。

在您的信中,您没有提到关于卡尔默先生(Mr. Kalmer)[①]建议的《吐丝者》瑞士译本。他有没有直接联系您?

我现在也有一些法语版的消息。我很快就要回去了,也许您可以联系正在考虑它的出版商。请允许我告诉您事情的来龙去脉。我的朋友莱曼先生,他是霍加斯出版社的经理兼《新写作》的编辑,遇到了迈尔·海伦·博卡诺夫斯基(Mlle Helene Bokanowski)(巴黎东方街14号,14 Rue de L'Orient, Paris)。博卡诺夫斯基先生是皮埃尔·西格斯出版社(Editions Pierre Seghers)(? 拉斯佩尔大道 Boulevarde Raspail)的读者。《吐丝者》的副本现在在他们手中,莱曼先生可能会

---

① 即约瑟夫·卡尔默先生(Mr. Joseph Kalmer),他在11月13日致信萧乾,称他正在准备出瑞士语《新中国三十位新作家选集》(Thirty New Writers of New China),拟收录萧乾1—2篇短篇小说,希望能获得萧乾的手稿并翻译。11月23日再致信萧乾,拟译萧乾的《栗子》与《邮票》,这符合表现自1911年以来中国人的生活的主旨。

收到他们的来信，但如果您能提前与他们联系，将加快事情的进度。

谨致
萧乾

六十一、1945 年 12 月 28 日

尊敬的昂温先生：

  我刚刚从《中国土地》（THE CHINESE EARTH）（您去年秋天接受的一本书）的作者沈从文那里收到了一幅木刻版画，他想知道可否添加在书中，无论是作为封面还是单独的插图。

  沈先生表示，他希望底色是黄色，木刻是深棕色的。当然他没有欧洲书籍制作的经验，所以这件事就交给您了。

  如果您有任何建议，我将很高兴代表您回信给沈先生。①

谨致
萧乾

六十二、1946 年 1 月 25 日

尊敬的比尔德先生：

  感谢您昨天关于重印《吐丝者》的来信。

  很遗憾你们的印刷商无法将纸张提供给你们，但我真的非常感谢你们所做的努力，感谢您为此费心费力。但您知道，如果不是因为我所处的特殊情况，我不会烦劳您。

  我现在只能等待你们目前配给的纸张送到，我非常感谢您的进一步提议，如果可能的话，请预先装订一些。

  再次表达我的谢意！

谨致
萧乾

六十三、1946 年 1 月 29 日

尊敬的比尔德先生：

  非常感谢您提供的终稿样本，这项工作的完成让人心生敬佩。我现在把这些寄给作者本人。

  当您确定这本书的大概出版日期时，请通知我。作为他的第一本英文书，作者非常想知道它的进展情况。

  亲切的问候！

谨致
萧乾

---

① 出版社在 12 月 29 日的回信称：夏明（Hsia Ming）的《中国土地》木刻本不容易复制，但我们会聘请最优秀的人之一，努力采用沈先生建议的配色方案……我们一定会尽快把校样寄给沈先生，如果您还在英国，我们会给您寄一份副本。

六十四、1946年3月11日

尊敬的先生：

我在这个国家度过了七年愉快的时光，我将在本周末返回中国。

我写信的首要目的是告诉您我的地址即将变更，即日起我的通讯地址将变更为中国上海市南京路212号《大公报》。我想知道您是否可以将欠我的季度版税发送到澳大利亚公益银行（Australian Commonwealth Bank），我在那里有一个账户。如果可能的话，我当然希望销售报告单独发寄到上海。不过，《大公报》的伦敦办事处将继续处理我的事务。

我的（另一个）问题是您刚刚重印的《吐丝者》，如您所知，我没有直接参与《苦难时代的蚀刻》签订，那是国际笔会和您签了合同。以后当您想重印这本书时，如果我有时间的话，我想把这本拙作稍作更新，因为它是我的唯一一本英语作品。到那时，我将更有能力创作或者重写过去的作品。

我想，我喜欢与您来往的事情不必再作赘述。您一直都很周到、认真和高效。恐怕在未来两年内，我都没有用英语写作的机会。但如果我有任何英国公众感兴趣的东西，我会知道把它寄到哪里。

谨致
萧乾

六十五、1947年2月25日①

尊敬的斯坦利先生：

我在这世上的另一个地方给您写信，但我对您和英国文化的敬意是相同的。我在英文杂志上看到你们的广告，有时甚至在Kelly & Waled上看到贵公司的新书（比如Mr. Qurrell的新书，甚至是我的《吐丝者》），我为与您的合作感到自豪。我相信在收到这封信时，您通过与同样不知疲倦的约德先生打网球，身体已经恢复了健康。

这封信主要是应《中国土地》作者沈从文先生的要求，就是罗伯特·佩恩先生翻译的那本书。沈先生对这本书的实际安排不是很了解。他特别关心的是：

① 它是否出版了？如果出版，他是否有权获得任何副本；

② 佩恩先生曾答应让他从您这儿预支£50。他不知道钱是否已经支付了。

我将非常感谢您的回信。②

---

① 这封信用的是上海《大公报》的抬头，地址为：上海南京路212号《大公报》（TA KUNG PAO, 212 NANKING ROAD SHANGHAI, CHINA）。

② 昂温在本年3月26日的回信中称：《中国土地》尚未出版；出版社正在推动。生产困难比过去更大。根据我们与罗伯特·佩恩先生的合同，他向我们提供了一份声明，他有权代表沈先生行事。根据该合同，佩恩先生有权获得通常的六份作者的副本，大概他会和作者分享。他有权在签署协议时预支50英镑（已支付），在出版时再支50英镑（尚未支付）。不久前，他要求我们直接向作者支付第二笔50英镑，但我们指出，如果我们这样做，我们必须在英镑所得税中扣除9/；在这种情况下，我们必须在出版时向佩恩先生支付剩余的50英镑，只要他在英国，我们全额支付。我希望这能给您提供您想要的信息。为什么（转下页）

中国的情况并不太好,但如果纵观这几十年而不是几年来解读历史,就会看到一丝解决问题的希望。我们与美国签订的条约抹杀了在这里盗版书籍的可能性。我相信与英国签订的新条约将包括类似的条款。

亲切的问候!

谨致
萧乾

六十六、1947年11月28日

尊敬的先生:

非常感谢您为德译版《吐丝者》和《苦难时代的蚀刻》付出的努力,所有六份副本都安全到达,请将其余的寄到同一地址。

我也愿意改变财务安排。我已经注销了我在澳大利亚公益银行的账户。今后,请将有担保的支票寄到我在伦敦的办事处:

给《大公报》(To Ta Kung Pao)

40, Fleet Street, E.C.4.

还有一种办法,就是把我的工资记在您的账上。如果是后一种方式,就意味着您必须从我在英国出版的稿费中提取。也许这要求得太多了。①

谨致
萧乾

(接上页)沈先生不向罗伯特·佩恩先生索要一份由佩恩先生代表他签订的协议的副本?如果佩恩先生要求,我们将乐意提供。

① 12月9日出版社回信给萧乾:出版社不被允许将款项计入对方账户,如果这样做先得到英格兰银行的许可。今后应付的所有款项将支付给《大公报》伦敦办事处。

论早期延安文学的构成及其价值[①]

郑 飞[②]

摘　要：早期延安文学是对1935—1942年期间以延安为中心的解放区文学的笼统概括，包括作家作品、文学杂志、文学组织及文学培养机构，从城市来到解放区的"外来作家"是早期延安文学的创作主体构成。早期延安文学数量众多、形式多样，在特殊的历史背景下，更易于宣传和普及的中短篇小说、报告文学和戏剧成为当时最主要的三种文学样式，早期延安文学总体上表现出积极向上、昂扬乐观的革命主义精神。从文学发展的视角来看，早期延安文学是"十七年"时期"红色叙事"的初级形态，同时也为《讲话》提供了相应的文学资源，早期延安文学作家群体所体现出来的集体无意识式的主动创作姿态，更是表现出他们对革命生活的主动介入。

关键词：早期延安文学；构成；价值

引语

关于延安文学，有研究者曾如此定义："延安文学特指1935年10月随着中央红军长征的胜利，中共中央来到陕北后，特别是1937年1月进驻延安后，以延安为核心的陕甘宁边区以及全国解放区的文学现象。它是以20世纪30年代的苏区文学和左翼文学为源头，在气质上与中国共产党的文艺政策有较强的一致性，在时间跨度上是从1936年11月在陕北苏区成立中国文艺协会到1949年新中国成立，它深刻地影响到新中国成立以后的当代文学走向。"[③]该说法以时间线为主要依据，兼及空间和地域等要素，较为明确地指出了延安文学的研究对象和研究范围，这种处理方式虽然并不能十分完美地处理一些文学史实层面的细节因素，却也不失为一种学术探讨的有效方法。

以1942年为界，可以将延安文学进一步细化为早期延安文学和晚期延安文学两个不同阶段。所谓早期延安文学，是对1935年至1942年期间发生于以延安为中心的解放区的文学整体风貌的统称，包括作家、作品、文学团体、文学期刊以及专业院校等要素。在此需要说明的是，早期延安文学还并不是一个十分严谨的

[①] 本文系上海市教育科学研究项目"课程思政视域下的高校文学教师角色重塑研究"（项目号：C2021301）的阶段性成果。
[②] 作者简介：郑飞，上海体育大学新闻与传播学院副教授。
[③] 王巨才：《延安文艺档案》（第三十三册），太白文艺出版社2015年版，第1页。

学术概念，而更是出于研究之便而做出的对一类文学形态的概括性说法。

一、早期延安文学的构成

正如前文所说，早期延安文学包括1935年至1942年间解放区出现的作家、作品、创办的文学团体和文学期刊，以及相关专业院校等几个部分。

从人员构成来看，早期延安文学时期的作家主要由专业作家和业余作家两大类构成。其中专业作家又可分为解放区自己培养的作家和从外地奔赴解放区的作家两部分，第一部分的代表性作家有：白刃、丁志刚、方冰、李若冰、史超、束为、孙剑冰、商展思、王滨、王炎、王玉胡、西戎、赵树理等。

相比较来说第二部分人数较多，他们也是早期延安文学最主要的文学创作力量，代表人物列举如下：艾青、艾思奇、丁玲、安危、仓夷、白朗、卞之琳、蔡其矫、蔡天心、曹葆华、草明、陈荒煤、陈克寒、陈企霞、陈学昭、陈涌、成仿吾、邓拓、董均伦、董速、杜鹏程、杜谈、方纯、冯牧、高长虹、高敏夫、高士其、戈壁舟、公木、郭小川、哈华、荒草、贾芝、蒋弼、军城、柯岗、柯蓝、柯仲平、孔厥、雷加、李纳、李季、林山、凌子风、刘白羽、刘御、刘知侠、柳青、鲁藜、陆地、罗烽、马烽、马加、曼晴、苗延秀、莫耶、那沙、欧阳山尊、钱丹辉、任白戈、塞克、沙可夫、邵子南、师田手、舒群、天蓝、田间、王实味、韦君宜、魏巍、闻捷、吴伯箫、吴奚如、武兆堤、西虹、萧军、萧三、萧也牧、萧殷、谢挺宇、熊塞声、徐懋庸、雪苇、严辰、严文井、颜一烟、杨沫、杨朔、殷白、于黑丁、袁静、曾克、张非垢、张光年、周而复、周立波、周文、周扬、朱寨、朱子奇、左明等。

除上述两大类别的专业作家外，早期延安文学时期还有一类业余作家构成，这类作家数量较少，其主要身份是革命领袖或军事将领，因而他们的文学创作数量并不多，如朱德、叶剑英、王恩茂、杨成武、李湘洲、韩先楚等。[①]

在众多作家的共同努力下，早期延安文学呈现一派繁荣态势，现分别简要列举如下：

诗歌：艾青的《时代》《太阳的话》、安危的《寄母亲》、曹葆华的《西北哨兵》、厂民的《我们的队伍》《神兵连》、陈学昭的《延安的秋》、丁玲的《七月的延安》、杜谈的《春的消息》、公木的《鸟枪的故事》、何其芳的《北中国在燃烧》《我把我当作一个兵士》、胡乔木的《青年颂》、柯仲平的《平汉路工人破坏大队》《延安与中国青年》、毛泽东的《沁园春·雪》、师田手的《"九一八"之歌》、陶铸的《赴延安途中》、田间的《假如我们不去打仗》《给战斗者》、萧三的《抗战剧团团歌》《反法西斯小诗》、叶剑英的《看方志敏同志手书有感》、朱德的《太行春感》等。

散文（包括报告文学和杂文）：卞之琳的《第七七二团在太行山一带》、陈荒煤

---

① 他们的创作多以自己的战斗经历为蓝本，强调故事的真实性，《八路军军政杂志》是他们的主要发表阵地。如王恩茂的《田原部队的歼灭》发表于1939年5月第1卷第5期的《八路军军政杂志》；杨成武创作的《一个胜利战斗的回忆》发表于1940年12月第2卷第12期的《八路军军政杂志》；李湘洲的《苦战磨河滩》发表于1941年1月第3卷第1期的《八路军军政杂志》；韩先楚创作的《大池村歼敌记》发表于1941年2月第3卷第2期的《八路军军政杂志》。

的《刘伯承将军会见记》《陈赓将军印象记》、陈学昭的《延安访问记》、成仿吾的《纪念鲁迅》、丁玲的《"三八节"有感》《彭德怀速写》《记左权同志话山城堡之战》《警卫团生活的一斑》、范长江的《万里关山》《陕北之行》、郭小川的《生命的颂歌》、果力的《"五四"的火焰在延安燃烧着》、黄钢的《我看见了八路军》《森林中——陈赓的兵团是怎么作战的之一》《雨——陈赓的兵团是怎么作战的之二》、何其芳的《我歌唱延安》《七一五团在大青山》、康濯的《捉放俘虏记》、柳青的《空袭延安的二日》、林克多的《从陕北到晋北》、陆定一的《老山界》、马加的《萧克将军在马兰》、莫休的《抢桥》、默涵的《奴才哲学》、穆青的《红灯》、刘白羽的《朱德将军传》《同志》《幸福》以及报告文学集《游击中间》、罗烽的《漫谈批评》、茅盾的《白杨礼赞》、任天马的《活跃的肤施》、舒湮的《战斗中的陕北》、沙汀的《贺龙将军印象记》、王余杞和刘白羽的《八路军七将领》、杨朔的《潼关之夜》、周立波的《晋察冀边区印象记》等。

小说：卞之琳的《石门阵》《进城·出城》、草明的《绝地》、陈荒煤的《支那傻子》《在教堂里歌唱的人》《无声的歌》、丁玲的《东村事件》《在医院中》《一颗未出膛的枪弹》、荒煤的《只是一个人》、黄既的《老实人》、晋驼的《皇协军》《蒸馏》、孔厥的《凤仙花》《二娃子》、雷加的《老鼠夹子》、力群的《野姑娘的故事》、梁彦的《磨麦女》、刘白羽的《五台山下》《陆康的歌声》、刘祖春的《一个夜间的故事》、柳林的《转变》、柳青的《待车》《误会》《牺牲者》《地雷》、陆地的《落伍者》、马加的《过梁》、莫耶的《丽萍的繁恼》、丘东平的《给予者》、师田手的《大风雪里》、舒群的《海的彼岸》、韦君宜的《龙》、奚如的《老革命碰着新问题》、严文井的《一个钉子》《一家人》、杨朔的《帕米尔高原的流脉》、于黑丁的《炭窑》、野蕻的《新垦地》、张铁夫的《荒年》、周而复的《被炸毁的街市》、周立波的《牛》《纪念》、周文的《我的一段故事》、曾克的《爱》等。

戏剧：阿甲的抗日现代戏《钱守常》，崔嵬的《张家店》以及小型歌剧《参加八路军》，陈其通的《红岩》《送郎上前线》《游击队》、京剧《小放牛》、活报剧《保卫边区》、秧歌剧《学文化》、独幕话剧《二颗心》、多幕话剧《糊里糊涂》《奇袭》《治病救人》、话剧《风云路程三万里》(后改名《二万五千里长征记》《铁流二万五千里》)，成荫的活报剧《傀儡戏》《世界公园》，丁里的《冀东暴动》《两亲家》《钢铁与泥土》，丁玲的《突击》《河内一郎》，傅铎的《顽固派的真面目》《地头上》《反希特勒活报剧》《游击小组》，胡丹沸的《叫全世界都知道吧！》(原名《当尾巴》)，胡可的《拂晓以前》《南国的风雪》，黄俊耀的秦腔现代戏《血溅卢沟桥》《抗战三回头》，李伯钊的《紫坊村》《军民合作》，马健翎的《中国的拳头》、秦腔现代戏《中国魂》，莫耶的《军号》《学者》《讨还血债》《百团大战》，墨遗萍的大型秦腔《满天飞》《岢岚县》《张凤娇》，欧阳山尊的《警备队长》，任桂林的京剧《即墨之战》，塞克的《保卫卢沟桥》《全面抗战》《谁敢夺我一寸地》，王震之的《红灯》《沉冤》《大金箍》《咆哮的河北》，颜一烟的《保卫大武汉》《红煤》《窑黑子》《凶手》等。

早期延安文学时期的文学团体主要有：

中国文艺协会、陕甘宁边区文化界救亡协会、陕甘宁边区文艺界抗战联合会、中华全国文艺界抗敌协会延安分会、晋察冀边区文化界抗日救国联合会、晋冀鲁豫边区文联、西北战地服务团、抗战文艺工作团、文艺小组、鲁艺文艺工作团、大众读物社、文艺月会、中央军委直属队政治部文艺室、中央研究院文艺研究室、延安作家俱乐部、鲁迅研究会、九一八文艺社、战歌社、延安鲁艺路社、边区诗歌总会、山脉文学社、山脉诗歌社、延安新诗歌会、怀安诗社、延安诗会、海燕社、战地社、铁流社、晋察冀诗会等。

早期延安文学时期的文学期刊主要有：

《新中华报》《文艺突击》《文艺战线》《中国文化》《新诗歌》《大众习作》《文艺突击》(后改为《大众文艺》)《中国文艺》《草叶》《谷雨》《文艺月报》《部队文艺》《解放日报·文艺》《平原文艺》《五十年代》《新大众》《胶东文艺》《北方杂志》《北方文化》《平原杂志》《长城》《文学战线》《东北文艺》《大众文艺丛刊》等。

早期延安文学时期的相关院校主要有：

鲁迅艺术文学院、华北联合大学、乡村艺术干部训练班、星期文艺学园等。

需要说明的是，以上所列只是早期延安文学的部分代表性构成而并不是早期延安文学的全部，但通过这些我们已然能够对早期延安文学有一个粗略性认识。

二、早期延安文学的艺术特征

作为一种对文学形态的描述，早期延安文学涵盖了时间和空间两个维度，这两个维度也是认识和评价早期延安文学的两个重要视角。从时间角度来说，早期延安文学发生的时间段为1935年至1942年之间，彼时正处于革命斗争的关键时期，因此这一时期的文学创作多以短、平、快的文学样式为主，同时注重作品的动员与宣传功能，而精神气质上则呈现出昂扬向上、积极乐观的特征。早期延安文学的空间维度则较为复杂，它不仅涉及创作者的身份问题，同时还涉及作品的书写内容和主题表现等方面，这些要素对早期延安文学的艺术特质产生了直接性的影响。

20世纪三四十年代正值中国大地激昂动荡的年代，革命斗争是那个时代的主旋律，无论是城市还是乡村无不开展起轰轰烈烈的革命风潮。在这样的时代背景下，文学也化身为革命斗争的一部分，其本身的艺术表现及审美追求被暂时"悬置"，转而强调对革命的宣传以及对普通民众的动员，具体到早期延安文学来说，在与时代主潮相一致的同时也呈现出自己的特点。在当时众多文学创作者的共同努力之下，早期延安文学时期的创作呈现出一派繁荣的态势，小说、散文、诗歌、戏剧、杂文、评论、报告文学等各种文学样式均有出现且数量十分可观。然而由于解放区当时对文艺工作的期待以及较为贫乏的物质条件，早期延安文学阶段的文学创作在注重动员和宣传的同时也十分强调作品外在表现的经济性，于是篇幅更为短小、形式更为多样、宣传效果也更好的中短篇小说、报告文学和戏剧等成为当时最受欢迎和最普及的三种文学样式，中短篇小说、报告文学和戏剧也成为早期延安文学时期最重要的三种文学创作类型。

从作品所展现出来的精神气质来看，作为宣传革命和动员鼓舞民众的重要媒介，早期延安文学时期的文学作品表现出昂扬向上、积极乐观的精神面貌。如美国记者埃德加·斯诺曾于1936年亲自到访过延安并撰写了大量新闻报道，这些报道后来结集为《红星照耀中国》由英国伦敦戈兰茨公司出版，后改名为《西行漫记》在中国出版发行,该书被称为"忠实描绘中国红色区域的第一本著作"①。《红星照耀中国》自出版以来便广受关注,斯诺以一名记者的身份通过新闻报告的形式对延安根据地的革命领导人、普通战士、民众生活等做了大量直观、真实的介绍和描写,从而成为人们认识了解当时中国革命和解放区生活的重要媒介。在《红星照耀中国》文本里,斯诺描写的解放区的物质生活无疑是清苦的,但那里的人们精神却是积极向上的,如《红军旅伴》一节对八路军战士的描写就颇具典型性:"他们在路上几乎整天都唱歌,能唱的歌无穷无尽。他们唱歌没有人指挥,都是自发的,唱得很好。只要有一个人什么时候劲儿来了,或者想到了一个合适的歌,他就突然唱起来,指挥员和战士们就都跟着唱。"②通过《红星照耀中国》,我们可以从一个侧面看到早期延安文学内在的精神面貌,作品所表达的这种乐观向上的精神气质其实是当时的诗歌、散文、小说等多种文学样式中普遍存在的一种艺术形态。

早期延安文学的作家群体有着明显的"多元合流"特征。通过前面的梳理可以看出,以空间地域意义上的延安为参照基点,早期延安文学的创作者群体可以划分为"本土作家"和"外来作家"两个大的类别,前者主要指的是那些成长于解放区的作家,其中又可进一步分为专业作家和业余作家;后者主要指那些从外地奔赴解放区的作家,他们是早期延安文学最重要的作家构成群体。总体上来说,解放区的"本土作家"们对解放区有着天然的认同感,这种认同感不自觉地体现在自己的相关创作中,在他们的创作视域里,文学的现实功能远大于文学自身的艺术功能。而对于"外来作家"群体来说,他们中的许多人在来到解放区之前就已经具备成熟的创作经验,甚至其中一些人已经是成名已久的作家,如后来在文学史上占有重要地位的艾青、卞之琳、丁玲、郭小川、刘白羽、周立波等均属此列,虽然这些"外来作家"在创作过程中也突出政治因素并表现出明显的认同意识,但却并不因此忽略文学技巧要素,因而从总体上看,"外来作家"群体的创作无论是作品数量还是艺术质量上都远超前者,他们也从根本上保证了早期延安文学的艺术水准。

另外,以延安为中心的解放区既是早期延安文学的生成空间,也是其文学世界的重要构成。与当时北京、上海等较为成熟的城市文明形态相比,三四十年代的解放区无论是物质条件还是思想文化都处于一个落后封闭的状态,其本质上仍未脱离在中国延续了数千年的"乡土社会"架构,当那些经历过现代文明洗礼的作家们来到解放区面对如此巨大的反差时,既带给了他们思想上的震撼,同时激发起了他们的创作欲望,而表现农村、书写农民和士兵又与当时国家对文学的期许相暗合,双方的这种契合共同催生了早期延安文学的繁荣。在早期延安文学的创作体系里,农村、农民以及士兵(含革命将领)以一种崭新的姿态再次成为文学世界里的主角,与20世纪30年代叶紫、沙汀、萧红等人创作的"乡土小说"有所不同,在早期延安文学的文学世界里,作品所描写的乡土社会虽然也会有污秽甚至落后,但它们却只是故事构成的点缀或者是故事发生的现实空间而非主体内容,早

---

① [美]埃德加·斯诺著,董乐山译:《红星照耀中国》,人民文学出版社2016年版,第5页。
② [美]埃德加·斯诺著,董乐山译:《红星照耀中国》,人民文学出版社2016年版,第64页。

期延安文学中的乡土社会在具有愚昧、落后一面的同时更多的是光明、先进的一面。因此,早期延安文学的书写内容其实是发生在乡土社会的新人新事,作品从不同视角描绘了当时解放区的种种新气象、新景观,如火热的斗争和学习生活,战争过程中出现的英雄人物以及革命领袖等,精神气质上也同样表现出积极昂扬的革命乐观主义精神。

早期延安文学在时间和空间上的双重属性,使得其创作形态总体上呈现出鲜明的现实主义创作特征。正如前文所说,早期延安文学所处的时代正处于革命斗争的关键时期,这一时期社会各界十分重视文学传达出的精神力量,从而进一步激发人们的革命豪情和生产热情。在这样一种创作思路之下,当时一批作家为了创作出更贴近现实生活的作品,纷纷走进部队、走向工厂、走向田间体验生活。也正是由于这个原因,早期延安文学时期的报告文学一度十分繁荣,许多作家也纷纷投身于此,如以小说知名的作家丁玲就曾创作了《彭德怀速写》《警卫团生活的一斑》《一年》《秋收的一天》等报告文学作品,周立波则创作了《晋察冀边区印象记》,以散文知名的刘白羽创作了《朱德将军传》《同志》《幸福》,诗人卞之琳创作了《晋东南麦色青青》《第七七二团在太行山一带》,除此之外,沙汀、何其芳、陈荒煤、柳青、杨朔等在这一时期也都有优秀的报告文学作品问世。不仅报告文学,早期延安文学时期的小说、诗歌、散文等艺术门类其实也都具有鲜明的现实指向,作品中所涉及的内容和人物无不具有现实影迹,甚至这些作品最终的价值指向针对的也是当时革命所要解决的现实问题。在这样一股文学创作潮流影响下,现实主义笔法也成为早期延安文学最为突出的艺术表征之一。

作为一种特殊历史境遇下出现的文学形态,早期延安文学当然算不上完美,对于它的种种不足我们也不应当回避,比如作品艺术质量的问题。早期延安文学时期创作队伍的庞杂固然带来了可观的作品数量,另一方面却也使得早期延安文学的作品与作品之间艺术水准相差较大,这一点在前文所提到的专业作家与业余作家之间体现得尤为明显。总体而言,较之于解放区土生土长的作家,早期延安文学时期的艾青、卞之琳、丁玲等"外来者"无论是对创作技巧的掌握还是对思想深度的挖掘都明显技高一筹,如丁玲1941年创作的《我在霞村的时候》和《在医院中》[①]一直到今天还时常被人所提及,作品对现实的关注、对"启蒙"主题的思考都将早期延安文学提升到另一个高度。除丁玲外,卞之琳、刘白羽、韦君宜、柳青、周立波等人也都创作了一系列具有一定艺术水准的小说,公木、何其芳、艾青等诗人则创作了一系列叙事诗、抒情诗和颂诗。而与丁玲、卞之琳等成熟的作家和诗人相比,王恩茂、杨成武、李湘洲、韩先楚等"业余作家"的作品则稍显逊色,毕竟他们作为军事将领,其本职工作在于开展军事斗争,对于文学创作则是外行,于是我们看到他们在自己的作品中更注重的是故事本身,至于"如何讲"这一属于文学技巧层面的东西则被置于次要的位置,于是这些作品的文学性有着明显的不足。

---

① 《我在霞村的时候》发表于1941年6月的《中国文化》第2卷第1期;《在医院中》原名为《在医院中时》,发表于1941年11月的《谷雨》创刊号,1942年8月重庆《文艺阵地》第7卷第1期转载时更名为《在医院中》。

三、早期延安文学的价值再认识

作为一种文学形态,早期延安文学无论从内容还是形式层面都有自己系统且完整的体系,从文学史的视角来审视,它无疑是三四十年代文学尤其解放区文学的重要构成,甚至可以将之视作"红色叙事"的萌芽和初级阶段。然而吊诡的是,在诸多文学史的讲述中早期延安文学都处于一种几近失声的状态,许多时候甚至被简单化地用"解放区文学"这一概念笼统地加以概括。在一些文学史的教材里,作为一类文学创作,早期延安文学所占的篇幅甚至还不如对赵树理的介绍,而后者又恰恰是前者的构成要素之一,如此"本末倒置"的处理方式或许有多种原因,但就这一现象本身来说,至少说明早期延安文学的价值是被大大低估了,或者说现有的文学史书写没有给予其足够重视。

首先,基于早期延安文学自身的艺术价值以及其在文学史讲述中的"隐身",我们可以从创作史实出发对其重新加以评价和探讨,从而进一步厘清早期延安文学的文学价值及文学史定位。从时间上看,作为一种在特殊历史时期出现的文学形态,早期延安文学诞生于1935年至1942年的八年间,从地理空间来看,早期延安文学的主要诞生区域是以延安为中心的解放区,它的书写内容、人物塑造等都植根于解放区这一特殊地域,其艺术取向和主题表达也都与解放区的政治环境密切相关。从某种程度上说,以今天的艺术标准来看,早期延安文学或许存在结构简单、人物脸谱化甚至文字粗糙等缺点,但这种文学形态却与当时的历史背景和时代要求相契合,早期延安文学这种略显"简陋"的文学形态恰好能担负起那个特殊时期文学所应担负的历史任务,事实也的确如此,早期延安文学在动员民众、宣传革命、鼓舞士气等方面发挥了巨大作用,成为当时重要的文化财富。

扩而大之,从"红色叙事"的整体发展脉络来看,早期延安文学从创作的发生到作品的艺术内容都与后来规模宏大的"红色叙事"一脉相承。当时早期延安文学的作家们为真正创作出符合当时时代背景和民众需要的作品,纷纷走近工人、农民和士兵,与他们同吃同住同劳动,以赵树理为代表的解放区本土作家自不必说,那些从城市来到解放区的作家们也无不采取这种方式,如丁玲、周立波、何其芳、卞之琳、刘白羽等无一例外地都曾亲赴一线寻找创作素材,甚至连海外创作者埃德加·斯诺也是在自己深入延安的基础上才创作出了《红星照耀中国》。这种创作方法后来成为"红色叙事"作家们普遍采用的一种素材获取方式,如柳青为创作《创业史》就曾亲自走上田间地头向农民请教;而早期延安文学所塑造的工人、农民、士兵甚至部队将领和革命领袖等人物形象,以及作品所传达出来的革命乐观主义等也都与后来的"红色叙事"具有高度一致性。于是,从文学史的发展脉络来看,早期延安文学可以被视作"红色叙事"的初级阶段。

其次,作为一种文学实践和一类文学创作形态,早期延安文学为我们从文学发展视角认识和理解《讲话》提供了一种学理上的可能。作为当代文学时期一份极为重要的纲领性文件,《讲话》的形成和出现有着较为复杂的历史背景和文化背景,在此不再赘述。仅从文学角度来说,《讲话》是建立在一定的文学资源基础之上的,对此孟悦早在1991年与李陀、黄子平、刘禾、邹羽、张旭东、唐小兵等人的一次谈话中就曾明确表示:在《讲话》发表之前,解放区就已经存在一批与《讲话》内在精神相一致的文学活动(孟悦将之称为"大众文艺运动")并出现了孙犁等作家。① 当年一些亲历者也持类似观点,如党全义在《毛泽东〈在延安文艺座谈会上的讲话〉发表前后》中曾回忆说,毛泽东在酝酿《讲话》的过程中极为重视当时延安的文艺创作情况,在参加三次座谈会时还细心听取文艺界人士的意见。② 鉴于上述论者的身份和文字论述逻辑,其论断应当是真实可信的。

尽管今天很难找到早期延安文学和《讲话》两者之间存在直接且确切的史实记载,但依照笔者前文的逻辑思路来分析,既然《讲话》是建立在一定的文学资源基础之上,那么作为文学资源的早期延安文学当然与之有着密切关系。作为文学资源的早期延安文学以具体的创作实践和文学作品,为作为理论的《讲话》至少提供了文学层面的支持,而《讲话》提出的"走进群众"的工作方法以及"为工农兵服务"的创作主张,也都与早期延安文学的文学实践相契合。

再次,从文学发生学来看,早期延安文学的出现和形成是当时作家们集体无意识的主动行为,这也是文学对当时革命生活主动介入的一种表现。早期延安文学虽然只是"红色叙事"的初级表现形式,情节构思上尚显简单、人物塑造缺乏层次、主题表达也不够深刻,但从文学自身的发展状态来讲,它却更接近于文学的自然成长形态。在三四十年代的解放区环境里,早期延安文学的创作者们无不是对革命斗争充满信心,在这种情况之下他们的创作也都是出于内心对革命事业的忠诚而展开的,而这又与当时对文学的要求和期许不谋而合。早期延安文学与后来在已然确定的规范之下出现的作品相比,固然还处于一种"野蛮生长"的状态,甚至这种"野蛮生长"还略显粗糙,然而从文学自身的发展规律来看,却也在客观上阴差阳错地获得了自由生长的空间,也更加贴近文学的本真,也便更具有艺术魅力。比如在今天仍具有较高知名度并时常被归入"红色作品经典"的《红星照耀中国》,斯诺在书中也并没有运用高深的文学创作技巧,而只是根据自己的所见所闻如实记录加以展示,但这些根据真人真事创作的作品却有着天然、真实的艺术魅力,甚至可以将之视作以"文"证"史"的材料。

相比较来说,后期延安文学阶段的创作者们受外力影响较大,无论是作家还是作品都被时代和历史所"裹挟",当时的作家大多是出于某种外在力量而纷纷调整自己的创作思路以发挥文学的战斗功能,这种被动式的创作姿态转变使得作品在艺术风貌上更加注重技巧,而疏于人情因素的表达。从历史的角度来重新审视当时盛行一时的许多作品,如鲁艺的秧歌剧《兄妹开荒》、赵树理的《小二黑结婚》、周立波的《暴风骤雨》以及丁玲的《太阳照在桑乾河上》、李季的《王贵与李香香》、阮章竞的《赤叶河》等,都是文学对于外在因素而做出的响亮回应。从这个角度来说,后期延安文学尤其"十七年"时期的"红色叙事"尽管看起来十分繁荣,但这种

---

① 参见孟悦等人的谈话记录《语言·方法·问题——关于〈我们怎样想象历史(代导言)的讨论〉》,选自唐小兵:《再解读:大众文艺与意识形态》(增订版),北京大学出版社2007年版,第253—269页。
② 参见党全义:《毛泽东〈在延安文艺座谈会上的讲话〉发表前后》,选自张明胜、郭林:《延安文艺与先进文化建设研究》,陕西人民出版社2003年版,第110—117页。

繁荣的背景其实是文学之外的人为因素刻意为之,于是这些作品也便有了明显的人为干预痕迹。

时过境迁,今天"红色叙事"也已经成为一个文学现象而被记载在文学史讲述里,但鲜有人问及这种讲述的合理性以及完整性,至少作为其初级阶段的早期延安文学还并没有得到足够重视。然而,从文学史本身的发展或者史料学的角度来说,我们不能因为它的原始、它的不精致就忽略它甚至无视它,起码这不能算是一种严谨的学术态度。

结语

英国历史学家汤因比在《历史研究》中谈到历史叙述时,曾把历史学与戏剧和小说归为同一类别,认为三者都是来自神话的艺术形式,并以《伊利亚特》为例来阐释历史叙述的虚构性特征。[①] 从汤氏的这一论断出发我们有理由认为,以历史为底色的文学史叙述也具有选择、安排以及呈现等虚构性特征,文学史的这种虚构性为返回历史现场、寻找历史真实提供了学理上的合法性,同时也是我们重新思考中国当代文学史叙述以及相关话题的逻辑前提。

长期以来,无论是研究者还是学习者基本也已经习惯了文学史的讲述方式和文学史带给人们的"虚构真实",久而久之几乎形成了一种约定俗成的真理式存在,也便鲜有人再去追问它的由来。梳理和探讨早期延安文学,其潜在逻辑其实就是要回到文学发生现场,从文学史的发展连贯性出发,尝试追溯"红色叙事"的历史来源,并将之置于文学史发展的自然轨道中加以重新考察,从而以更宏观的视角去审视文学史和文学史讲述。从这个意义上说,想要更好地认识和理解当代文学、进一步明晰"红色叙事"作品的生成及发展成长轨迹,早期延安文学都应当是一个值得重新认识和探讨的历史话题。

---

① 参见[英]阿诺德·汤因比著,郭小凌等译:《历史研究》,上海人民出版社 2010 年版,第 47 页。

青年论坛

茅盾汉译诗歌篇目数量统计方法探讨[①]

王　琳[②]

摘　要：学界对茅盾汉译诗歌篇目数量说法不一，其根源来自统计方法的差异。本文提出分类枚举的方法，将茅盾汉译诗歌篇目具体分为单诗、组诗、删诗、余诗和佚诗五种类型。通过追溯原始文献，可有效还原茅盾汉译诗歌的整体面貌，发现其文学价值。对照英语原始文献发现茅盾曾对《乌克兰之歌与鲁塞尼亚诗》一书进行拆分与重新组合，在汉译科普文学《衣》《食》《住》里存在对于歌谣的大量删译现象，以及茅盾在其他文体的译作和文学创作中留下的译诗统计难题。茅盾汉译诗歌篇目数量统计应辩证统一，关于这个问题，很难得出一个固定不变、没有争议的确数。统计方法探讨能够将茅盾汉译诗歌研究引入微观领域，深入文本的有效途径，有助于真正将研究聚焦下沉，从形式走向深度。

关键词：茅盾；汉译文学；诗歌；分类计数；枚举法

目前，学界对茅盾译诗数目说法不一。以《茅盾译文全集》的出版说明及目录推知，茅盾译诗32首，分32次发表。[③] 赵思运指出，"茅盾在1919—1925年间翻译了32首域外诗歌"。[④] 据王志勤统计，"1919年到1925年茅盾共翻译了15个国家26位诗人的41首诗歌"。[⑤] 统计的差异主要来自统计方法方式的区别，前者将《杂译小民族诗》归为1首诗歌，后者则将其算作10首。茅盾的汉译诗歌篇目数量的统计究竟应该采用不完全统计法还是完全统计法？若茅盾翻译的是组诗或者半首诗，应该如何计数？另外，茅盾译作中删译的诗歌是否还有统计和研究的价值？在茅盾翻译的其他文体作品中，例如小说、剧本和散文，是否应该包括汉译诗歌的统计？茅盾创作的文学作品中的译诗是否应该计入？这些问题都有待进一步探讨。

茅盾汉译诗歌的准确数量应当采用分类枚举法，回归原始文献进行统计。其中不仅包括译文发表时的旧报纸杂志，也应涉及刊载源语文本的文献书籍。茅盾

[①] 项目名称：本文为2023年度河北省社会科学发展研究课题"新文化运动时期茅盾汉译科学小说知识增值探索"（项目号：20230304027）的阶段性成果。
[②] 作者简介：王琳，河北师范大学外国语学院副教授。
[③] 韦韬主编：《茅盾译文全集（第8卷）》，知识产权出版社2013年版，第1—76页。
[④] 赵思运：《茅盾译诗的症候式分析》，《关东学刊》2016年第7期。又转载于《人大复印报刊资料》2016年第12期。
[⑤] 王志勤：《跨学科视野下的茅盾翻译思想研究》，四川大学出版社2019年版，第99页。

汉译过程中,对一些诗歌做了编辑或整合,譬如,对照英语原始文献才能发现茅盾对《乌克兰之歌与鲁塞尼亚诗》一书的拆分与重新组合,在"新知识丛书"《衣》《食》《住》里集中于歌谣的大规模删译现象,以及茅盾在其他文体的译作和文学创作中留下的译诗统计难题,等等。实际统计中,茅盾汉译诗歌数量不宜以篇目发表次数计算,应参照原始文献,追溯译文来源,兼顾篇目出处,结合实际情况综合判断得出。本文提出分类枚举的方法,将茅盾汉译诗歌篇目具体分为单诗、组诗、删诗、余诗和佚诗五大类。下面对其逐一进行阐释,不足之处还望学界同仁多加批评指正。

一、单诗和组诗

"单诗",顾名思义,通常指的是一首诗歌。运用完全统计的方法,将茅盾翻译并发表的每一首诗歌进行统计,这是常见的译诗计数方法。然而,容易被忽略的是"组诗",组诗具有隐蔽性,如果茅盾没有特殊说明,不跟外语原文或者源语文献进行比对,很难发现这是组诗。此外,对于组诗进行顺序打乱,拆分与节译,也给数量统计造成了一定的困扰。一个典型的例子就是《乌克兰之歌与鲁塞尼亚诗》,下面将对其做出具体说明。

1923年9月24日,茅盾在《文学》周刊第89期发表了译诗《乌克兰的结婚歌》,署"沈雁冰译",来源标注"行于Bukoviua地方,新娘所唱",里面包括《一、辞母》一首诗。① 从小标题的"一"可见,茅盾本打算继续翻译《乌克兰的结婚歌》中其他诗歌。但是茅盾并没有实行这一安排,没有继续以此汉语大标题进行翻译,成为孤篇。从文本出发,可以看到相关线索,茅盾变换标题继续翻译该系列的其他作品。1925年4月27日,茅盾在《文学》第170期发表译诗《玛鲁森珈的婚礼》,署"玄译",来源标注"此歌流行于乌克兰各地,是结婚歌之群中的一组"。其中包含四首诗歌,小标题较随意,第一、第四首《一、闺门》和《四、弥斯却尼去结婚了》有具体题目,而第二、第三首则直接以数字《二》和《三》标示。②

之后,《文学》更名为《文学周报》,近一个月后,在1925年5月24日,茅盾在《文学周报》发表译诗《花冠》,署"雁冰译",小标题是"乌克兰结婚歌",并没有做来源标注。③ 1925年8月9日,茅盾在《文学周报》再次发表译诗《乌克兰结婚歌(二首)》,署"沈雁冰译",里面包括了《一、我的花冠》和《二、烘科罗伐叶饼》两首诗,在第一首诗的注释中做了来源说明,"此为新婚女郎宝爱结婚花冠之作"。④ 这也是茅盾最后一篇正式发表的汉译诗歌作品。

上述汉译诗歌分四次发表,间隔较长,汉语标题无明显关联,署名不同,来源标注有差异。只有通过文本回溯探寻译诗出处,寻找茅盾可能参照的源语文献,才能够对这些汉译诗歌做出研判:茅盾翻译的所有这些乌克兰诗应都出自《乌克

---

① 沈雁冰译:《乌克兰的结婚歌·一、辞母》,《文学》1923年第89期。
② 玄译:《玛鲁森珈的婚礼》,《文学》1925年第170期。
③ 雁冰译:《花冠——乌克兰结婚歌》,《文学周报》1925年第174期。
④ 沈雁冰译:《乌克兰结婚歌(二首)》,《文学周报》1925年第185期。

兰之歌与鲁塞尼亚诗》第2章婚礼套曲和第3章婚礼歌集,体例为歌谣体诗歌,茅盾对源诗做了大幅度拆分重组,并对部分内容做出调整和节译。

茅盾翻译的所有乌克兰诗歌均出自同一本书:1916年出版的利夫赛(Livesay)英译《乌克兰之歌与鲁塞尼亚诗》(*Songs of Ukraina, with Ruthenian Poems*)。① 顾名思义,这是歌曲"乌克兰之歌"与诗歌"鲁塞尼亚诗"汇总。该书共有13章,前10章为歌谣体诗歌,第11至12章为诗歌,第13章是歌曲配五线谱。茅盾的全部乌克兰译诗即出于此。

茅盾全部的汉译乌克兰诗歌出自该书第2、3、10、11、12章,发表时间并没有完全按照原书的体例顺序。茅盾最早翻译的是第11章杂诗(Other Poems)第4首诗《杂译小民族诗·四、亡命者之歌》(*Song from Exile*)和第1首诗《杂译小民族诗·五、狱中感想》(*Thoughts from a Prison*),1921年12月10日发表在《小说月报》。同年11月2日,茅盾又在《民国日报》副刊《妇女评论》发表了第10章民间歌谣(Folk Songs)第5首歌谣诗《乌克兰民歌·一、不幸女的歌》(*Song of Unhappy Woman*)、第6首《乌克兰民歌·二、女郎的歌》(*A Girl's Song*)和第10首《乌克兰民歌·三、情人(断片)》(*The Two Lovers (Fragment)*)译诗。这几首因为发表时间较近,较容易联系在一起。

这之后,茅盾将近两年时间没有再就此作品翻译取材。直到1923年9月24日,茅盾继续翻译了该书第3章婚礼歌集(Wedding Songs)第1首歌谣诗《乌克兰的结婚歌·一、辞母》(*Song of Departure-A Bride of Bukovina*)。之后,茅盾在诗坛沉寂了两年才于1925年4月27日发表了第2章婚礼套曲(Wedding Song Cycle)该章唯一一首《玛鲁森珈的婚礼》(*The Wedding of Marusenka（Ⅰ-ⅩⅢ）*)中第1至4首《一、闺门》(Ⅰ *Worota-The Gates*)《二》(Ⅱ)《三》(Ⅲ)和《四、弥斯却尼去结婚了》(Ⅳ *The Coming of Meeschani on Sunday to the Wedding*)。《玛鲁森珈的婚礼》是一组诗,按照学界惯例,组诗一般以一首诗来计算。但是此处情况较特殊,这组诗共有13首,茅盾只翻译过前7首,并没有发表过第8至13首的译文。如算作茅盾译过大于半首的组诗,这种计数方法似乎不妥,也不利统一观念。这种只翻译半首诗的现象在20世纪二三十年代普遍存在,例如胡适译诗也出现过。所以,茅盾汉译诗歌研究宜将组诗原文拆分计为多首诗歌,也符合茅盾分次发表,分作多首无直接关联的现实情况。

此后,1925年5月24日,茅盾再次发表第5首《花冠——乌克兰结婚歌》(Ⅴ *Ceremony of the Wreath-weaving*)译诗。间隔近三个月,1925年8月9日,茅盾最后发表了第6首《乌克兰结婚歌(二首)·一、我的花冠》(Ⅵ *The Wreath*)和第7首《乌克兰结婚歌(二首)·二、烘科罗伐叶饼》(Ⅶ *Baking the Korovai*)的译诗。茅盾就此搁下诗歌译笔,不再发表汉译诗歌。与被节译的《玛鲁森珈的婚礼》组诗类似,茅盾基于编辑经验,对其他诗歌也有着或多或少的改动。例如《歧路》《杂译小民族诗·五、狱中感想》等。《杂译小民族诗·二、无题》的英语原文事实上有题

---

① Translated by Florence Randal Livesay: *Songs of Ukraina with Ruthenian Poems*, London, Paris & Toronto: J. M. Dent and Sons, Ltd., New York: E. P. Dutton and Co., 1916, page 25 - 35.

目,为"山上的猎人"(Huntsman, that on the hills above)。①

综上,此类茅盾汉译组诗可分为一类,共计 15 首。茅盾翻译的乌克兰诗歌总共有 15 首,集中于 1921 年至 1925 年间发表。这些诗歌全部源自 1916 年出版的利夫赛英译《乌克兰之歌与鲁塞尼亚诗》,发表时进行了乱序拆分、重组与节译,陆续在各个阶段的文学工作中发表出来。这种变动没有过多影响译诗可读性,茅盾重新编排的诗歌文学性更强,篇幅适当,文字精湛,更适于在报纸杂志发表。

二、删诗

"删诗"是指茅盾在翻译时删除的诗歌。从表面上看,尚未发表,甚至未被翻译的诗歌似乎可以置之不理。然而,从更深层次上说,特别是对于汉译文学研究而言,茅盾用删译法处理过的诗歌反而具有比已发表译诗更深层面上的价值。与鲁迅类似,茅盾也崇尚直译,但是在使用直译法翻译整部书时,唯独没有翻译书中的诗歌,这一译者行为背后的原因值得深思。

就茅盾汉译诗歌,乃至他的汉译文学研究整体看,《衣》《食》《住》具开创性意义,蒙尘至今,尚未被充分挖掘研究。商务印书馆"新知识系列"译著《衣》《食》《住》译自美国小说家、旅行家、卡本脱同名专著,署"桐乡沈雁冰编、无锡孙毓修校"。茅盾从英语原文直译,首发时间仅晚于他翻译的《三百年后孵化之卵》,但是从事翻译活动的时间要早于后者,茅盾回忆说:

我把《衣》《食》《住》刚译完时,他就对孙毓修说,想请我译点小东西,孙碍于面子,不好拒绝,而且《中国寓言》的工作还未开始,《衣》《食》《住》正在陆续排版,陆续看校样,我是有时间的。朱元善出了个题目,说《学生杂志》上没有登过小说,现在打算登点小说,学生最好看点科学小说,要我找材料。②

从表面上看,《三百年后孵化之卵》初刊于 1917 年 1 月,《衣》出版于 1918 年 4 月,发表时间前者要早于后者。但从上述回忆中不难看出,实际译稿的交付时间却是后者早于前者。造成这一现象的原因主要是书刊需要"三校",出版速度比报刊要慢。由此推知,茅盾翻译的《衣》《食》《住》系列科普文学作品,是他的文坛首译。汉译文学研究不能局限于发表作品,还要结合时代背景,综合考虑实际翻译时间等因素。目前茅盾研究主要关注《三百年后孵化之卵》,视之为开创,"这是译者在'五四'运动前用文言翻译的第一篇小说。"③对《在家里》也赞誉有加,是"茅盾的第一篇翻译小说"④,"用白话文翻译的第一篇小说"⑤。《衣》《食》《住》常被归类

---

① Zabelle C. BoyaJian: *Armenian Legends and Poems*, London: J. M. Dent & Sons Ltd. & New York: E.P. Dutton & Company, 1916, p.11.
② 茅盾:《商务印书馆编译所生活之二——回忆录(二)》,《新文学史料(第二辑)》1979 年第 2 期。
③ 韦韬主编:《茅盾译文全集(第一卷)》,知识产权出版社 2013 年版,第 1 页。
④ 孔海珠:《茅盾的第一篇翻译小说》,《新文学史料》1979 年第 5 期。
⑤ 王志勤:《跨学科视野下的茅盾翻译思想研究》,四川大学出版社 2019 年版,第 298 页。

为面对青少年读者的科普读物,这种浅化认知主要是对茅盾汉译文学研究的系统性和深入性不足导致的。回归文本,《衣》《食》《住》中有不少诗歌,尤其是歌谣体诗歌,还具备小说的人物、情节、环境三要素,文学色彩浓郁。后文会做相关阐述,这里,单就其中的诗歌进行讨论。

据笔者统计,《衣》《食》《住》原文中总共包含了27首诗歌,大部分被删除未译。其中《衣》9首,《食》5首,《住》13首,包括乔叟(Chaucer)、托马斯·胡德(Thomas Hood)、奥利弗·温德尔·霍姆斯(Oliver Wendell Holmes)、克莱尔勋爵(Lord Clare)、布赖恩特(Bryant)、惠特尔(Whitter)等诗人10首歌里的诗句,8首歌谣体诗歌,5首莎士比亚戏剧里的诗行,4首《圣经》诗篇经文选段。例如《衣》原文第21章履考,原文开篇是关于章节主题"鞋"的拟人化歌谣:

"I'm little Goody Two-Shoes, /With two shiny new shoes; /Let everybody look, /For I want them to be seen. /Listen to them creak! /Hear their funny squeak! /Do you wonder that /I'm proud as any queen?"①

这首歌谣的细节值得关注。"Goody Two-Shoes"用作人名,包含了"两只好鞋"的意思,跟后面的"两只闪亮新鞋"相呼应。"look""creak"和"squeak"押韵,"seen"和"queen"押韵,大意如下:"我是小小好娃·俩-鞋,/穿着两只闪亮新鞋;/每一个人都来看看,/因为我想让人看见。/听着它们嘎吱高叫!/听见它们滑稽尖啸!/你是不是心里觉得/我有堪比女王骄傲?"②

该章节还引用了3首诗歌和1处莎士比亚戏剧里的诗行。例如15世纪乔叟(Chaucer)的诗歌:

"His stature was not very tall. /Lean he was. His legs were small, /Hosed with a stocken red.

A buttoned bonnet on his head."③

这四句诗中,"tall"和"small"押韵,"red"和"head"押韵,大意为:"他的个子不是很高。/挺瘦的他。双腿短小,/身穿一条霉红紧身裤。/头戴一顶纽扣无边帽。"

再看《食》原文第20章蚝开篇的歌谣,也是紧扣将要谈论的"生蚝"主题,有启下之功用:

"This herring loves the open sea, /The mackerel loves the wind; /But the oyster loves the quiet tide, /For it comes of a gentle kind."④

上述歌谣中,"wind""tide"和"kind"相押韵,大意是:"鲱鱼喜欢开阔大洋,/鲭

---

① Frank Carpenter: *How the World is Clothed*, New York, Cincinnati & Chicago: American Book Company, 1908, p.156.
② 笔者译,本节除《圣经·旧约》外,下同。
③ Frank Carpenter: *How the World is Clothed*, New York, Cincinnati & Chicago: American Book Company, 1908, p.207.
④ Frank Carpenter: *How the World is Fed*, New York, Cincinnati & Chicago: American Book Company, 1907, p.171.

鱼喜欢风;/不过牡蛎喜欢潮汐宁静,/它这物种有温和的个性。"

该章也有对莎士比亚的引用:

"The whining schoolboy, with his satchel/And shining morning face, creeping like a snail,/Unwillingly to school."①

莎士比亚英文运用灵活,并且有很多创新,"satchel""snail"和"school"都押"l"的韵,读来有回环之感,正如同诗里的厌学男孩,内心激烈的交战,不爱去学堂。大意如下:"那个啜泣的学童,背着个皮书兜/顶着一张早晨发光的脸,慢得像只蜗牛,/不情愿地往学堂里走。"

在《住》的原文中,也有大段的诗歌引用,例如原文第12章采石的开篇,讲了一个朴素的心愿:

"Little I ask; my wants are few;/I only wish a hut of stone/(A very plain brown stone will do)/That I may call my own;/And close at hand is such a one/In yonder street that fronts the sun."②

在这首歌谣里,"我"有一个小心愿,拥有自己的一间石头小屋。"stone"和"own"押韵,"one"和"sun"押韵,大意为:"我问的少;要求并不高;/只盼望着有一间石头小屋/(一块极普通的棕石就能行)/可以称之为属于我;/眼前就有这么一间/在向阳的街道那边。"

原文引经据典,如引用《圣经·旧约》中史诗《出埃及记》的经文:

"And the Egyptians made the children of Israel to serve with rigor:/And they made their lives bitter with hard bondage in mortar, and in brick, and in all manner of service in the field."③

这是《圣经·旧约》中的经文,译文通例如下:

"以色列的众子,各带家眷和雅各一同来到埃及,他们的名字记在下面。"

"使他们因作苦工觉得命苦,无论是和泥,是做砖,是作田间各样的工,在一切的工上都严严地待他们。"④

上述原文中引用的歌谣和诗句均与主题紧密相关,增强了文章的文学性、趣味性和可读性,有助于读者理解。在汉译文学研究中,不应局限于已发表的翻译作品,译者可能进行过涉猎或尝试,即使最终未有刊发收录的内容仍然具有重要意义。因此,建议将这27首删诗也统计在内。茅盾没有翻译这些诗歌的原因是

---

① Frank Carpenter: *How the World is Fed*, New York, Cincinnati & Chicago: American Book Company, 1907, p.196.
② Frank Carpenter: *How the World is Housed*, New York, Cincinnati & Chicago: American Book Company, 1908, p.110.
③ Frank Carpenter: *How the World is Housed*, New York, Cincinnati & Chicago: American Book Company, 1908, p.128.
④ 《出埃及记》第1章第1行和第14行,《旧约全书和合本》,第61页。

多方面的。首先,当时出版对译本审查较松,受到林纾等人的影响,"豪杰译"流行,改写现象普遍;其次,茅盾曾在多篇文章中强调写诗的困难,深刻剖析自己诗才匮乏,因此他当时并没有勇气涉足诗歌翻译;此外,茅盾翻译《衣》《食》《住》是在孙毓修的督促之下进行,交稿时间紧迫,来不及打磨文中诗歌译文。综合考虑,茅盾选择了删译方法,省略了《衣》《食》《住》中的 27 首诗歌,以确保在整体意义不偏离原文的基础上完成了这三本书的翻译。正因如此,学界在一定程度上忽略了茅盾汉译《衣》《食》《住》的文学性,没有把它归类为文学,也未对其中诗歌及歌谣做出相关介绍,仅将其作为科普读物进行笼统区分,对其文本还需进一步深入分析。

三、余诗和佚诗

"余诗"在这里指的是其他的诗歌,主要指茅盾翻译过的其他文体作品中包含的诗歌,以及一小部分文学创作中的汉译诗歌。而"佚诗"则包含着动态的含义,随着对茅盾研究的逐渐深入,一些尚未被发现的作品可能会浮出水面,因此茅盾汉译诗歌的数量可能会比现有统计数量增加。

茅盾汉译诗歌计数相当复杂,比如《杂译小民族诗(共十首)》虽然属同一篇目,但是却包含了亚美尼亚、格鲁吉亚、乌克兰、塞尔维亚、捷克、波兰 6 个国家 10 位不同作家的诗歌作品译文,不宜只算作 1 首,而是 10 首。其中,《狱中感想》这首诗删掉了第 4 节,保留前 3 个诗节,属节译,这在茅盾汉译诗歌中时常发生,所以统一标准,此诗依然算作 1 首。再如《乌克兰的结婚歌》《玛鲁森珈的婚礼》《花冠》《乌克兰结婚歌》虽分 4 次发表,但算作 4 首却有牵强。因为它们都节译自组诗《玛鲁森珈的婚礼》,其中《玛鲁森珈的婚礼》包含 4 首,《乌克兰结婚歌》包含 2 首,还有另外 2 首,所有相加也没有译完这一整首组诗,宜算作 1 首组诗中的 8 首诗。同样的,《歧路(节选)》计为 1 首略有不妥,而是包含着 16 首小诗。最后,一些原文中的诗歌未译,还有一些译诗未单独发表而是以注释等形式出现,所以诸如"茅盾共翻译的诗歌"此类说法并不十分严谨,而宜表达为"茅盾正式以汉译诗歌形式发表的诗歌"。根据这样的计数方法,似乎可做如下表述:

1919—1925 年,茅盾在商务印书馆担任编辑期间,曾经使用 8 个名字(包括真名和笔名)在 7 种不同名称的刊物上正式发表过 15 个国家的 71 首汉译诗歌。

然而,这样的译诗计数方法依然不够完善,产生了下列四个问题:

问题一,茅盾还在小说、剧本和文论等其他文体的正文、注释和译后记里翻译过诗歌,有些诗歌译后记甚至文学作品中也有茅盾翻译的新诗,这些应不应该包括在内尚需讨论。问题二,除了之前讨论过的组诗计数问题,还有一些诗歌是节译的,相当于茅盾只译过半首,这些应该如何处理。问题三,有些文章原本是诗歌,经由翻译文体发生了变化,例如茅盾将古罗马情诗《拟情书》转译成为汉译书信体散文,这种文体怎样界定。问题四,茅盾汉译诗歌是否存在佚文。钟桂松、翟同泰、雷超、金传胜和田丰等诸位学者都发现过茅盾的史料或佚文,但是汉译诗歌佚文尚属少见。① 由于当时的汉译文学界不够规范，对于译文出处、原作者乃至译者真实情况经常标注不清，加上诗歌一般相对短小，也许有遗漏的汉译作品。

上述问题当中，一和二现象普遍，数量庞大，仅举几例进行说明。问题三前文第二章已有相关讨论，不赘言。问题四依然处于探索之中。

茅盾在非诗歌文体的译文中穿插汉译诗歌，这一现象在小说、剧本和文论中普遍存在。诸如汉译罗马尼亚小说《春》文中的《一八四〇年颂歌》②，苏联小说《复仇的火焰》题记中引用的巴库甫和游击队格言③；汉译希腊小说帕拉马斯的《一个人的死》文中小孩子的唱段④，德罗西尼斯《教父》中的"鹧鸪歌"⑤，蔼夫达利哇谛斯《安琪立加》中男女主人公互相吟唱的情歌⑥；汉译剧本美国佩克《和平会议》中的莎士比亚乐府句⑦，爱尔兰格雷戈里夫人《旅行人》中旅行人和孩子唱的歌⑧；以及汉译文论《现代的希伯莱诗》中的几首希伯莱诗⑨，《赤俄的诗坛》中的短诗⑩，《南斯拉夫的近代文学》中茅盾译潘拉度维支诗歌大意和香蒂西之诗⑪，《现代荷兰文学》中的4首诗⑫，等等。现以《春》为例，进行说明：

"天不佑兮斯民，祸患频仍；
振奋兮尔精神，肩此重任！
……
其境修以待时兮；
夫惟自助者神助！
……
寂寞修道院，巍然山之阿。
下临谁家园，鸣籁何凄楚。
绝代一佳人，感此泪滂沱；
平旦泪以尽，悲叹吞复吐：

---

① 参看钟桂松：《新发现的有关茅盾的几则史料》，《新文学史料》2016年第3期；翟同泰：《新发现的茅盾佚文十篇》，《河南大学学报（社会科学版）》1986年第5期；雷超：《茅盾代理〈时事新报〉主笔史实及新发现的佚文考证》，《中国现代文学研究丛刊》2017年第4期；金传胜：《茅盾1938年寓港时期佚文考述》，《世界华文文学论坛》2022年第4期；田丰：《茅盾佚文〈读《红楼梦人物论》〉考释》，《红楼梦学刊》2023年第2期。
② ［罗马尼亚］萨多维亚努著，芬君译：《春》，《文学》1934年第2卷第5期。
③ ［苏联］巴甫连科著，茅盾译：《复仇的火焰》，新知书店1943年版。
④ ［希腊］帕拉马兹著，沈余译：《一个人的死》，《小说月报》1928年第19卷第6期。
⑤ ［希腊］G. 特罗什内斯著，味茗译：《教父》，《译文》1934年第1卷第1期。
⑥ ［希腊］蔼夫达利阿谛思著，孔常译：《安琪立加》，《小说月报》1921年第12卷第9期。
⑦ ［美］佩克著，雁冰译：《和平会议》，《东方杂志》1920年第17卷第14期。
⑧ ［爱尔兰］葛雷古夫人著，沈雁冰译：《旅行人》1922年第31期。
⑨ ［美］Joseph T. Shipley 著，赤城译：《现代的希伯莱诗》，《小说月报》1923年第14卷第5期。
⑩ ［俄］D. S. Mirski 著，玄瑛译：《赤俄的诗坛》，《小说月报》1922年第13卷第11期。
⑪ ［美］Milivoy S. Stanoyevich 著，佩韦译：《南斯拉夫的近代文学》，《小说月报》1923年第14卷第4期。
⑫ ［荷兰］J. 哈恩铁斯著，冬芬译：《现代荷兰文学》，《译文》1934年第1卷第4期。

人生岂不乐？孰识侬心苦！"①

这是茅盾 1934 年发表在《文学》的汉译罗马尼亚作家萨多维亚努小说作品《春》，1935 年收入《桃园》译文集。文中的"我"是一位老妇人，在向人讲述自己年轻时的经历。在译诗之后，借小说人物之口，道出对于此诗的评价："这一首描写林园中各种声音和哈衣杜克的叙事诗，以及另外几首同类的诗，都使我心醉；这是我第一次读到了是我那亲爱的本国文字写的诗。那时候我就是这样的一个年轻女郎：有胆量，有主意，不讨人喜欢，会梦想……"②由此亦可展现茅盾在同一篇译稿中，对于文言文与白话文的交杂使用情况。作品用白话文译成，只在翻译《一八四〇年颂歌》和叙事诗时使用了文言，古朴的笔调形象雅致，符合严复提出的"雅"之标准。茅盾 1943 年在新知书店出版的汉译苏联巴甫连科小说《复仇的火焰》单行本中，也有类似的古体诗歌翻译。③ 这种文言、白话穿插的翻译方式切合文章语境，营造氛围效果较好。从中亦可看出，茅盾不仅用现代白话文翻译过诗歌，也用文言文译成诗歌，夹杂到白话译文里面，呈现出新旧合冶、文白交杂和多元文体的独特景观。

在文章注释和后记中翻译新诗也是茅盾的习惯。例如汉译诗歌《乌克兰结婚歌·一、我的花冠》的注释 2，茅盾写道：

巴威奴克(Barwenok)是一种常春藤，在雪冬里生长，叶小色绿。乌克兰人用以制花圈，置在坟上；又用作结婚时新妇戴的花冠。有一首极普通的歌：
"小小的巴威奴克呀，
你爬，爬，伏在地面尽爬；
那么，巴威奴克呀，
我愿我的恋人也永久黏附着我，
像你那样永久伏在地面！"
又六月二十四日，在乌克兰是霜神柯伯洛(Kupalo)归天之日——是一个令节。此日，南俄的女郎都采巴威奴克编为环，投于流水。如果那花环沉到水里，那是一个恶兆。如果随流水而去，那就是一个喜信——编这环的女郎在本年内必定出嫁。④

从文献可知，这一注释是对原文的翻译，而且茅盾在诗行方面做出了调整：
原文：
"Little Barwēnok,
You creep, creep low on the face of the earth,

---

① ［罗马尼亚］萨多维亚努著，芬君译：《春》，《文学》1934 年第 2 卷第 5 期。
② ［罗马尼亚］萨多维亚努著，芬君译：《春》，《文学》1934 年第 2 卷第 5 期。
③ ［苏联］巴甫连科著，茅盾译：《复仇的火焰》，新知书店 1943 年版。
④ 沈雁冰译：《乌克兰结婚歌：一、我的花冠》，《文学周报》1925 年第 185 期。

So, O Barwēnok, may my lover ever stay-as close, as near to me."①

注释里的原诗共三行,译诗比原诗多了两行,成了五行。这是因为茅盾对最后一行做出了拆分,分成三行翻译,并对语序进行了重组。这种注释中的译诗,虽然内容上对正文起到了解释说明的作用,似乎具有依附性质,却能独立成诗,究竟能不能算作一首单独的诗,统计到茅盾译诗数目当中,尚待进一步的推敲和论证。

译后记也是茅盾发表汉译新诗的一种方式。例如茅盾1921年发表在《小说月报》的汉译波兰佩雷茨小说《禁食节》译后记里,便刊载佛洛格的《沙与星》和《犹太的儿童》两首译诗。② 这种非诗译文译后记中的译诗,是否作为译诗计算是有待商榷的。

茅盾文学创作中也有汉译诗歌。在茅盾创作的小说《追求》初版本,曾据华滋华斯(W. Wordsworth)《愿望之门》中的诗句原文引作"题词",后来译文在"全集"版新译。③ 1932年9月1日,茅盾在《现代》第1卷第5期发表创作的散文《冷与热》,开篇写道:

曾经在什么地方看见过一首玩意儿的英文小诗:
As a rule a man's a fool,
When it's hot he wants it cool;
And when it's cool, he wants it hot,
Always wanting what is not.
一般地说来,诗的翻译几乎是不可能;但这首外国"打油诗"却不妨译出来,就是——
照例的人们是那么蠢,
热的时候儿他要冷;
到冷的时候他又要热,
总是要那些要不得。④

这显然是茅盾翻译过的"打油诗",但却写在了他创作的散文里,应该算作一首汉译诗歌,可归类为"余诗"。

茅盾现存已发表汉译诗歌中,部分不完整,省略了一些内容。除乌克兰组诗和泰戈尔诗集外,还有《杂译小民族诗》中的两首译诗。《杂译小民族诗·一、与死有关的》原诗总共36句,茅盾只译了其中8句,茅盾译文第1至4行对应原文第9至12行,译文第5至8行对应原文第17至20行。未译的部分中,一些诗句有传

---

① Translated by Florence Randal Livesay: *Songs of Ukraina with Ruthenian Poems*, London, Paris & Toronto: J. M. Dent and Sons, Ltd., New York: E. P. Dutton and Co., 1916, page 25 - 35.
② [波兰]潘莱士原著,沈雁冰译:《禁食节》译后记,《小说月报》1921年第12卷第7期。
③ 茅盾:《追求》,《茅盾全集(第一卷)》,人民文学出版社1984年版,第261—262页。
④ 茅盾:《冷与热》,《现代》1932年第1卷第5期。

教性质和含义,例如:

> Christ sits upon the throne of Light,
> Rewarding those who loved His Word,
> Crowning the just with glory bright
> And penitents His voice that heard.①

这是原诗第 29 至 32 行,第 29 行"Light"和第 31 行"bright",第 30 行"Word"和第 32 行"heard"隔行押韵,其大意是:

> 基督坐在光明宝座上,
> 奖励那些爱他话的人,
> 加冕正义以荣耀之光
> 忏悔于他听到的声音。②

原诗作者土尔苟兰支是亚美尼亚的一名僧正,写了很多宗教诗,主题思想大致为劝善戒恶,《与死有关的》也不例外。茅盾删去了有关宗教的诗行,单独留下描述惯于南征北战家财万贯的人,最终也是悔过和死亡的诗句。茅盾这种省略,应不是出于对基督教的抵制。逃难时,茅盾曾携带《圣经》,反复阅读,并依此写下《参孙的复仇》等译文。茅盾在这里的省译,为的是引领读者进行更多历史和哲学方面的思考,强调人的独立意识和价值,淡化其中的宗教隐喻。再如《杂译小民族诗·五、狱中感想》,原诗一共有 29 句,茅盾只译了前 10 句,而且做出了调整,将原诗第 1、2 行合为译诗第 1 行,第 5、6 行合为译诗第 4 行,第 8、9 行合为译诗第 6 行。从第 11 至 29 行,茅盾都没有翻译,里面也包含了向上帝祈祷的话语"还有我要赞美慈悲的上帝(and the good God I praise)"。③ 茅盾对这首诗的节译不到原文一半,这样的译诗用何种计数方法,有待进一步的分析和论证。

综上所述,茅盾译诗计数问题应辩证统一,关于这个问题,很难得出一个固定不变,没有争议的确数。在处理这个问题时,应该综合考虑各类原始文献,而不是将翻译和创作、诗歌和其他文体割裂开来看。本文提出分类枚举的方法,将茅盾汉译诗歌篇目具体分为单诗、组诗、删诗、余诗和佚诗五种类型,对每个类别进行详细的观察和研究。这种完全计数法的优点是统计结果较为准确,有利于茅盾研

---

① Zabelle C. BoyaJian: *Armenian Legends and Poems*, London: J. M. Dent &.Sons Ltd. &. New York: E.P. Dutton &. Company, 1916, p.119.
② [亚美尼亚]土尔苟兰支著,沈雁冰译:《杂译小民族诗·一、与死有关的》,《小说月报》1921 年第 12 卷第 10 期。
③ [乌克兰]西芙支钦科著,沈雁冰译:《杂译小民族诗·五、狱中感想》,《小说月报》1921 年第 12 卷第 10 期。此处对应原文: Translated by Florence Randal Livesay: *Songs of Ukraina with Ruthenian Poems*, London, Paris &. Toronto: J. M. Dent and Sons, Ltd., New York: E. P. Dutton and Co., 1916, p.147.

究走向深入,但是其缺点也很明显,即耗费时间较多,适用范围较窄。篇目数量统计是一个能够将茅盾汉译诗歌研究引入微观领域,深入文本的有效途径,有助于真正将研究聚焦下沉,从形式走向深度。本文抛砖引玉,其中的很多观点都是尝试性提出,思路可能还不够成熟,敬请学界同仁批评指正。

《霜叶红似二月花》故事年代考

汤浩然①

摘　要：自《霜叶红似二月花》文本问世，有关其故事年代的探讨从未中止。本文结合前人研究，意在确定文本本身所呈现的时间意义上的故事年代，推定《霜叶红似二月花》的故事年代为1923年8月中下旬至当年秋天。依据包括文本中人物对话的直接证据，也根据文本细节，结合科技史、党史等史料，相互支撑印证，不断缩小年代范围，最终确认小说具体的故事年代。故事年代确定后文本本身故事年代、作家认知的故事年代、续稿故事年代之间的错位，呈现出更加真实的茅盾形象，丰富对其写作动机的认识，也有助于将来从更多方面解读文本。

关键词：《霜叶红似二月花》；故事年代；茅盾

一、《霜叶红似二月花》故事年代的相关研究

《霜叶红似二月花》是茅盾1942年在桂林写作的一部长篇小说，但当时只写出一部，成为残稿。茅盾先生在后记中指出这部作品的主题是"想在总的方面指出这时期革命虽遭挫折，反革命虽暂时占了上风，但革命必然取得最后胜利"②，而确定该作故事年代的具体时间，既决定了小说反映的究竟是旧民主主义革命时期还是新民主主义革命时期的社会生活和矛盾③，又有助于结合具体的历史事件对文本做出更加多维的解读。因此，研究该作品中故事所发生的具体年代，对于开展现代文学史研究、丰富对作家作品的认识有着重要的意义。

有关《霜叶红似二月花》具体故事年代的问题，一直是茅盾研究界所争论的热点。自这部作品问世，许多文艺人士就关注到其故事年代的问题，早在1943年12月20日的桂林座谈会上，韩北屏、田汉、艾芜等人就其故事年代究竟是在五四、五四以前还是五四之后产生了不同看法。④ 此后关于《霜叶红似二月花》故事年代的研究，则沿着上述三个不同的时间划分继续进行，在具体的时间确定上更加细化。认为故事年代在五四以前的说法，具体到时间则是1918年，理由主要有：（1）小说

---

① 汤浩然，华东师范大学中文系。
② 茅盾：《霜叶红似二月花》，四川人民出版社1980年版，第216页。
③ 杨鼎川：《富有民族特色的历史画幅——论茅盾长篇小说〈霜叶红似二月花〉》，《佛山科学技术学院学报（社会科学版）》1990年第8卷第1期，第63页。
④ 王由、政之：《〈霜叶红似二月花〉第一部座谈纪录》，《自学》1944年第1期，第57—64页。

中提到的平民习艺所的组织在五四以前就有，因此故事时代在五四前是合理的。①（2）茅盾在《解题》中说"故事的梗概如下：'五四'运动的上一年，江南某县城内，两派的绅缙为了争夺善堂公款的管理权发生了暗斗……"②，因为1919年5月4日是五四运动爆发的时间，由此在时间上可以确定故事年代为1918年。（3）参考此前的代表性文学史著作，如王瑶先生在《中国新文学史稿》中说该作"是以五四前夕的一个闭塞的小城市为背景"。③（4）由《解题》中茅盾在提及五四运动中，给"五四"加了引号，认为小说中的五四不仅仅是政治运动意义上的，而更是文化意义上的。1918年马克思主义传入中国，使得新文化运动发生质变，文化意义上的"五四"发生了。④

而认为《霜叶红似二月花》的年代"就在五四"的观点，则也不仅从政治运动解读五四，更是从文化的意义上理解五四。这一观点源自艾芜在1943年桂林座谈会上的发言，他依据的是书中老绅缙朱行健的一段话：

> 幸而朱行健没有觉察，他拿起茶杯来呷了一口，沉吟着又说道："十五年前，那还是前清，那时候，县里颇有几位热心人，——"他转脸向恂如，"令亲俊人那便是个新派的班头，他把家财花了大半，办这样，办那样，那时我也常和他在一道，帮衬帮衬，然而，到头来，还是一事无成。五六年前，——哦，那是俊人去世的上一年罢，他来县里探望令祖老太太，他——豪情还不减当年，我们在凤鸣楼小酌，他有一句话现在我还既在心头……"一个似乎兴奋又似乎沉痛的笑痕掠过了朱行健的脸上，他忽然把声音提高些，"哦，那时他说，行健，从戊戌算来，也有二十年了，我们学人家的声光化电，多少还有点样子，惟独学到典章政法，却完全不成个气候，这是什么缘故呢，这是什么缘故呢？"⑤

艾芜认定"就在五四"的依据是书中"从戊戌算来，也有二十年了"这句话，而"五六年前"所指涉的这句话的语境似乎被忽略了。由此，认定《霜叶红似二月花》时间在五四运动之后的研究者，依据"五六年前"将故事的年代确定为1923年或1924年。⑥ 但是，既然1958年小说改排新版时艾芜应该再次审校过该发言稿⑦，那么应该是艾芜认为茅盾写的不仅仅是作为政治运动的"五四"，而是在更宏大的

---

① 王由、政之：《〈霜叶红似二月花〉第一部座谈纪录》，《自学》1944年第1期，第57页。
② 茅盾：《〈秋潦〉解题》，《茅盾全集·小说六集》，人民文学出版社1984年版，第245页。
③ 王瑶：《中国新文学史稿》，新文艺出版社1951年版，第87页。
④ 吴向北：《〈霜叶红似二月花〉时代背景辨析》，《四川大学学报（哲学社会科学版）》1986年第2期，第79—80页。
⑤ 茅盾：《霜叶红似二月花》，四川人民出版社1980年版，第34页。
⑥ 丁尔纲：《历史发展的画卷　社会风情的华章——读〈霜叶红似二月花〉》，《贵州社会科学》1983年第1期，第90页。
⑦ 张明亮：《论〈霜叶红似二月花〉的时代背景》，《茅盾研究论文选集（下册）》，湖南人民出版社1983年版，第543页。

层面上谈"五四"。① 将故事时代确定为 1923 年或 1924 年的说法,则有以下依据:(1)从具体的年代出发确定时间,根据小说中"五六年前"推定,则故事年代为 1923 年或 1924 年。(2)"霜叶"的意象似乎更加对应五四之后的历史情境。(3)小说中提到"陈毒蝎"及其党徒的情节,"陈毒蝎"是落后地主对中共早期领导人陈独秀的蔑称,而陈独秀组党是在五四运动之后。

除了 1923 年或 1924 年的说法外,还有学者认为《霜叶红似二月花》的故事具体年代是在五四运动之后的 1926 年。夏志清在《中国现代小说史》中说"故事发生在 1926 年的一座小城里"②,但是没有说明这样推定故事时间的依据。为客观全面地反映相关研究的现有情况,此处记述这种说法。笔者认为,这可能是部分受到意识形态支配文学史写作的影响。夏志清认为《霜叶红似二月花》的意涵是"农历 2 月早春的红花是象征真正的革命者,霜叶(在霜下的枫叶)是伪革命者,这些人经过 1927 年的清党事件后,不是感到幻灭,便是成为反革命分子"③,因而他将故事年代确认为 1926 年,意在突出即将到来的清党政变将要分辨出虚假的革命者和真正的革命者,这也和茅盾为这部作品所起的标题相符。当然,作品的写作动机、作者的文学观念等并不是本文想要探讨的问题。

综合上述研究,推定故事年代的依据主要来自两个方面:一是根据文本描述,推定《霜叶红似二月花》的故事年代究竟是在五四运动之前还是在五四运动之后。二是从对"五四"的理解出发,将"五四"上升到文化层面进行理解,判断故事发生的年代是否受到了"五四"思潮的影响,更牵引出书写主体是进步还是落后的意识形态问题。本文所关注的"故事年代",仅是在时间层面上推定故事所发生的年代是在五四运动之前还是之后,进而确定故事发生的具体时间。至于在文化层面解读故事年代是否有必要,文化的"五四"到今天是否依然未完等问题,则不是本文讨论的范围。因而在方法上,本文关注从文本本身或具体史料出发的依据,以深化对小说具体故事年代的认识。

二、辨别确定《霜叶红似二月花》具体故事年代的几点依据

在前人研究的基础上,本文认为,《霜叶红似二月花》(不包括续稿)具体的故事年代应是 1923 年 8 月中下旬至当年秋天。下面说明推定故事年代的几点依据。

首先,确定故事发生的时段是在五四运动(1919 年)之前还是之后。认为小说故事年代在五四运动之前的观点,其主要根据是茅盾在《解题》中说故事是发生在"'五四'运动的上一年"。而在 1958 年 4 月作的《新版后记》中,茅盾又更改了之前《解题》中的说法,说自己"本来打算写从'五四'到一九二七这一时期的政治、社会和思想的大变动"④,虽然这部小说成了残篇,但从这里可以看出《霜叶红似二月

---

① 吴向北:《〈霜叶红似二月花〉时代背景辨析》,《四川大学学报(哲学社会科学版)》1986 年第 2 期,第 79 页。
② 夏志清:《中国现代小说史》,香港中文大学出版社 2015 年版,第 267 页。
③ 夏志清:《中国现代小说史》,香港中文大学出版社 2015 年版,第 267 页。
④ 茅盾:《霜叶红似二月花》,四川人民出版社 1980 年版,第 216 页。

花》的故事年代应该是从"五四"开始,打算一直写到1927年。再结合前文所引用的朱行健"五六年前,——哦,那是俊人去世的上一年罢,……那时他说,行健,从戊戌算来,也有二十年了"的话,可以证明故事所处的年代,是1923年或1924年,钱俊人去世的时间,应该在1919年,也就是五四运动发生的那年。而小说开始时,读者从故事情节中便知恂如的父亲已经去世,所以故事发生的时间,应该在五四运动之后。

除了朱行健老人的一段话作为依据,以往的研究缺乏其他证明小说故事年代在1919年之后的依据。实际上,在文本中存在着能够推断出故事年代、社会背景的细节,只是没有为前人发现罢了。通过这些细节,也可以进一步证明朱行健老人所说的话的可信性,使得这些用来确定故事年代的依据实现互证。第一个细节,是朱行健老人对恂如说的一段话:"近来他们把化学药名全部换了新的,跟我从前在《格致汇编》上看来的,十有九不同……我想编一套新旧名对照,也好让世间那些跟我一样老而好弄的人们方便些"①,从化学药名变更的细节,可以推知小说人物生活的具体年代。根据相关科技史料,朱行健老人所说"在《格致汇编》上看来的"化学药名应当是发源自傅兰雅、徐寿等人编的《化学鉴原》。傅兰雅在1876年第二卷《格致汇编》中撰文《论体质之源》,介绍了元素和元素化合物的知识,包括了64种原质(元素),并将它们进行分类,分为气质元素、金类元素、土质元素、碱金类元素和非金类元素。②《格致汇编》中所提到的化学元素译名基本沿用傅兰雅1872年出版的《化学鉴原》,故朱行健所说从《格致汇编》上看来的元素译名应该指的是源自《化学鉴原》的译名。小说中朱行健所运用的元素名称,也确乎与《化学鉴原》中的元素名一致,"有红的,绿的,也有黄的和紫的……我想:红的该有些锰,绿的该是钾;紫的大概是镁罢"③。而朱行健老人所说的"近来他们把化学药名全部换了新的"应该指的是民国时根据1915年颁布的《无机化学命名草案》对元素汉译名做出了调整。根据专家统计,在当时的化学教科书中化学元素汉译名的使用有着明显的时段特征,1901—1920年多数采纳徐寿的译名,而1921—1932年多采纳《无机化学命名草案》的译名④。朱行健生活在江南村镇,接受城市中最新科学知识的普及也还需要一定的时间,由化学元素译名变更的细节可以确定,小说中人物所生活的年代一定是在1919年之后。根据上述化学元素译名普及情况的研究,可以将小说的故事年代进一步推定在1921年之后。

第二个细节,则和所谓"陈毒蝎"及其党徒有关。从党史和社会主义发展史的角度,也可以对《霜叶红似二月花》的故事年代进行推定。小说原文是赵守义说"孝廉公从省里来信,说起近来有一个叫做什么陈毒蝎的,专一诽谤圣人,鼓吹邪

---

① 茅盾:《霜叶红似二月花》,四川人民出版社1980年版,第24页。
② 傅兰雅:《论体质之源》,《格致汇编》1876年第二卷,第2—4页。
③ 茅盾:《霜叶红似二月花》,四川人民出版社1980年版,第23页。
④ 何涓:《清末民初化学教科书中元素译名的演变——化学元素译名的确立之研究(一)》,《自然科学史研究》2005年第2期,第165—177页。

说,竟比前清末年的康梁还要可恨可怕。咳,孝廉公问我,县里有没有那姓陈的党徒?"[①]尽管陈独秀在新文化运动时就提倡民主、科学,在全国范围内早已是家喻户晓的名人,但小说中提及"党徒",只能是1921年7月中国共产党成立之后的事。当然,此处将"党徒"与"康梁"并列,尚不能排除其所指涉的只是信奉陈独秀所倡民主、科学思想者,但如果只是如此,小说中是不会出现请警察搜寻"党徒"的情节的,可见"党徒"指的是共产党员。那么,故事可能的具体年代范围也随之缩小了。同时,茅盾个人从事共产主义活动的经历也和小说中的情节形成某种对应。1921年,沈雁冰(茅盾)在李汉俊介绍下加入上海共产主义小组,既在上海做组织工作,又在浙北桐乡老家创办传播新思想、传播马克思主义的社团和刊物。1922年,茅盾弟弟沈泽民也成为中共党员,他们和萧觉先等人发起成立的"桐乡青年社"在桐乡县城、濮院镇、新塍镇等处设立了刊物《新桐乡》特约代售处,一面联系上海,一面向桐乡周边扩展。[②] 小说中"陈毒蝎党徒"活动的经历,正和故事年代的同时期茅盾在家乡及周边传播马克思主义的经历相符。若由此理解,那作者茅盾也在《霜叶红似二月花》中为自己设置了一个始终隐藏而始终在活动的人物形象。反观小说文本,不似乎也正是以这一独特的、隐藏着活动的共产主义者的形象展开情节、表现人物的吗? 代表落后地主的赵守义、代表早期民族资产阶级的王伯申以及接受了新思想的开明地主钱良材,他们的行为举止都被在这一隐藏着活动的共产主义者眼中加以分析、加以记录。隐含作者、隐藏的共产主义者以及小说中的主要人物相互观察、彼此记录,呈现出小说文本独特的"茅盾风格"。当然,这与本文要讨论的故事年代问题并无关联,在此仅作简述,相信在文本中必定存在与此相关的更多细节,可供展开解读。其实不仅茅盾一人,在当时的江南地区,读书人对新文体、新思想的接纳,使阅读与讨论社会主义在江南形成风气。新报刊的兴起、新书籍的流行和江南读书人的流动,更使社会主义有渠道从江南一隅向全国各地流布。[③] 在小说中也有类似的案例,如县里中学校的教员袁维明拿着一本宣传男女平等、婚姻自由、贞操平等的书籍。[④] 结合茅盾个人党内活动经历和江南地区社会主义发展史,确定《霜叶红似二月花》的故事年代在1921年后是适宜的。结合党史,可以对小说中"党徒"的情节做出分析,推定故事年代应是在1922年或1923年——既然小说中出现了省里通知村镇搜捕共产党员的情节,说明当时的党组织已经在江南地区进行有组织地传播马克思主义的活动。前文提到的茅盾和弟弟等人通过"桐乡青年社"传播马克思主义是一例,是在1922年。也是在1922年7月16日至23日召开的中国共产党第二次全国代表大会上,两个重要原则被提出:一是党的一切活动都必须深入到广大的群众里面去;二是党的内部必须有严密的、高度集中的、有纪律的组织和训练,并要求"个个党员不应只是在言论上

---

① 茅盾:《霜叶红似二月花》,四川人民出版社1980年版,第71页。
② 瞿骏:《20世纪初社会主义在江南的传播》,《历史研究》2021年第6期,第119页。
③ 瞿骏:《20世纪初社会主义在江南的传播》,《历史研究》2021年第6期,第121页。
④ 茅盾:《霜叶红似二月花》,四川人民出版社1980年版,第73页。

表示是共产主义者,重在行动上表现出来是共产主义者"①。小说中涉及的查捕"陈毒蝎党徒"的情节,正是中共二大强调群众路线和组织纪律精神落实到基层的反映,表明党组织在群众中的活动日渐频繁。1924 年 1 月 5 日至 1 月 20 日,国民党一大在广州召开,第一次国共合作广为世人所知,共产党员以个人身份加入国民党。如果小说的故事年代是在 1924 年,那么则不应该将中国共产党员称为"陈毒蝎党徒"了,称"国民党"或"革命党"是更为贴合历史事实的。当然,也不排除赵守义特别讨厌陈独秀,因此始终专称共产党员为"陈毒蝎党徒"。此外,由小说开头"却不料正当这末伏天气,姑太太忽然来了,事先也没有个讯"②可以推知故事开始的月份是在 8 月、9 月之间。因此,小说可能的故事年代是在 1922 年或 1923年,且 1923 年的可能性更大——最新的党的会议的精神传递到基层执行需要时间,党在群众中的活动产生影响、为敌人所知也需要时间,且故事发生的地点是在江南地区的村镇,信息相对滞后,因此距离中共二大一年多的 1923 年 8 月中下旬的可能性较大。

综合以上理由,以小说中朱行健的话为直接根据,文本细节所反映、具体史料所支撑的科学技术发展情况、党组织发展情况为补充,三者相互印证,可以推定《霜叶红似二月花》的时代、社会背景,确认故事的具体年代是在 1923 年,这也与之前丁尔纲等人的研究相贴合,且进一步缩小了时间范围。由小说第六章雨落残荷,婉小姐感叹"到底是交秋了"和第十一章钱家庄"远远近近的水车刮刮刮地在叫"等情节,可以推知小说结束时的时间应该是 1923 年当年秋天。

不过,既然作为直接根据的朱行健的话中是说"五六年前",因此如要彻底排除 1924 年的可能性,除了前述的故事年代应在国民党一大(国民党成立)之前这一理由外,还应当有更加直接的理由。这就需要复归历史现场,结合当时江南地区的实际时代背景做出判断。其实熟悉民国史的人都知道,1924 年 9 月 3 日爆发了江浙战争,这场战争也成为第二次直奉战争的一次揭幕战。交战双方为驻江苏的齐燮元部和驻浙江的卢永祥部,因此江浙战争也称"齐卢之战",是江苏和浙江两大地方军阀势力之间的一次战争,也是直皖战争后直、皖两大军阀派系之间的又一次军事较量。③ 在战争的情况下,轮船很难进行内河航运贸易,钱良材也不可能自由地在村镇之间往来,小说中的许多情节都无法成立了。学者马蔚通过对小说文本中出现的各章时间指示词的分析,推断得出故事发生的时间为 19 或 20天。④ 因此,通过历史事实和具体文本的佐证,可以进一步确定《霜叶红似二月花》的具体故事年代是在 1923 年 8 月中下旬至当年秋天。这一时间的确定,必将使得将来对该作品的解读更加深入、更加贴合历史语境,也更加便于结合史料对文本

---

① 中共中央党史研究室、中央档案馆编:《关于共产党的组织章程决议案(一九二二年七月)》,《中国共产党第二次全国代表大会档案文献选编》,中共党史出版社 2022 年版,第 41—42 页。
② 茅盾:《霜叶红似二月花》,四川人民出版社 1980 年版,第 1 页。
③ 来新夏等:《北洋军阀史(修订版)》,东方出版中心 2019 年版,第 833 页。
④ 马蔚:《〈霜叶红似二月花〉的秘密:时间之谜与政治隐喻》,中国茅盾研究会编《茅盾与中国文学的现代化——〈茅盾研究〉第 19 辑》,华东师范大学出版社 2023 年版,第 109—111 页。

中的器物、人物、社会、风景等进行更加细致的分析,能够推进作家作品的研究。

三、续稿故事年代的错位与确认故事年代的意义

在确定了《霜叶红似二月花》故事年代之后重读文本,有两个问题值得注意:一是茅盾在书写续稿时似乎与第一部中的故事年代并没有保持一致,这究竟是因为时间相隔已久的笔误还是茅盾有意为之,这样做的原因又是什么;二是如若回到文化层面的解读,"五四前夕"或"就在五四"的说法是否与具体的故事年代相矛盾。这两个问题彼此存在着内在联结,也反映着作家与作品之间的互动关系。下面对这两个问题进行具体介绍,并结合笔者个人的看法供将来的研究者参考。

首先是续稿故事年代的错位。茅盾在续稿中说"前十四章的故事发生在五四运动前夕"①,他没有像1942年写作第一部时一样用带引号的"五四"来指称这一事件,这在某种程度上体现了他历史观的转变,以及对这一事件认识的转变,进而也影响到他对1942年所写作稿件中故事发生的历史时代的认识。在第十五章中,提到钱良材整理书籍报刊,"这些报刊里有他父亲当年买的《新青年》《新潮》《每周评论》,甚至还有《向导》"②。众所周知,《向导》是中国共产党创办的第一个公开发行的中央机关报,创刊于1922年9月13日。而由第一部可以得知,故事开始时钱良材的父亲三老爷已经过世。那么,续稿中所认定的第一部的具体故事年代,一定是在1923年及之后。上述细节表明,续稿故事年代存在着两重错位:第一,茅盾在开始创作续稿时对第一部故事年代"在五四运动前夕"的表述,与续稿文本中所间接反映出的第一部的故事年代存在不一致。第二,续稿所反映的第一部的故事年代,与根据第一部文本本身推定的1923年也存在不一致。第一部中提到"自从三老爷故世,一连串不如意的事儿就到了钱家,几年工夫,人丁兴旺的一家子,弄成如今这冷冷清清的门面"③,据此,故事发生时三老爷已经去世了几年。如果认为第一部和续稿存在着情节时间上的连贯性,那么显然钱良材父亲去世的时间是不确定的,这应该不会是作为现实主义大家的茅盾有意为之。而如果将第一部和续稿分开看待,则各自的故事年代是一致的。

为什么会出现上述的续稿与第一部不连贯的现象?笔者认为,需要从作家创作续稿时的时代背景和具体心态中寻找原因。最直接的原因,自然是茅盾写作续稿时只写了大纲梗概和部分初稿,具体的文本细节并没有进行修改,所以有时无法与第一部相对应。韦韬回忆父亲在创作《霜叶红似二月花》续稿时说"也许是多年未写长篇小说的缘故,这次爸爸写大纲,有时好像掌握不住节奏,遇到文思汹涌时,某些段落越写越细,简直与初稿差不多;而另一些也很重要的情节,却只是简短地交代个过程,几笔略过"④,因此在进行研究时,还不能将续稿视为一个完全成熟的文本看待。茅盾写作续稿时处于"文革"期间,当时的压抑环境或许也使得茅

---

① 茅盾:《霜叶红似二月花(续稿)》,《收获》1996年第3期,第4页。
② 茅盾:《霜叶红似二月花(续稿)》,《收获》1996年第3期,第4页。
③ 茅盾:《霜叶红似二月花》,四川人民出版社1980年版,第137页。
④ 韦韬、陈小曼:《茅盾的晚年生活(三)》,《新文学史料》1995年第3期,第82页。

盾在写作时难以避免地考虑到意识形态方面的影响。茅盾在写作续稿时，似乎也更加受到抗战时期民族化与政治化相结合的有效经验所形成的历史惯性的影响，展现出位于中华传统文化和现代文明之间的矛盾心态。① 带着对文化的自省、对时代的思考，茅盾在书写续稿时故事年代的错位，是民族化与政治化写作的必然要求。

由此，也可以剖析茅盾在写作续稿时将第一部的时间定位为"五四运动前夕"的缘由。茅盾没有像1942年写作第一部时一样，运用带引号的"五四"来指称该历史事件，而是直称"五四运动"，不可不说是特定年代下作家运用革命史观指导写作实践的敏感。因此，可能是茅盾明知《霜叶红似二月花》第一部的故事年代是在五四之后而在写作续稿时故意写错，如此，在旧民主主义的时代背景下，第一部中以地主、民族资产阶级作主人公的故事便带有了合法性和讽刺性，作家本人因而也获得了现实主义的批判性。当然，由于在《解题》中茅盾也称故事是发生在"'五四'运动的上一年"，因此也可能茅盾本人一直就是将《霜叶红似二月花》的故事年代认定为在1919年之前的。这既可能是由于茅盾一直以来就注意以意识形态指导写作实践，也可能是由于交稿时的错漏导致。然而，不论是从"霜叶"讽刺伪革命者的立意而言，还是由前文所述及的小说中呈现的多处细节所反映的社会现实背景来看，《霜叶红似二月花》的故事年代在时间层面一定是在建党之后的。更何况，当1942年茅盾写作这部作品时他已经是著名的"社会剖析派"小说家，他不可能会不注意到小说的具体故事年代问题。所以，可能茅盾在这里采取了一种"骑墙"的方式来讲述他对写作《霜叶红似二月花》的认识——在文化和政治的意义上，这部作品的情节更可能在1919年之前发生，这也与茅盾作为中共党员所须采用的现实主义阶级分析法写作模式相吻合；就文本所呈现出的细节而言，小说中人物活动的故事年代和时代是在1919年之后，即经由上文所考证的1923年，这也为科技史料和党史、社会主义发展史的史料所佐证。《霜叶红似二月花》文本对故事年代的处理和作家个人创作谈之间所呈现的张力，既反映出作为历史的小说故事年代的复杂性，同时也体现作家所生活年代及其个人心态的复杂性——这样的张力，也可以说是由作为文艺主体的作家和作为党员的马克思主义文艺工作者的不同身份所导致。这样"复杂的真实"铸就的故事年代，使得《霜叶红似二月花》文本有了更需被深入细读和阐释的必要，也还原了一个一体两面的、更加真实的"矛盾的茅盾"。同时，茅盾可能还意在指出一个当时客观存在的问题：尽管五四运动已经过去，然而1919年之后的江南村镇乃至全国的农村地区观念依然滞后，民主、科学、平等的思想仍待传播。这些城市之外的地区，思想文化上依然处于"五四运动前夕"，需要继续开展群众路线的努力。

除了对作家形象的还原，故事年代的确定还为解读文本提供参考，批评者因而能够爬梳文本的更多细节，推定出小说中人物的大致年岁，加深对作品的认识。如根据老太太说静英"一个女孩子读到十八九岁，教书也教了两三年，实在也该早

---

① 何希凡：《〈霜叶红似二月花〉与茅盾的矛盾》，《中国现代文学研究丛刊》2002年第4期，第186—187页。

点成家"①,可以知晓故事中的静英大概是20岁出头。这样的年纪,在现代社会没有结婚实在是太正常不过,而江南小镇环境闭塞、观念落后。由之后赵守义等人的对话也可以知道当时村社乡绅对于男女平等的观念也是不屑一顾,静英20岁刚出头就被议论还没有出嫁,这显示出当时江南村镇文化观念的愚昧与落后,结合后文静英上教会学校的情节,也更加凸显出静英这个人物所具有的某种进步性与女性的独立意识。在确定故事年代之后,查阅江南地区的方志、家谱等材料,也增加了确定故事发生具体地点、寻找《霜叶红似二月花》中人物形象原型的可能性。此外,确定故事年代也更有助于认识作品中的民族经济和现代性,小说中王伯申的轮船公司频繁进行内河航运以及农民为保护庄稼"打轮船"的情节,是民族资本主义和现代文明进入中国的缩影,呈现出当时社会发展的具体背景。张恂如、黄和光等人在新式学校接受教育,也反映出当时的教育状况。确定了具体故事年代在1923年之后,便可以结合经济史、教育史等史料对文本进行更加多元的解读,丰富对人物、情节的认识,也更展现出茅盾描摹具体社会情态的高超写作功力。

  续稿内部故事年代的矛盾和第一部与续稿之间故事年代的矛盾,反映出续稿写作的不完备性,也有助于认识茅盾在不同年代写作《霜叶红似二月花》文本时的复杂心态。文本本身客观反映的故事年代与作家创作谈中所提到的对故事年代认识的错位,体现的是作为文化运动和作为政治运动的"五四"之间的张力,这种张力呈现出一个在作家和文艺工作者身份之间游移的"矛盾的茅盾"形象,或许也体现茅盾本人对于当时江南地区在五四运动之后文化观念依然落后的反思。确定故事年代为1923年8月中下旬至秋天之后,也便于加深对小说情节的理解,深化对小说人物形象的认识,同时为结合史料对文本做出更加多元的解读提供了可能性。

---

① 茅盾:《霜叶红似二月花》,四川人民出版社1980年版,第15页。

公债市场与文学书写

——以《子夜》为中心

黄　翎①

摘　要：目前关于《子夜》的研究成果已然丰硕，但是其与经济等相关领域的互动关系仍有待进一步发掘。回顾《子夜》的创作历程和叙事内容，可以发现，经济问题始终贯穿其间并成为解读文本的重要维度。20 世纪 30 年代，南京国民政府开始大量发行公债。其主要用意，是通过筹措资金来维护政局的稳定，并以此确立自身的合法地位。而资本家出于投机心理，便积极参与买卖公债的活动。茅盾的《子夜》从文学角度反思公债市场对人的异化，揭示人逐步丧失主体性和能动性的过程，具有很强的警示意味。因此，从公债市场和文学书写两方面出发，可以发现隐匿在剧烈社会变动中人性的幽微曲折，进而简要地勾勒出中国由传统走向现代的理想图景。

关键词：《子夜》；公债市场；现当代文学

引言

《子夜》是茅盾于 1931 年至 1932 年创作的长篇小说，1933 年由上海开明书店首次出版。小说以 20 世纪 30 年代内外交困、动荡不安的中国社会为背景，围绕投机市场、民族资本家和工人阶级三方面展开，着重表现了以吴荪甫为代表的民族资本家或走向买办化，或与封建势力妥协的历史命运，具有强大的艺术感染力和突出的时代价值。

此书一经问世，立即引发社会各界的强烈反响。据作者本人回忆，"《子夜》出版后的三个月内，重版四次；出版三千部，此后重版各为五千部；此在当时，实为少见"②。小说出版后不久，瞿秋白运用马克思主义基本观点，从整体上肯定了《子夜》的艺术成就和现实意义③；五六十年代的学者针对《子夜》中的人物形象和艺术特点展开重点分析，注重人物身份的阶级定性和艺术创作的范式问题④；80 年代后，研究重心逐步转向发掘文本深层的美学价值和多元的文化主题，体现出日益

---

① 作者简介：黄翎，中国人民大学文学院硕士研究生。
② 茅盾：《我走过的道路（中）》，人民文学出版社 1984 年版，第 122 页。
③ 乐雯：《"子夜"和国货年》，《上海鲁迅研究》2001 年第 1 期，第 400—403 页。
④ 丁易：《中国现代文学史略》，香港文化资料供应社 1978 年版，第 301 页。

开阔的学术眼光。①

虽然目前关于《子夜》的研究成果已然丰硕,但其仍有继续充实和提升的空间。既有研究主要集中在文学内部,而较少涉及其与经济等相关领域的互动关系。回顾《子夜》的创作历程和叙事内容,可以发现,经济问题始终贯穿其间并成为解读文本的重要维度。茅盾坦言,他在创作《子夜》时,不仅大量收集了各种报刊资料,而且经朋友的帮助到证券交易所进行实地考察,就是为了"使一九三〇年动荡的中国得一全面的表现"②。所以,文学文本与经济史料的彼此参照,或将揭开隐匿在剧烈社会变动中人性的幽微曲折,进而简要地勾勒出中国由传统走向现代的理想图景。

一、公债市场的基本功能

所谓公债,是指"中央政府和地方政府举借的各项债务"③。根据发行地域不同,可以分为国内公债和国外公债;根据发行债券的政府级别不同,可以分为中央公债和地方公债;根据发行期限的不同,可以分为短期公债、中期公债和长期公债;根据公债计量单位的不同,可以分为实物公债和货币公债,等等。④ 本文所探讨的"公债",即南京国民政府于20世纪30年代初面向国内大规模发行的各类债务凭证。

筹措资金以维护政局稳定是发行公债的首要目标。1927年,以蒋介石为核心的中国国民党成立南京国民政府,以此作为中华民国国民政府时期的最高行政机关。1928年,张学良宣布东北易帜,标志着南京国民政府在名义上实现了全国统一。然而,各地军阀依旧各行其是,相互倾轧,混战频仍,民不聊生。为了维护政局稳定,南京国民政府多次举兵讨伐地方军阀,其中规模最大、耗时最长的是"中原大战"。1930年,阎锡山、冯玉祥、李宗仁等人组成联军,发动反蒋战争,与蒋介石军队在河南、山东、安徽等地展开大战,历时近七个月,死伤达数十万人,战争最终以蒋介石的胜利而告终。这场战争不仅给当时的社会造成了巨大破坏,而且进一步加重了南京国民政府的财政压力。

据杨荫溥统计,从1927年至1936年,南京国民政府每年军费支出的平均值在3亿元以上,占全年财政支出的50%。⑤ 而当时的财政状况是,一方面,中央财权分散,全国财政未能统一。宋子文在国民党第二届执行委员会第五次全体会议上

---

① 如乐黛云:《〈蚀〉和〈子夜〉的比较分析》,《文学评论》1981年第1期,第110—120页。秦志希:《史诗:一个令人神往而又充满艰难的诱惑——对〈子夜〉式史诗小说的探索》,《中国现代文学研究丛刊》1989年第3期,第47—63页。汪晖:《关于〈子夜〉的几个问题》,《中国现代文学研究丛刊》1989年第1期,第81—99页。孔庆东:《脚镣与舞姿——〈子夜〉模式及其他》,《文艺理论与批评》2005年第1期,第12—21页。
② 茅盾:《我走过的道路(中)》,人民文学出版社1984年版,第109页。
③ 中国大百科全书出版社编辑部编:《中国大百科全书·经济学1》,中国大百科全书出版社1988年版,第212页。
④ 邓子基、张馨、王开国:《公债经济学——公债历史、现状与理论分析》,中国财政经济出版社1990年版,第264页。
⑤ 杨荫溥:《民国财政史》,中国财政经济出版社1985年版,第43页。

提出,至1928年1月,"中央税收所恃者,计江、浙、皖三省,皖省尚无款可解",中央四分之一的财政收入只能依靠发行债券和借款。① 另一方面,由于战乱和债务延期,中国的债券信用评级不佳,从国外借债的难度较大。于是,南京国民政府便不断扩大公债发行规模以筹措资金,满足军事及各项开支需要。相关资料显示,在1927年至1931年期间,仅南京国民政府财政部、铁道部和资源委员会就发行"江海关二五附税国库券""续发江海关二五附税国库券""卷烟税国库券""民国十七年金融长期债券"等30种计104 500万元的公债债券,平均每年发行20 900万元,以1931年发行42 100万元为最。②

至于公债资金的用途,南京国民政府立法院在1929年通过的《公债法原则》中有明确规定:"中央与地方政府募集公债不得充经常政费为原则","政府募集内外债以充下列四种用途为限:(一)充生产事业上资产的投资但以具有偿付债务能力而不增加国库负担之生产事业为限。(二)充国家重要设备之创办用费但以对于国家人民有长久利益之事业为限。(三)充非常紧急需要。(四)充整理债务之用但能以减轻债务负担为限"。③ 可见,当时发行公债的主要目的是进行再生产投资和基础设施建设,而非募集军需。但实际情况却并非如此。据统计,在总计104 500万元的公债中,用于军政费开支的比例为82.39%,累计金额达86 100万元。④ 由此便造成了投资逐步脱离实业的后果。正如《子夜》中的汪派政客唐云山所说,"中国不是没有钱办工业,就可惜所有的钱都花在军政费上了"。⑤

其一,公债的发行反映了当权者建立自身合法地位的政治诉求。千家驹指出,"金融资产阶级为了它本阶级的利益以全力支持国民党政府,它们一方面从国民党政府胜利的果实中分润其剥削劳动人民的赃物;一方面通过了对南京政权的财政支持,从而加强了它对国民党政府的控制,使南京国民党政府更忠实地为它服务,国民党政府和金融资产阶级的相互利用,狼狈为奸,在公债发行上是表现得很突出的"。⑥ 这说明资本家行为带有政治投机目的,他们试图通过认购公债来迎合当权者建立自身合法地位的需要,并借此达成利益同盟。

其二,公债符合资本家逐利避害的投资心理,客观上起到了活跃市场经济的作用。首先,相较于股票及其他金融产品,公债以政府信用为担保,投资收益可观且风险较低。正如马克思所言,"公债成了原始积累的最强有力的手段之一。它像挥动魔杖一样,使不生产的货币具有了生殖力,这样就使它转化为资本,而又用

---

① 财政部财政科学研究所、中国第二历史档案馆编:《国民政府财政金融税收档案史料:1927—1937》,中国财政经济出版社1997年版,第13页。
② 李丹:《近代经济史视野下的〈子夜〉文学创作——以南京国民政府早期公债为中心的考察》,《东岳论丛》2012年第6期,第87—91页。
③ 立法院秘书处:《立法专刊(第一辑)》,民智书局1929年版,第16—19页。
④ 李丹:《近代经济史视野下的〈子夜〉文学创作——以南京国民政府早期公债为中心的考察》,《东岳论丛》2012年第6期,第87—91页。
⑤ 茅盾:《子夜》,人民文学出版社2004年版,第64页。
⑥ 千家驹:《旧中国公债史资料》,中华书局1984年版,第18页。

不着承担投资于工业,甚至高利贷时所不可避免的劳苦和风险"①。因此,资本家更偏好以买卖公债的方式来获得稳定的收益。

其三,市场秩序的初步形成为资本家的投资行为提供了一定保障。吴景平在分析南京国民政府成立初期举借的几笔公债时指出,当时的垫款合同对垫款数额、利息率、担保和偿付方式等问题都有明确规定,同时,债务方和债权方之间亦有严格的商业原则以保护债权方的利益和要求。② 在上述因素的共同影响下,资本家、社会团体和中介机构等纷纷加入投资公债的热潮,这固然加强了金融业和政府之间的联系,有助于金融体系的发展演变,但也使本不平衡的经济结构雪上加霜。随着社会矛盾的激化,一场波及各行各业的革命风暴即将到来,而《子夜》的叙事就从这里展开。

二、作为批判武器的文学书写

茅盾在《〈子夜〉是怎样写成的》一文提到,"第二章是热闹场面。借了吴老太爷的丧事,把《子夜》里面重要的人物都露了面。这时把好几个线索的头同时提出然后来交错地发展下去……"③,其中对公债市场的描写尤其重要。当李壮飞从韩孟翔那里听到公债下跌的消息时,马上变了脸色,连一旁的周仲伟和雷鸣等人也赶忙跑来探询,由此可见当时公债投资风气之盛,甚至"比前线的战报更能震动人心"! 而任何微小的价格变动,都足以让"'空头们'高兴得张大了嘴巴笑,'多头们'眼泪则往肚子里吞"。通过表现"空头"和"多头"截然不同的反应,小说向读者揭示了公债斗争的残酷之处,一方的盈利必是以另一方的亏损为代价。然而,人们往往会过高地估计自己的能力和运气,只要有利可图,便敢放手一搏——"这年头,凡是手里有几文的,谁不钻在公债里翻勋斗",全然不顾"棺材边"的风险了。④

公债市场的丰厚利润,潜在地改变了人们的道德和伦理观念。茅盾通过笔下的文字,向读者揭示出资本腐蚀人心、异化人性的一面,并予以辛辣的讽刺和批判。赵伯韬、冯云卿便是书中的典型反例。在陈君宜眼中,赵伯韬是扒进各项公债的大户多头,而朱吟秋却说:"然而他也扒进各式各样的女人。"重复出现的"扒"字将赵伯韬的贪婪和腐化展露无遗。为了扭转市场的不利行情,赵伯韬联合尚仲礼,说服杜竹斋和吴荪甫,共同用重金买通西北军,让其佯败三十里,重挫看跌的空头势力。那些八面玲珑的"交际花",如刘玉英、徐曼丽等,则深知其好色本性,便有意地接近他以获取内幕消息。在逐利之风的影响下,原先以"诗礼传家"的冯云卿,被何慎庵的一番言辞所煽动,竟打起了自己女儿何眉卿的主意,让她前去赵伯韬处刺探情报。这些龌龊、荒谬的行为,正好印证了范博文的诗:"投机的热狂

---

① 中共中央马克思恩格斯列宁斯大林著作编译局:《马克思恩格斯全集》(第23卷),人民出版社1973年版,第823页。
② 吴景平:《近代中国内债史研究对象刍议——以国民政府1927年至1937年为例》,《中国社会科学》2001年第5期,第175—187页。
③ 茅盾:《茅盾全集》(第22卷),人民文学出版社1993年版,第56页。
④ 茅盾:《子夜》,人民文学出版社2004年版,第34页。

哟! 投机的热狂哟! 你,黄金的洪水! 泛滥罢! 泛滥罢! 冲毁了一切堤防! ……"①

同时,公债市场也助长了人性的贪婪,是对人的一种异化。近来有研究者进一步发现,"《子夜》并不是兑现历史的工具,而是对资本主义金融制度以及这种制度对人的改造,做出的最直接和有效的反抗"②。具体来说,茅盾已经意识到,当人以虚拟的价值作为生活的参照时,就会自觉或不自觉地进入到一种无限循环的投机模式中,逐步丧失作为人的主体性和能动性。在证券交易所里,"台上拍板的,和拿着电话筒的,全涨红了脸,扬着手,张开嘴巴大叫","比小菜场还要嘈杂些"。当新的公债发行时,"更响更持久的数目字的'雷',更兴奋的'脸的海',更像冲锋似的挤上前去,挤到左,挤到右",以至于挤塌了交易所的栏杆。③ 市场的繁荣表象让众多投机者深陷于一夜暴富的美梦,他们有如冯云卿,将女儿"神圣的"一万元"垫箱钱"尽数取出,作倾家一掷;有如刘玉英,将自己的身体作为本钱,"预计捞一票整的";还有如吴荪甫等人,渐渐从反对炒作"地皮,金子和公债"的实业家转变为"钻在公债里"的投机者。④

公债刺激着投机者的神经,促使其不断拿出新的砝码,迅速地压在涨跌天平的一端。一旦停止,便会感到现实和虚拟之间的巨大落差,感到生活的沉闷与乏味,从而再次走上追逐暴利的轨道。在《子夜》的第十七章,吴荪甫为庆祝交际花徐曼丽的生日,发起了一场颇具狂欢意味的行乐活动。除上述两人外,参与者还包括孙吉人、韩孟翔和王和甫。五人虽然乘着小火轮在平静的黄浦江上漫游、寻乐,但内心却并不安宁。小说写道,"天天沉浸颠倒于生活大转轮的他们这一伙,现在已经离开了斗争中心已远……也不免感慨万端。于是在无事可为的寂寞的微闷而外,又添上了人事无常的悲哀,以及热痒痒地渴想新奇刺激的焦灼","这样的心情尤以这一伙中的吴荪甫感受最为强烈"⑤。我们看到,吴荪甫"沉闷的心正在要求着什么狂暴的速度与力的刺激",于是向孙吉人提出了"开快车"的暗示。轧轧的轮机声和激起的白浪,暂时替代了公债市场的作用,让他们倍感兴奋,并借韩孟翔的过失大开玩笑。但当小火轮驶至吴淞口时,外国兵舰的突然出现便将他们瞬间拉回现实。吴荪甫既担心空前的大战波及企业,又害怕动荡的市场使自己二十万的资本付诸东流。即使他想保持一种乐观的论调,也难以阻挡沉重情绪的蔓延。此时,他们越是哗笑,就越彰显出内心的不安,因为"他们不能静,他们一静下来,就会感到难堪的郁闷"⑥。所以只有继续买卖公债,延续胜负的悬念,才能使其找到存在的价值,这不能不算是一种悲哀。

---

① 茅盾:《子夜》,人民文学出版社 2004 年版,第 35 页。
② 蒋晓璐:《"在金融的上海呻吟"——论〈子夜〉中的金融与现代性》,《文学评论》2019 年第 6 期,第 99—106 页。
③ 茅盾:《子夜》,人民文学出版社 2004 年版,第 275—278 页。
④ 茅盾:《子夜》,人民文学出版社 2004 年版,第 289 页。
⑤ 茅盾:《子夜》,人民文学出版社 2004 年版,第 417 页。
⑥ 茅盾:《子夜》,人民文学出版社 2004 年版,第 423 页。

三、走向现代的理想图景

从文学的角度看,《子夜》已经向读者充分表明了公债市场施加于人的巨大影响,而从历史的角度看,茅盾或许只是以公债为中介,意在表达对近代金融体系变革、民族国家建构等宏观问题的思考。

正如王德威之言:"如果说《子夜》今天仍然可观,那是因为小说不只是揭露了上述的那些社会/经济力量,更是因为它代表了曾有一个时代,文化人如何勉力要引进一个诠释机制来诠释那些力量,却留下了种种破绽。"[①]可以认为,这里的"诠释机制"便是指茅盾所使用的马克思主义阶级分析方法,"种种破绽"则是指理论和现实之间的罅隙。

在小说中,吴荪甫为了打破赵伯韬的"经济封锁",不惜将原定于企业经营的大量资金投入公债市场,并且强制压缩丝厂的工作时间和工人工资,进而引发工人抗议和集体罢工。同时,由于农村经济凋敝,农民的购买力已无法消化城市过剩的产出。因此,摆在民族工业面前的只有两条路,一是走向买办化,如赵伯韬、周仲伟;二是与封建势力妥协。茅盾借此想表达的是,"中国并没有走向资本主义的道路,中国在帝国主义的压迫下,是更加地殖民地化了"[②]。而要想改变中国积贫积弱的境况,就必须通过革命手段,建立一个强有力的国家和政府,通过它来统筹资源分配。杜学诗关于"国家铁掌"的那番慷慨陈词便是对此作的一个注脚。

不过,茅盾所希望的国家形态和当时欧美资本主义国家存在很大不同。第一是领导阶级的不同。资本主义国家以资产阶级为领导,维护资产阶级的根本利益,而茅盾更倾向于让工人阶级领导国家。第二是社会主要矛盾的不同。根据马克思的观点,资本主义的根本矛盾是社会化生产和资本主义占有。随着资本主义生产的扩大,劳动人民有支付能力的需求就相对缩小,必然导致经济危机的周期性爆发、无产阶级和资产阶级之间的对抗,即"一切现实的危机的最终原因,总是群众的贫穷和他们的消费受到限制"[③]。但在工人阶级领导的条件下,人民群众的根本利益具有一致性,不需要通过剧烈的阶级斗争方式,而是可以通过制度自身的力量来解决生产力和生产关系、经济基础和上层建筑之间的矛盾。第三是调节经济的方式不同。资本主义国家发生经济危机的另一大原因是个别企业内部生产的有组织性与整个社会产生的无政府状态,只能依靠价值规律的作用。而由于价值规律存在自发性、盲目性和落后性的缺陷,经济的发展往往伴随生产力的巨大破坏和浪费。与之相反,以工人阶级为领导的国家具有强大的宏观调控能力,可以弥补价值规律的不足。

在当时,最接近这一构想的便是俄国新生的苏维埃政权。自1917年"十月

---

① 王德威:《写实主义小说的虚构》,复旦大学出版社2011年版,第120页。
② 茅盾:《茅盾全集》(第22卷),人民文学出版社1993年版,第55页。
③ 中共中央马克思恩格斯列宁斯大林著作编译局:《马克思恩格斯文集》(第7卷),人民文学出版社2009年版,第548页。

革命"后,马克思主义传入中国,吸引了众多先进知识分子的目光。然而,中国半殖民地半封建社会的特殊性质使无产阶级革命的前途并不明朗。一方面,工人群体尚未形成坚强的领导核心,也缺乏正确的理论指导,所以容易被资本家所分化、瓦解。另一方面,工人内部受到"立三路线"的错误影响,急躁冒进,试图通过一省或数省的城市暴动夺取全国政权,《子夜》中的克佐甫、蔡真等形象可为例证。茅盾虽然在创作中曾论及上述问题,对工人运动和"立三路线"进行了反思,但没能更进一步提出相应的解决办法,这是他和小说《子夜》的时代局限性之所在。

结语

茅盾在反思公债市场的种种弊端,以及探索现代化道路的过程中,呈现出了与西方文化有所不同的思想脉络。荷兰心理学家霍夫斯坦德曾根据大量调查数据,尝试归纳出能够概括不同文化的五个维度:权力距离、个人主义与集体主义、不确定性规避、男性主义与女性主义、长期取向与短期取向。[①] 他发现,东亚国家和地区在"不确定性规避""长期取向"和"权力距离"方面的得分要普遍高于美国、加拿大、英国等西方国家,而后者在"个人主义"方面的得分要高于前者。这意味着东亚国家和地区具有强调集体主义、规避风险和长期取向的显著特征。

所以,如果我们将中国社会注重耕地、房屋等有形资产的传统经济观念,与西方热衷商品交易、证券买卖的投资心理并置于上述维度中加以考察,那么不仅有助于理解茅盾站在马克思主义立场批判公债市场的深层原因,而且能更为清晰地认识到中国现代性问题的特殊与复杂之处。

一方面,现代金融市场的产生和发展,往往需要一批具有冒险精神和短期取向的个体投资者的参与。而在深受儒家文化影响的社会中,人们对于不确定情形的接受程度则相对较低,因此更偏好长期取向,同时更注重维护集体的利益。虽然文化自身不是一成不变的,它与国家之间也不构成严格的对应关系,但其毕竟为分析一定时期内市场主体的决策趋势提供了有效的解释路径。

另一方面,近代中国特殊的社会性质和严峻的社会现实,使满怀革新理想的青年自觉地放弃了带有鲜明个性色彩的无政府主义,转而选择马克思主义。在当时,马克思主义的支持者们积极引入、制订具体的革命策略和行动方案以适应现实斗争的迫切需要。不过,或许正如李泽厚所指出的,由于缺少对自由主义理论的系统研究,造成了国内思想启蒙的滞后。[②] 换言之,中国的现代性仍处于未完成状态,需要人们在实践中加以丰富和完善。

从公债市场与文学书写的角度重新考察《子夜》,我们会发现,中国近现代的转型过程是充满内在矛盾的。作为现代经济的产物,公债市场因其投机性和博弈性遭到文学的质疑;而渴望建立现代民族国家的急进青年,又不得不接受现代性

---

① [荷]霍夫斯坦德著,许力生译:《文化之重:价值、行为、体制和组织的跨国比较》,上海外语教育出版社2008年版。
② 李泽厚:《中国现代思想史论》,东方出版社1987年版,第7—49页。

理论的帮助。于是现代性在中国便产生了理论和实践的错位,进而引发了学界乃至社会关于启蒙和救亡主题持久而热烈的讨论。本文的目的,是希望从一个不同的视角,探讨文学文本中的经济书写与历史变迁之关联,以期对后续研究稍有助益。

茅盾旧体诗词研究综述

党　飘[①]

摘　要：一直以来，茅盾都是因其小说、散文创作而闻名，其诗词创作受到的关注较少，在过去并未引起足够重视。直至《茅盾诗集》的出版，才使得茅盾诗词走入大众视野。总体来说，学界针对茅盾旧体诗词的研究稍显薄弱，起步时间较晚，距今仅有几十年时间。研究主要集中于几个方面：一是诗词的收集、考证以及选编；二是茅盾诗词的解读与赏析；三是茅盾诗词作品的论析。

关键词：茅盾；旧体诗词；综述

茅盾是我国现代文学史上的大家，一直以来学界对茅盾的研究都十分重视。80年代初茅盾逝世后掀起了一个茅盾研究小高峰，1981年研究茅盾的期刊文章约为479篇，出版图书193本；1983年研究茅盾的期刊文章约为398篇，出版图书187本。2011—2015年更是迎来了茅盾研究的高峰期，据不完全统计，2011年研究茅盾的期刊文章约为850篇，出版图书254本；2014年研究茅盾的期刊文章约为646篇，出版图书414本；2015年研究茅盾的期刊文章约为927篇，出版图书293本。虽然取得了众多的研究成果，但是针对茅盾旧体诗词的研究仍显得较为薄弱。即便研究成果最顶峰的时期，也只在2013年出版图书6本，2014年发表期刊文献4篇。针对茅盾旧体诗词的研究主要集中于几个方面：一是诗词的收集、考证以及选编；二是茅盾诗词的解读与赏析；三是茅盾诗词作品的论析。

一、关于旧体诗词的收集、考证与选编

（一）旧体诗词的收集

1. 图书类

茅盾旧体诗词的收集整理最早在20世纪70年代就已经开始，河北人民出版社1979年11月出版的《茅盾诗词》收入茅盾旧体诗词90余首，但是由于成书较早，不少诗词未能编入。1985年4月上海古籍出版社出版的《茅盾诗词集》是繁体直排且经作者生前手订，所以是较为权威的版本，收入诗词141首。"同年，人民文学出版社《茅盾全集》第十卷之诗词部分，则在此基础上增补3首。"[②]1991年杭州大学出版社出版丁茂远的《茅盾诗词鉴赏》在诗词注解方面开创先河，辑入诗词110题145首，有著者所撰前言："本书着力于本事考订，用功甚协，加之与作者亲

[①] 作者简介：党飘，襄阳东津国有资本投资有限公司，硕士研究生。
[②] 廖四平：《现代人文论坛》第1辑，巴蜀书社2008年版，第316页。

友联系密切,使本书史料翔实可靠。然于前言中亦可见出,作者论'茅盾诗词'时,乃将其作为生平研究史料来看待。新、旧体概而论之,虽有思想内涵与艺术特色之评析,而未措意于茅盾旧体诗词之独立品格。"①

1999 年 10 月吉林文史出版社出版,丁茂远编写的《茅盾诗词解析》被列入"中国近现代文学名家诗词系列"丛书,其"不脱《鉴赏》旧观,仅将原书鉴赏文字分为注释与解析而已"。② 2006 年 3 月人民出版社出版的《茅盾全集 补遗》收入《全集》遗收、漏收及新发现并经专家考证确定的茅盾作品共 169 篇(首)。其中有旧体诗词 21 首。2012 年 1 月浙江大学出版社出版的《茅盾珍档手迹 诗词 红学札记》收录了茅盾诗词手稿八十首,《红楼梦》研究札记手稿十三篇。其中诗词手稿,大多是茅盾留存的底稿或修改稿,其内容、文字与正式发表时可能有一定的出入。2014 年 5 月黄山书社出版的《茅盾全集》由茅盾之子韦韬先生授权,钟桂松主编。"新版《茅盾全集》由韦韬先生新增多幅珍贵照片,在原版《茅盾全集》(人民文学出版社出版)的基础上加以充实、补订而成,目的是使《茅盾全集》更全、更完美。"③2016 年北岳文艺出版社出版的《民国诗风 中国现代作家旧体诗丛 茅盾集》则"统一采用编年的体例,每位作家的旧体诗词作品均按照创作或者发表的时间先后顺序来编排,读者可以借此领略同一位作家旧体诗词创作的全貌和变迁"。④

2. 期刊论文类

茅盾为了节约纸张经常会在废纸的背面写作,所以会有很多的文章、诗歌没有被研究者注意到,因此,茅盾很多诗词直到后来才逐渐被研究者发现。丁茂远就曾经说过:"发现茅盾诗词,不仅抗战以前'随写随丢'或毁于战乱,就是后来'稍有保存',仍有不少散佚在外。"⑤

丁茂远于 1988 年写过一篇《茅盾集外佚诗学习札记》,发表于全国茅盾研究学会主办的《茅盾研究》第五辑。这篇文章对《茅盾全集》未予收录的十二首诗词加以详细考释。直到 2001 年又采集外佚诗 14 首写成《茅盾佚诗集释》,其中"既有 4 首自由体新诗和一篇散文诗,又有 3 首七言绝句和 4 首近于旧体的题诗,还有 2 首七绝作为附录存疑"。⑥

(二) 旧体诗词的考证

丁茂远阅读作者生前手订的《茅盾诗词集》与近版《茅盾全集》第十卷时,发现其中部分诗词所注写作时间并不准确,需要加以考释订正。作者将质疑的问题分为两部分,一是属于原作需要注意的问题,如:《题白杨图》《赠桂林友人》《偶闻》《挽郑振铎》《歌雄心更雄》《壬寅仲冬感事》《一剪梅》等七首作品的创作时间有明

---

① 廖四平:《现代人文论坛》第 1 辑,巴蜀书社 2008 年版,第 316 页。
② 廖四平:《现代人文论坛》第 1 辑,巴蜀书社 2008 年版,第 316 页。
③ 茅盾:《茅盾全集》,黄山书社 2014 年版,第 1 页。
④ 茅盾:《民国诗风 中国现代作家旧体诗丛 茅盾集》,北岳文艺出版社 2016 年版,第 4 页。
⑤ 茅盾:《茅盾诗词解析》,吉林文史出版社 1999 年版,第 3 页。
⑥ 丁茂远:《茅盾佚诗集释》,中国作家协会、中国文联、中国茅盾研究会《茅盾研究(第八辑)》,新华出版社 2001 年版,第 318—331 页。

显的问题,作者联系茅盾其他的相关文本与史料进行了进一步考订。二是属于编排注释方面的失误。作者指出"旧体诗词常有'小序''跋语''附记''自注',这些如何编排,放在何处,都是很有考究的。《茅盾全集》第十卷中某些诗词未免处置失当"。① 并列举了《亚历山大港怀古》《赠楼炜春》《赠曹禺》等诗存在的问题。指出这些问题之后,作者针对精选注释条目提出了一些建议,并就如何处理集外散佚诗词的问题分情况进行了讨论。这一篇《〈茅盾全集〉第十卷诗词校注质疑》于1990年3月发表于《浙江师大学报》。

在1993年的1月,丁茂远又写了一篇《茅盾部分诗词创作年月考》发表于《广西师范大学学报》,对《感事》《满江红·祝〈毛泽东选集〉第五卷出版》等十一首诗的创作年月做了考释与更正。

(三)旧体诗词的选编

近年来,学界对于现当代旧体诗词愈加重视,因此也出版了很多旧体诗词集的图书。而不同图书根据自身各异的标准选编入不同的茅盾旧体诗词作品。

1994年石理俊主编的《中国古今题画诗词全璧》选《题〈红楼梦〉画页四首》《题高莽为我所画像》《为沈本千画师题〈西湖长春图〉四首》《题白杨图》分别列入"小说戏曲类""人像写真类""四季景观类"以及"林木画石类"。1997年赵忠心编著的《古今名人教子诗词》选入茅盾《八十自述》;2001年1月何小平主编的《中国百年旅游诗词》选《沁园春·为〈西湖揽胜〉作》《海南之行(六首)》《新疆杂咏(四首)》分别列入新疆省、海南省、新疆维吾尔自治区旅游诗词类;2001年12月蒋学浚编著的《历代爱国诗词鉴赏》选入茅盾的《渝桂道中口占》一诗;2004年柳斌主编的《现当代旧体诗词诵读精华》选入《挽郑振铎》《赠克家》;2005年傅德岷主编的《中华诗词鉴赏辞典》选入茅盾的《题白杨图》;2011年钱理群编,袁本良注评的《二十世纪诗词注评》选入《题白杨图》《偶闻》《菩萨蛮·奉达圣陶尊兄》;2015年袁行霈主编,赵仁珪任执行主编的《诗壮国魂 中国抗日战争诗钞诗词 上》选入茅盾的《渝桂道中口占》《无题》《感怀》《桂渝道中杂诗,寄桂友(四首选一)》;2017年丁茂远著《浙江现代十大家诗词赏析》选入茅盾32首作品。

二、旧体诗词的解读与赏析

丁茂远编著的《茅盾诗词解析》认为"茅盾诗词所取得的思想与艺术成就可以从三个方面进行总结:现实主义的传统、谨严醇厚的诗风与多种多样的体式。从他一生164首诗词中,不难看出诗中有'我'——生动记述自己的生活战斗历程;进而发现诗中有'史'——能以局部反映我国各个历史时期的社会风貌。"②茅盾特定历史时期的一些创作作者也收录在册,并且认为"这些诗词内容上稍有瑕疵,却仍有其一定的代表性,可以帮助我们认识某些特定的历史时代及其派生的文艺现

---

① 丁茂远:《〈茅盾全集〉第十卷诗词校注质疑》,《浙江师大学报(社会科学版)》1990年第3期,第40—44页。
② 茅盾:《茅盾诗词解析》,吉林文史出版社1999年版,第3页。

象。"①另外，丁茂远还注意到茅盾的诗词在艺术上有"各体兼备形式多样"的特点，并且十分注重"因歌择调"。最主要的是，这部著作史料翔实，十分注重创作的背景。在分析诗词的同时，对于创作涉及的事件、人物、有关文章进行梳理分析，有助于读者更加全面、完整地把握诗词的思想感情。丁茂远对于文章之间的互证也十分重视，如《题白杨图》与《白杨礼赞》、《新疆杂咏》与《新疆风土杂忆》、《七绝》与鲁迅的《略论梅兰芳及其他》之间的关系。这样一种对于诗与文之间联系的关注也有利于我们对诗词所表现的事件有更为立体、客观的认识。

李燕英编著的《民国诗风　中国现代作家旧体诗丛　茅盾集》一书按照年代编选诗词，将茅盾诗词的创作分为三个时期，第一个时期是1940—1946年，这个时期多是与友人唱和之作，侧重个人感情的抒发与表达；第二个时期是1958—1964年，茅盾写下了《观朝鲜艺术团表演艺术偶成》《听演奏肖邦名曲》等或应他人之约或有感现实且取材丰富的作品；第三个时期是1970—1980年。茅盾在1965年时被免去文化部长的职位，在政治上"靠边站"，旧体诗词创作曾一度中断，直到1970年才写下怀念亡母的《七律》，政治高压环境下其选择通过旧体诗词曲折抒发情绪。1974年政治地位恢复以后，其写了大量的赠答应和及抒情感怀之作。李燕英将茅盾的诗词分为纪实之诗、爱国之诗、思乡之诗、思念亲友之诗以及评论杂诗五类，准确细致地把握了茅盾诗词的思想感情。

李荣华在其硕士论文《茅盾与〈红楼梦〉》中将"茅盾题红诗研究"作为单独的一章进行研究，这一章主要分为两个部分，第一个部分是对茅盾题红诗的研究现状进行梳理，第二部分则是对于茅盾的题红诗进行解读。

茅盾题红诗的研究现状："首先是蔡义江的《〈红楼梦〉挂历名家题诗十二首浅说》一文。文中对茅盾所作的《补裘》《葬花》《读曲》《赠梅》四首分别做了比较深刻的分析。其后，李遇春在《论茅盾建国后的旧体诗词创作》和《茅盾浩劫中书愤》二文中，都提到《题〈红楼梦〉十二钗画册》第一首和《题〈红楼梦〉画页》四首（即《补裘》《葬花》《读曲》《赠梅》），并作了简要的分析，认为这两组诗可以'互为参证'。还有鲁德才的《关于"茅盾题红诗"一首的说明》，因茅盾先生曾赠其'一条幅，恰好是《赠梅》'，故'复印呈上'。对此诗，他只提示说：诗中含有'反讽和暗喻的意味'却没有对此作出具体分析，但从中可以看出鲁德才似乎深知其中三昧。此外，商昌宝在《文化部长茅盾在1954年"红学"批判运动中》一文中提到《赠梅》一首，并称其'很有味道'，也没有做进一步分析。"②梳理完之后，作者又针对《题〈红楼梦〉十二钗画册（二首）》《读吴恩裕〈曹雪芹佚著及其传记材料的发现〉》《题〈红楼梦〉画页》四首、《题赵丹白杨合作〈红楼梦〉菊花诗图册》几首进行解读。并且还将1980年6月国际《红楼梦》研讨会在美国举行时沈老应美国周策纵教授邀请于病中写的七律（此诗乃是对之前诗作的合并总结）抄录了下来。

---

① 茅盾：《茅盾诗词解析》，吉林文史出版社1999年版，第8页。
② 李荣华：《茅盾与〈红楼梦〉》，集美大学2015年硕士论文，第17页。

三、关于旧体诗词的论析

相比茅盾旧体诗词的整理以及鉴赏解析，论析茅盾旧体诗词的研究则主要是期刊论文，以整体阐释、时期划分、比较研究等视角切入。

（一）整体型研究

欧阳娉2016年发表的《简论茅盾的旧体诗词创作》一文主要从茅盾旧体诗词创作的时代性和矛盾性两个方面进行探讨。

李遇春在《中国当代旧体诗词论稿》一书中以"老去牢骚岂偶然"作为茅盾旧体诗词一章的标题，他指出茅盾虽然在1957年曾明确地反对过"台阁体"文学，但是后来却有意无意地落入了"台阁体"的窠臼。其1958—1964年的旧体诗词以"喜"和"颂"开始，而1970—1980年的旧体诗词是以"忧"或者"怨"开始的，前一个时期以"新台阁体"发端，后一个时期以风骚兴寄肇始。

李燕英编著的《民国诗风　中国现代作家旧体诗丛　茅盾集》中指出，茅盾的旧体诗词大都贴近现实，缘事而作，有感而发。其书按照年代编选诗词，收录了茅盾一百一十题一百五十三首旧体诗，力求反映其创作全貌。

曹万生1986年发表的《论茅盾的诗歌美学观》一文指出，茅盾对诗史变化的探讨、对诗歌审美本质的阐述、对诗人及诗歌思维的看法，都不失其讨论意义，并曾对中国现代诗歌的创作作出过理论指导的贡献。

隋清娥的《不以诗篇惊后世，偶然"志感"亦行家——试析茅盾旧体诗的情感意蕴》认为，茅盾的旧体诗词创作虽然不属于其作品中的主流，但是仍然有丰富的文化含量。相较于其白话文学中对情感的掩藏，其旧体诗可以作为理解茅盾精神世界和内心情怀的切口。

丁茂远1994年发表于《广西大学学报》的论文《"我的心向着你们"——茅盾诗词学习札记》认为，茅盾的诗词"诗中有史"，且能表达"真我感情"，作者以诗词结合茅盾各个时期的斗争实践，回顾了茅盾作为老共产党人矢志不渝追求无产阶级革命事业的一生。

（二）分期型研究

李遇春2008年发表的《论茅盾建国后的旧体诗词创作》认为，茅盾新中国成立后的旧体诗词创作历程可分为两个阶段：五六十年代（1958—1964年）和七十年代（1970—1980年）。前一阶段以"喜"和"颂"的新台阁体发端，后一阶段以"忧"或"怨"的风骚兴寄肇始。由于茅盾在新中国成立后的旧体诗词创作中一直处于政治人格与自我人格的交错之中，由此带来了政治化的新台阁体诗词与个人化的咏怀诗、咏史诗、讽喻诗（词）的交错杂陈。

丁茂远1989年的《试论茅盾抗战诗词》认为，今天所能看到的这20余首真正"显露了自己的情感"的抗战诗词，是研究茅盾生平创作道路，乃至整个抗战文艺运动的宝贵史料。他将茅盾个人的抗战经历结合诗词创作进行分析，针对其旧体诗词创作的艺术形式和表现技巧进行归纳。

李燕英2020年的《革命语境下"晚年茅盾"文学创作中的现实主义追求》一文认为，"晚年茅盾"的旧体诗词创作主要集中在1958—1964年和1971—1981年这两个时段。在新中国成立以后的革命语境中,茅盾创作的旧体诗词大致可以分为以下三类:受时代影响的"新台阁体"、抒写个人情感和生命体验以及反思政治和历史。后二者较为明显反映出茅盾对现实主义的隐性呼唤,而那些受时代影响的"新台阁体"诗作则主要与革命规范下的现实主义主张存在契合之处。

赵思运2018年的《茅盾旧体诗词(1949—1976)探幽》一文指出,茅盾旧体诗词(1949—1976年)带有浓厚的时代痕迹,但也彰显出作者的自我省察。他的旧体诗词中流溢着主流审美观念,如厚今薄古的戏剧改革、推崇豪放抑制柔美的风格选择、注重民间化大众化的形式、忽视艺术的独立价值、坚持唯物主义观点等。

李仲凡2009年的论文《古典诗艺在当代的新声——新文学作家建国后旧体诗词写作研究》认为,新文学家们对旧体诗词创作的态度是随着新文学的进展而不断调整变化的。最初是新旧完全对立,后来逐步认可旧体诗词的部分价值。对诗人而言,时代的使命已经由语言革命转为新诗艺术形式的完善。在这个过程中,新文学作家对旧体诗词的复杂心态也逐渐消解分化而渐趋理性。

杜湘君2007年的《"原生态"的抒写——论茅盾"文革"时期的旧体诗词创作》一文认为,茅盾的这些词在很大程度上反映了茅盾在"文革"期间的生存状态,是一种"原生态"意义上的抒写。其将茅盾"文革"时期的创作分为四类:读书心得、与友人唱和或受人托请之作、感事言志之作、悼亲之作。且针对旧体诗词在"文革"中兴这一现象进行分析,并指出了"文革"时期旧体诗词的文学史意义。

(三) 关系型研究

妥佳宁、赵埼燚2021年发表的《从茅盾佚作看旧体诗词与现代小说创作精神历程的互渗关系》一文,将茅盾的《新疆风土杂议》这首旧体诗佚作与《子夜》这部作品一同放入现代文学研究的具体语境进行再解读,显示了中国现代旧体诗词批评在艺术技巧评判之外的另一种解读维度,即在民国和共和国的具体历史情境中,以新旧文学间的互渗来探寻知识分子的精神历程。

(四) 比较型研究

丁茂远1996年的《论茅盾诗词创作——兼与鲁迅、郭沫若比较》认为,茅盾与鲁迅、郭沫若一样,在诗词创作领域可以说都是现代"能翻出如来掌心之齐天大圣",均已达到驾轻就熟、卓然成家的地步。

总的说来,茅盾的旧体诗词与其心境变化和人生遭遇有着密切的联系。对于其旧体诗词的关注与研究,不仅可以完善茅盾研究,还可以更全面、具体地了解当时的时代、相关人物与历史事件。但是茅盾旧体诗词研究起步较晚,受到的重视不够,研究成果较少。目前研究界主要集中于对他旧体诗词创作的整体性思想评述与分期类创作特色的研究,部分研究成果同质化现象严重,缺乏创新点。

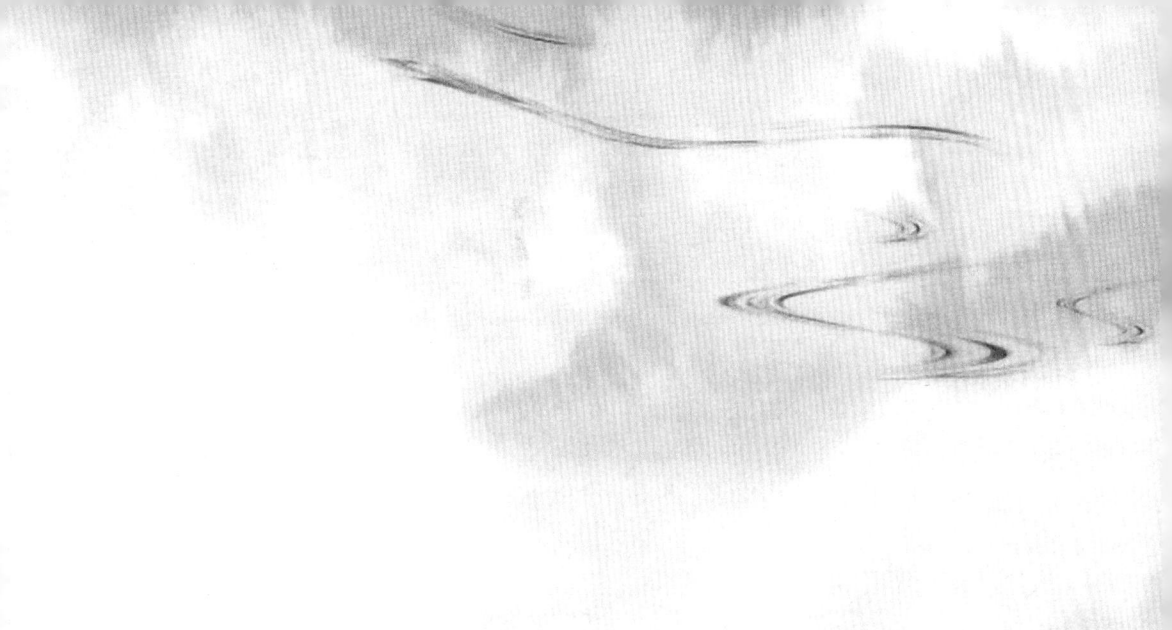

书 评

声音的回响
——读陈平原的《有声的中国——演说的魅力及其可能性》

马 丹[①]

摘　要:《有声的中国——演说的魅力及其可能性》是陈平原演说研究的阶段性总结著作,该著作涉及现代演说的传入、实践、影响以及寄寓其中的时代性要素等内容。尤以第四章"声音的政治与美学"中对现代中国演说家的理论与实践分析最具有代表性,该部分将演说研究从概貌研究延伸至个案分析,以孙中山、梁启超、章太炎、鲁迅等人的演说为例,洞察演说的不同面向。其使用的跨学科、跨媒介研究方法是"新文科"视野下文学研究的突围和应战。

关键词:陈平原;演说;时代;美学

陈平原向来擅长在研究中不断开疆拓土,研究范围囊括文学、图像、教育、声音等领域。细观之,又可发现这些不同领域的研究其实都统摄在"现代中国"的主题之中,如其在《"现代中国研究"的四重视野——大学·都市·图像·声音》中所指出的:"一句话,中国的复杂性远远超出你我的想象,作为研究者,必须随时准备接受新的挑战。"[②]显然,过去那种倚重文字与书籍的研究范式难以回应这种复杂性,当学术研究的惯性思维受到纷繁复杂的社会现象及层出不穷的技术变革挑战时,如何静心应对而不至乱了阵脚,是一道既需要学术理念又需要学术实践来进行双重回答的难题。

在"人文史丛书"的总序中,陈平原直陈当下人文学科面临的困境与挑战,国内国际形势的急遽变化,技术手段以及读者趣味的日新月异,对人文学者的既往研究模式形成了冲击,借助"新文科"的视野,重新调整自己的学术姿态及相应的研究范式,不失为一种积极应对方式。作为"人文史丛书"之一的《有声的中国——演说的魅力及其可能性》采用的便是跨学科、跨媒介的研究范式。

从图像研究转向声音研究是陈平原"触摸历史、重建现场"研究方式的延续,将声音纳入文学研究领域,重现历史现场的"众声喧哗"。在这喧哗的众声中,陈平原选择了演说的声音,不仅基于演说在中国现代转型中发挥了重要作用,同时也是他对文学跨学科研究方法反思的结果,"终于悟出来,所谓跨学科论述,必须

[①] 作者简介:马丹,昭通学院讲师。
[②] 陈平原:《"现代中国研究"的四重视野——大学·都市·图像·声音》,《汉语言文学研究》2012年第1期,第4页。

与自家以往的研究相衔接;完全重起炉灶,不是不可以,但难度实在太大。对我来说,若想深入讨论'声音的中国',必须与'文字的中国'相互阐释,那样方能更好地发挥自家特长"①。未收录本书,仅是基于钩玄提及名称的文章《有声的中国——"演说"与近现代中国文章变革》对"声音里中国"与"文字里中国"的深层纠缠关系进行厘清与疏解,声音虽已消散的演说通过文字发出余响。陈平原在这篇文章中重点阐述演说对白话文形成的影响,故难以详尽展开分析晚清"演说"兴起背景、"演说"的实践、现代演说家的个例分析、演说的当下形态等诸多问题。《有声的中国——演说的魅力及其可能性》以专著的形式对"演说"研究进行阶段性总结,较为全面地呈现"演说"的诸多面向。本书收录的文章发表时间从 2011 年至 2022 年,横跨十年,纵观近十年的研究成果,既能看到关于"演说"研究的动态发展,同时从研究方法而言,如何对一个研究主题进行深耕式的研究,其研究思路也不失为一种可供借鉴的范例。

一、演说:触摸历史的可能

一度时期,"回到历史现场"作为一种学术理念及研究方法被频频提及,但"历史"一旦进入叙述场域,所谓的"回到"都不过是一种"想象",而这种想象的意义不是"重现历史",而在于"观照历史"。故而陈平原用的是"触摸"一词,文字、图像也好,声音也罢,不过都是伸向历史的"触角","触角"越多,重构的"现场"越立体。

五四与晚清的相互照见历来是陈平原研究的重要特点,在《触摸历史与进入五四》中,他特别作出了说明,"必须说明的是,本书之谈论'五四',有个明显的特点,那就是兼及'晚清'(如探究《新青年》的编辑方针、章太炎的白话文、傅斯年之批注《国故论衡》、梁启超的谈论中学国文教学等)。这不仅仅是具体的论述策略,更是作者一以贯之的学术立场"②。

"演说"研究中亦体现了这一以贯之的学术立场。将"演说"作为触摸历史的一种方式,以"演说"来呈现从晚清到五四的暗潮涌动,"演说"的现代性因素是研究的一个重要立足点。日本从欧美习来的演说之风对晚清演说的兴起产生重要影响,在对"演说"的源起进行辨析时,陈平原特别提及"名词考辨不重要,关键是如何看待传统中国公开表达个人立场及政治见解的缺失"③。"公开性"是现代演说的一大特性,因而从某种角度来说,演说是一个时代的晴雨表。以"演说"重构历史现场,并非搜罗各种零碎的声音,乃是通过"时代之音"来还原历史的"实感"。

在演说研究中,无法绕开的难题是受限于技术条件,演说的声音、图像少有保存,而主要是以新闻报道、演说实录,或是借由一些回忆性文章、文学作品的场景描写等形式得以留存。"同样涉及'演说',本该与文字材料相辅相成的图像呈现与声音记忆,可谓寥寥无几,完全不成比例。需要着力钩稽的是,关于演说的图像

---

① 陈平原:《有声的中国——演说的魅力及其可能性》,商务印书馆 2023 年版,第 4 页。
② 陈平原:《触摸历史与进入五四》,北京大学出版社 2020 年版,第 3 页。
③ 陈平原:《有声的中国——演说的魅力及其可能性》,商务印书馆 2023 年版,第 13—14 页。

与声音。"①

　　借助之前丰富的图像研究成果,陈平原甄选出一部分极有价值的晚清画报图片和摄影照片,对这些图像资料中的"演说"因素进行提取、阐释,呈现晚清"演说"的兴起之风以及其中蕴藏的现代性要素。1906 年的《北京画报》刊出的《戏园子进化》是呈现晚清"演说"雅俗双面的极好例子,图画中绘制的是新戏开演前的演说场景,台上的演说者全情投入,台下的听众或全神贯注、肃然起敬,或激情澎湃、拍手叫好。现代演说与传统戏园子的融合恰恰体现出了中国现代进程的驳杂性。陈平原在多篇文章中提及,并将之作为《流动的风景与凝视的历史——晚清北京画报中的女学》英文版封面的《厮役演说》刊于 1907 年《益森画报》,他之所以如此看重这张图画,源于这张图画同时呈现了梁启超"传播文明三利器"的要素,报刊、演说、学堂构成一个有机体并存于同一张图画中。颇值得揣摩的是这张图片中的女仆不是听者,而是演说者。正如图片中的文字所言"演说不奇,出自厮役则奇",这也暗含现代启蒙的理想图景,即"被启蒙者"向"启蒙者"的身份转换。在晚清,演说作为一种带有现代文明象征的活动,不仅推动着"戏园子进化",变革了学堂的教学方式,连本在俗世之外的佛道之界都受影响,刊载于 1906 年《北京画报》上的《道士登台演说》一图就是对这一场景的呈现。然而"事实上,图像往往是含糊而多义的,'图像'之证据和见证,既离不开对于图像细节等的史料考证,把图像的符号特性与社会现实联系起来,又离不开与文字档案提供的证词进行相互补充和印证"②,因而陈平原对这张图片呈现的"庙产办学"背后的复杂性又进行了特别说明:"不过,晚清的庙产兴学,情况十分复杂,有寺庙自愿捐款得到官府表彰的,有很不情愿但为了保庙产而被迫兴学的,还有官府直接提拨庙产用以兴办学堂的。同样办学堂,有只收僧人的,有僧俗兼收的,也有办世俗学堂专收贫民子弟入学的。这里无暇仔细分辨,只想保留一点有趣的资料。"③这既是对《道士登台演说》一图中信息的可信度与复杂性进行甄别,也是对"图像证史"方法局限性的反思,图像中的信息不可过度阐释,需要结合其他信息进行综合判断。重返历史现场不是不同媒介信息的相互否决,而是谨慎辨别不同媒介资料的信息,打破历史的"标本感",还其应有的"鲜活性"。上述几幅画是对演说场景的写实表现,刊于 1911年《平民画报》第三册上的《焚攻督署》中的演说场景则充满了浪漫主义激情,将演说近乎"神化",在纷乱的战火中,一人挺拔站立,举起右臂,作振呼状,所配文字是这样描述这一场景的,"至二堂相继演说,略发挥种族主义,且言起事之由,词甚激昂慷慨"④。陈平原认为这一有违常理的驰想正好说明演说在当时得到格外的重视。此外,这幅图也体现出了对演说功能认知的转变,梁启超将演说视为"传播文明三利器"之一,看中的是演说的"启蒙性",而这幅图表现的则是演说的"鼓动性"。由于在这一部分中,陈平原着意阐述的是演说在晚清成为一种重要的现象,

---

① 陈平原:《有声的中国——演说的魅力及其可能性》,商务印书馆 2023 年版,第 33 页。
② 何国梅、蒋圣芹:《维度、释词、限度及方法:"图像证史"之解读》,《出版科学》2020 年第 1 期,第 113 页。
③ 陈平原:《有声的中国——演说的魅力及其可能性》,商务印书馆 2023 年版,第 93 页。
④ 陈平原:《有声的中国——演说的魅力及其可能性》,商务印书馆 2023 年版,第 82—83 页。

故而未过多展开分析。

在第一章"演说之于现代中国"论及演说之视觉呈现部分,陈平原对美国社会学家甘博所拍摄的涉及"五四"运动的照片进行概述,特别选出四张连续拍摄的演说场景照片进行解读,第四张照片对听众反应的描述显得意味深长,"演讲者边做手势边讲,但几十位听众眼神颇为分散,中间还有位年轻人,目送撤退的军警,整个场面相当平和"①。若把这"颇为分散的眼神"与晚清画报《戏园子进化》中众人拍手叫好的场景进行对比,便可感观历史的多面性。

图像资料虽然可以形象化地呈现演说场景,却无法兼及演说内容。晚清画报《星期画报》中虽曾以附录的形式附上演说,但这样的变通方式在晚清画报中并不常见。演说内容主要是通过报刊上登载的演讲稿、汇编的演讲集、回忆性的文章等方式呈现。陈平原在第四章"声音的政治与美学"中特意抄录了1981年人民出版社出版的《孙中山选集》中此文前三段,与《民报》的原文进行比较,两个版本最大的不同在于1981年《孙中山选集》中将表现现场氛围感的说明删去了,对此改动,陈平原感慨"为了让'演说'变成'文章',整理者删去了'大拍掌'等闲文,表面上看内容没动,可阅读感受却大不相同,不再有亲临现场、感同身受的体会——某种意义上,这也是文字(书本)与声音(模拟声音)的差异。那种一呼百应、排山倒海的演说氛围,借助于虽简短但极为传神的'大拍掌'等,让远隔千山万水的听众,或百年后的你我都能深切体会到"②。陈平原的惋惜源于他对演说氛围的重视,不同于文章写作阅读中的"独处式对话",对于演说而言,现场的情绪感染极为重要。陈平原举郭沫若为例,郭沫若曾用"吞"来比拟演说者与听众的关系。③ 不过这一"吞"字用得太傲慢了,陈平原赞赏的是孙中山、梁启超式的现场感染力,虽然梁启超的演讲因乡音的问题被梁容若评价为"见面不如闻名,听讲不如读书"④,陈平原依然认为,"口音不标准,确实会影响听众接受;但若有恰当的形体动作,加上演说时饱含感情,依然会很有感染力"⑤。并且以梁实秋的两段回忆录来印证,这两段文字的描写极为生动精彩,"以至于你不忍心追问是否是作家的妙笔生花,乃至有些夸张变形"⑥。

"触摸历史"于陈平原而言,既是学术理念,也是研究方法。作为学术理念,"触摸历史"强调对话性,"以回到现场"增强对历史的"实感"的把握。作为研究方法,"触摸历史"借助跨学科的视野,通过多媒介、多类别的资料进行互证互诘,通过多声部的"声音"合奏出历史之绝响。

二、演说:声音的余响

第四章"声音的政治与美学——现代中国演说家的理论与实践"是陈平原苦

---

① 陈平原:《有声的中国——演说的魅力及其可能性》,商务印书馆2023年版,第43页。
② 陈平原:《有声的中国——演说的魅力及其可能性》,商务印书馆2023年版,第149页。
③ 陈平原:《有声的中国——演说的魅力及其可能性》,商务印书馆2023年版,第24页。
④ 陈平原:《有声的中国——演说的魅力及其可能性》,商务印书馆2023年版,第169页。
⑤ 陈平原:《有声的中国——演说的魅力及其可能性》,商务印书馆2023年版,第170—171页。
⑥ 陈平原:《有声的中国——演说的魅力及其可能性》,商务印书馆2023年版,第171—172页。

心经营多年的研究成果。在序言中概述本书的成书过程时,他专门对此进行说明,并将此章作为本书的精华,"此文历经多年打磨,日臻完善,自以为是本书最值得推荐的一章"①。演说作为一种现代文明产物,其启蒙作用及对白话文形成的影响,陈平原此前已经在一系列的文章中进行了深入的论述。但在这些研究中,虽涉及个体举例,但主要还是对演说进行整体性研究。在"演说"研究的链条之中,演说家个体的研究是较难的一环。由于技术限制,演说的"声音"形态少有保存,除了孙中山养病期间通过留声机进行演说的资料被灌制为唱片幸存于世,大部分关于演说的资料仍然是演说稿、新闻报道或是当事者的一些回忆性记录等文字资料。这样的资料保存现状使演说研究面临一个棘手的难题,如何在"声音"形态资料缺失的情况下进行演说研究。如果说这个难题在"演说"的整体性研究中还能暂时搁置,在演说的个体性研究中就必须直面了,"声音"形态的消失既然已成事实,便需要收集更多的资料以体现演说的个体差异性及复杂性。这也许是陈平原酝酿此研究较早,却成文较晚的原因。

在该部分研究中,陈平原立足于具体的演说家,却并未停留在演说家个体层面,而是以演说家的演说实践发掘演说的诸多面向,如演说中的氛围、演说中的乡音、演说复杂的传播机制等。以演说实践来探讨演说中的具体问题,有效避免了对实践性极强的演说研究陷入理论空转或是资料堆砌的研究弊端。

热烈的现场氛围是一场成功演说的必要因素,郭沫若关于演说的心得体会虽然袒露得过于自大,却道出了调动听众情绪在演说中的重要性,这一点尤其在政治动员演说中表现得极为显著。陈平原以孙中山的演说为例来阐述,"作为理想型的职业革命家,孙中山的巨大成功,除了革命理想、人格魅力,还得算上这高超的演说技巧"②。以孙中山1906年12月2日在东京《民报》创刊周年庆祝大会的演说为例,陈平原对比了这次演说的不同版本文字记录,肯定胡汉民的记录,认为这一版本的优势在于保留了说话的口气,用括号注明现场反应,再加上宋教仁日记中细节的记录,一场气氛热烈、掌声雷动的演讲穿越时空跃然纸上。

演说作为"声音"的艺术,语音自然是重要因素,与西方演说学书籍热衷讨论发音技巧不同,中国演说家面临的难题是方言表达,陈平原主要以梁启超为例来阐发这一问题,梁启超虽然很早就对演说青睐有加,但囿于自己的国语能力,早些年主要是以写演说体文章来发挥演说的功能,直至1912年才成功开启演说生涯,但他的官话一直带有口音。带乡音的国语表达效果如何,这也是个见仁见智的问题。梁容若与杨鸿烈就曾指出梁启超的演讲口音太重,难以听懂。但梁实秋却对梁启超的带口音的国语颇为喜爱,甚至认为若是梁启超的国语标准,效果反而没那么好。陈平原将梁实秋对梁启超乡音的赞誉归因于广东官话与梁启超形象相吻合。演说并非一定要是字正腔圆的标准发音,只要不影响表达大体意思,演说内容足够精彩,有时,一点无碍于意思表达的乡音反而是个人特质的表现。

陈平原一方面关注演说的现场性,通过多种资料,还原演说的鲜活性。另一

---

① 陈平原:《有声的中国——演说的魅力及其可能性》,商务印书馆2023年版,第7页。
② 陈平原:《有声的中国——演说的魅力及其可能性》,商务印书馆2023年版,第158页。

方面，演说隐形的复杂机制亦是他着力关注的重点。第四章"演说的变奏"部分以章太炎、鲁迅、蒋介石为例说明演说行为/文体本身的复杂性。陈平原认为《章太炎的白话文》一书在1921年出版和1972年重印时，均未对书中各文的来历进行分辨，虽然注意到章太炎文章和章太炎演说文体的差异性，但忽视了章太炎演说文形成的复杂性。收录到《章太炎的白话文》中的文章虽有可能是事前准备的演说稿，或演讲的记录稿，但更有可能是以"拟演讲稿"写作的文章。章太炎的"拟演讲稿"的目标读者是南洋各地的失学青年，因而采用"拟演讲稿"的文体远程模拟演说，这是此前关注不多的现代书面文形成的另一条路径。现场演说重在口头表达，生动性、形象性、互动性自然是高过文章，但严谨性、完整性也是低于文章的，再加上演说情景的特殊性、记录者个人的理解、表达方式等诸多问题，现场演说形成文字记录稿的过程是十分复杂的。鲁迅的多场演讲并未收录在《鲁迅全集》中，并非全是资料的遗失所致，许多是因他本人无暇核对演讲记录稿，主动放弃的。陈平原以《对于左翼作家联盟的意见——三月二日在左翼作家联盟成立大会讲》为例剥开演说稿形成的复杂过程，这篇"标题显豁，且言之凿凿"[1]的演讲稿并非当场记录，而为后期追记，且加入了据冯雪峰所言未曾在大会说过，但是他平日说过的内容。这一篇演说记录的"二度加工"既体现了当时复杂的政治形势，也说明了演说记录并非原样复原，极有可能借用演说记录的"拟现场性"进行内容创造。广为流传的"庐山谈话"亦并非真正"在庐山谈话会席上"的演说，而是蒋介石谋士集团代拟的"公告"，政治演说的复杂性在于"有声"的演说背后隐藏了"无声"的运作机制，陈平原敏锐地指出，"那个蕴藏在政治家身后的庞大的幕僚/秘书班子，其政治智慧、文体感觉以及运作方式，直到今天，还没有得到学界的充分关注"[2]。

三、演说："学""术"双面

在论及中西方演说传统对比时，陈平原将中国人不擅长演说主要归因于政治制度，其实除了政治制度，还与中国的文化传统、学术传统密切相连。当然，这样的文化传统与学术传统的形成也部分源于政治制度的影响。"文""白"分离后的"文"高"白"低与"学""术"对立之后的扬"学"贬"术"均是导致中国缺乏演说传统的重要原因。故而秋瑾要强调演说的难度，周桂笙要对演说家提出"新理想"与"新学术"的高要求。实践性是演说的一大特性，若认识不到这一点，演说也会成为仅停留纸端的空谈。正如陈平原谈及目前所见国人最早的演说学著作《演说学讲义》时所说的那样，"我们缺的不是思想动员，而是技术指导"[3]。童益临、高师左编写的《演说学讲义》空谈理论，鲜有实质性的指导。因而从西方引入演说学的书籍是极为重要的，陈平原同时也指出"此等培养演说能力的书籍及课程，与其叫作'学'，不如称为'术'，只是照顾当年的习惯，不强做分辨"[4]。

---

[1] 陈平原：《有声的中国——演说的魅力及其可能性》，商务印书馆2023年版，第183页。
[2] 陈平原：《有声的中国——演说的魅力及其可能性》，商务印书馆2023年版，第188页。
[3] 陈平原：《有声的中国——演说的魅力及其可能性》，商务印书馆2023年版，第120页。
[4] 陈平原：《有声的中国——演说的魅力及其可能性》，商务印书馆2023年版，第98页。

在英美演说著作的中译本中，陈平原最为肯定的是《辩论术之实习与学理》和《听众心理学》。《辩论术之实习与学理》为清华学校推出，该书将实习置于学理之前，可见对演说实践性的重视，此外这本书的中译本附录了许多辩题，这些辩题贴近现实，涉及面广，如中国应采行联省自治制、全国国民学校教科书应该由教育部规定一致、北京大学地址应移到圆明园等，从这些论题中，一方面能观当时演说教育对实践的重视程度，也侧面反映出这些话题在当时的高关注度。在进行现代演说家的个体分析时，陈平原在肯定这些演说的高妙之处时屡屡提及这些演说家所接受的演说训练，如闻一多具有个人特质的演说风格的形成就得益于其就读清华园十年的演说训练。在《有声的中国——"演说"与近现代中国文章变革》中，陈平原在对北京大学平民教育讲演团在现代史上的重要地位进行肯定时，特别强调了雄辩会等社团在提高口头表达方面的重要意义。"我承认异军突起的平民教育讲演团在现代史上的贡献，但同时也不想抹杀当年北大及其他院校训练演说和辩论的意义。后者看似平淡无奇，可它形成一种风气，在读书作文之外，格外看重口头表达。这一现代社会对于大学师生的要求，影响极为深远。"①

从技能层面来说，演说是"术"，但如果涉及演说文学性的感染力以及演说所包孕的社会政治要素，演说未尝没有"学"的一面。陈平原将演说的文学性称为"演说之诗性"，认为闻一多、陶行知的演说即体现出这样的诗性，闻一多的演说融入诗情，表达感性、情感真挚、挥洒自如。陶行知是一个以"演说"而非"作文"为表达方式的现代教育家，其选择以广场演说而非书斋著述来推广自己的教育理念，足见其演说的现场感染力。可惜，这样的感染力难以通过文字传达，仅能通过描述现场氛围的只言片语略感一二。

在第一章"演说之于现代中国"的结尾处，陈平原特别强调，"演说本身并不透明与自足"②，"在这个意义上，所谓演说的魅力及其可能性，乃一时代社会是否活跃、政治是否开明、学术是否繁荣的重要表征"③。第五章"徘徊在口语与书面语之间——工作报告、专题演讲及典礼致辞"中对当下演说现象进行评述，尤其以"根叔体"的火爆来批评当下"文体感的缺失"现象，"根叔体"的火爆昭示了"娱乐泛化"的时代症候。这一部分将演说研究从历史回顾中延伸至当下思考，体现出陈平原演说研究对当下文化现象的关注与回应。但略微遗憾的是，此章为本书写作最早的一章，"根叔体"的火爆已是十余年前的事了，若是能从演说的角度对当前一些火爆的文化网络课、直播中的"小作文"等新媒介下的演说形态进行梳理，便更能体现出学术研究的即时介入性。

值得注意的是，陈平原不仅是演说的研究者，还是学术演说的实践者，他的一些学术成果是在多次演说的基础上最后成文发表的，如本书的核心——第四章，据他在序言中的回顾，该部分研究初撰于2013年初秋，同年在南京大学演讲，之后，曾在华东师范大学、台湾东华大学、中山大学、美国西北大学、日本一桥大学、

---

① 陈平原：《有声的中国——"演说"与近现代中国文章变革》，《文学评论》2007年第3期，第13页。
② 陈平原：《有声的中国——演说的魅力及其可能性》，商务印书馆2023年版，第61页。
③ 陈平原：《有声的中国——演说的魅力及其可能性》，商务印书馆2023年版，第61页。

上海师范大学、河南大学等多校演讲,最终成文发表已是时隔9年之后的2022年。显然,对于陈平原而言,演说不仅是一个外在的研究对象,亦是自己的学术实践活动。他颇为看重自己的演说,在《讲台上的"学问"——华东师范大学讲演集》小序中,他坦陈自己的心情:"看着自家以考据眼光并借助各种公私资料整理出来的《华东师范大学五十讲题解》,得意了好几天。是呀,有了这份文档,'往事'就并不'如烟'了。与一所职务以外的大学结缘,竟有如此成绩,着实让人惊讶。既赞美对方的诚意,也欣赏自家的恒心——十五年间,多达五十次的'精彩表演',叫我如何不欣喜?"①多年的学术演说实践对陈平原的行文风格也产生了较明显的影响,他的文章自带"拟演说"体风格,极少进行概念的堆叠,亦无故弄玄虚的高深理论,其实大可将其研究再往当下拓展一步,对目前诟病较多的"佶屈聱牙"的学术文章以及寄生于此的文学研究"内循环"现象进行深层阐发。不过"研究者"和"研究对象"双重身份难以并置,再加上学术文章艰涩的文体风格又与不易道清的学术生产机制紧密相连,这样的研究也难以切中肯綮地展开。

---

① 陈平原:《讲台上的"学问"——华东师范大学讲演集》,华东师范大学出版社2016年版,第1页。

在文学启蒙与知识变革之间
——陆胤《国文的创生：清季文学教育与知识衍变》读札

张　炎[①]

摘　要：陆胤的《国文的创生：清季文学教育与知识衍变》接续了他之前对于张之洞学人圈的研究，以学人与教育两种角度进入清季民初的国文教育创生过程。他以"创""生"两个维度界定清季文学教育的创制层面，在考释"国文"词源衍变与影响源头的基础上，对"国文教育"的概念、观念与具体实践作出了一定的研究。陆胤以"衍变"史观介入清季民初的"知识衍变"过程，以文学研究和教育学研究的双重方法为后续研究者提供了新的研究方式和研究角度。

关键词：陆胤；国文教育；知识衍变；变风变雅

2022年6月，陆胤出版了他的第三本专著《国文的创生：清季文学教育与知识衍变》。不同于以往他所专长的学人研究，陆胤首次将文学教育的学科衍变历程纳入自身的研究范畴中。这不仅接续了之前对张之洞学人圈对"癸卯学制"等"学务"的考察，还将"国文教育"的范畴扩大至整个清季民初学人圈之中。由此，本文以梳理陆胤研究的发展脉络以及相互间的影响为旨归，将陆胤的研究放置于整体观之中，借此考察"国文教育"研究之前的张之洞学人圈研究对其的影响、"国文教育"研究的新视野和范式以及陆胤提出的"变风变雅"下的研究理路。

一、国文教育的转变

在《国文的创生》后记中，陆胤回忆他出版第一本著作《政教存续与文教转型：近代学术史上的张之洞学人圈》的时刻。他写道："学者生涯中的'第一本书'，往往从博士论文修改而来，理想状态下会有明确的选题动机，完整的论述框架，以及更重要的，一段集中而纯粹的写作时间。与之相比，'第二本书'更像是一个抗压测试……需要在学科架构中确定自己也许还很微不足道的位置，独力找到一个可以耕耘一段时间的领域。"[②]在陆胤的"第一本书""第二本书"的叙述中，他记述了在"张之洞学人圈"研究后的三个拟定的题目，即"阮元学圈""近代阅读史""以古文家为中心的近代文学教育"。陆胤考虑到第一个题目是博士选题的延伸，第二选题则是较难界定，而第三个题目"以古文家为中心的近代文学教育"则能回到

[①] 作者简介：张炎，华东师范大学中国现当代文学博士研究生。
[②] 陆胤：《后记》，《国文的创生：清季文学教育与知识衍变》，社会科学文献出版社2022年版，第532页。

"文学领域"中。就此,陆胤以回到"文学领域"的研究为旨归,在原本的张之洞学人圈研究的基础上进入"国文的创生"的研究中。

回到"国文的创生"研究之前的语境中来,"适逢西学西政袭来,晚清世人面临着在激变时势之下存续'政教相维'传统的使命,在外来新知识、新经验、新语汇成系统涌入的时代,士大夫群体的危机意识和应变能力亦得到激发"①,据此,陆胤将张之洞作为一个典型的案例,分析其学人圈中"学术升降""以经为学""创制学制""反思日本经验""诗文唱酬"等方面的应变。而张之洞作为地方督抚,他以"政""教"相互维系为旨归,将"学务"纳入自身"洋务""新政"的范畴中。从早年的《輶轩语》《书目问答》,到庚子时期的《劝诫上海国会及出洋学生文》,从戊戌时期《劝学篇》的写作到癸卯学制的创生,可以说关于"国文""国语"的反思一直笼罩在作为政教人物——张之洞的危机意识与政治治理中。甲午之后,"学务"成为"洋务"中重要任务,这也使得兴办学堂、考察教育、创新学制成为督抚政绩的具体表现。而"幕府""清流"②等相关因素的持续发酵,促使张之洞学人圈在具体操作上进行变革,由此,出现创设书院,建立"癸卯学制"以及撰写学风文章等举措,这也为张之洞等人在晚清督抚的兴学竞争中占据优势地位作出保证。

在政教相维的倾向下,"学"成为清代学人重点考察的对象。张之洞曾说:"世运之明晦,人才之盛衰,其表在政,其里在学"③,可在"政""学"之间,或者具体来说,便是清末民初的学术与政治之间的互动与缠结,并不是互相唐突式的直线影响。就此,陆胤称:"中国古代所称'教化'或近代以降成制度的'教育',或许可以构成一个节点。无论古今中外,正是文辞与学术提供了'教'的质料,而'教'的外在目的之一便是良好政治的实现。"④将"教"作为清季"学""政"之间研究的具体表征与展现,这也意味着清季"学""政"带来的各种转型,不仅直接影响了"学""政"范畴下的"风雅之变",还间接影响了原本亘古不变的教化之学。当张之洞等人提出变法必先变科举之后,教化制度与教化学风亦大幅转变,就其学制内容来看,教化所授的内容为诗文、古文、经学等成为讨论的重点之一。由此来看,在"学""政"等高维层面相继移变之后,陆胤以小范围的"教"之创变的研究来反映大范围政教存续与文教转型更具实际操作的可能。

那为何明晦盛衰之理不在于政,而在于学?早在甲午以后,梁启超等人已然将变法本源的具体实践分为育人才、开学校、变科举、变官制等。在清代学人吴汝纶看来,"造就国民,即普通教育,团结社会,齐心爱国是也"⑤,教育与社会爱国活动相提并论,成为造就国民的具体做法之一。而在由张之洞牵头制定的"癸卯学

---

① 陆胤:《政教存续与文教转型:近代学术史上的张之洞学人圈》,北京大学出版社2015年版,第4页。
② 陆胤在《政教存续与文教转型》的《绪论》中称"清流"与"幕府"作为晚清政治史上指涉一定人物聚落的概念,并借此分析张之洞"幕府"建立与"清流"因素对其学人圈的影响。具体研究参见陆胤:《政教存续与文教转型:近代学术史上的张之洞学人圈》,北京大学出版社2015年版,第9页。
③ 张之洞:《〈劝学篇〉序》,苑书义,孙华峰,李秉新主编:《张之洞全集》第12册,河北人民出版社1998年版,第9704页。
④ 陆胤:《变风变雅:清季民初的诗文、学术与政教》,上海人民出版社2021年版,第20页。
⑤ 吴汝纶著,施培毅、徐寿凯校点:《吴汝纶全集》第4册,黄山书社2002年版,第715页。

制"中,规定"家庭教育、蒙养院、初等小学堂,意在使全国之民,无论贫富贵贱,皆能淑性知礼化为良善……高等学堂、大学堂,意在讲求国政民事各种专门之学,为国家储养任用之人才"。① 由此可见,"国民教育"的本质变成了两种形式,一是普及教育;二是培养国民理想、养成国家观念,但究其核心,清季环境中的"教"的最终指向还是"国"。回到"国文创生"的语境中来,可以说,当"国"的概念影响了"教"的创生环节之后,"教"才会被冠上"国文教育"的名号。在此基础上,由于清季学人受到了外来经验的影响,在张之洞学人圈中,"具体的制度规章,则多出自督抚周边幕僚、宾客的规划。他们或者为昔日的京官、学官,或者出身书院的教学传统,或者长年流连幕府,在此期间获得短暂的出洋考察经历。其知识背景和新学视野,与后日留学生出身的新教育家相比,不可同日而语。然而,正是通过这些'旧而能新'的人物,外来的学制资源得到了较为有效的传播"②。可见"国文"在"国"概念、变风变雅、外来经验促使的学制创生等影响下,逐步地被学人重视,他们借此称:"今日环球万国学堂,皆最重国文一门。国文者,本国之文字、语言,历古相传之书籍也。即间有时势变迁,不尽适用者,亦必存而传之,断不肯听其澌灭。"③从而使得国文教育的变革成为首要举措之一。

需要指明的是,新式的学制意识依存于外来新生事物的促发,但是并没有获得国民、国家的概念意义的认可,它仍赖于传统的政教话语叙述。而陆胤提出"张之洞'以学立国'的方案,未尝不含有重塑国族共同体的另一种可能"④。在"学"与"国"创制的复调中,"学"被纳入到"国"之概念与体制的创生过程中,由此原本作为"中学为体"存在的"学"逐步地被转换为"国文"。作为"国文创生"的先声,陆胤对之前的研究做出总结:"总体而言,从《劝学篇》到癸卯学制,在危急时势的刺激下,张之洞为建构国族共同体意识提供了一套折中新旧的方案。这套方案或许为时代意见所限,在清末民初未能充分发挥其作用,却有可能作为一种思想潜势力,充当后来者可以汲取的资源"⑤。而在这个结论的基础上,"如何汲取"成为陆胤思考如何创生的前提。可以说,对于张之洞学人圈的研究成为陆胤的"国文教育"研究领域的基石。

二、"创生的国文"与"国文的创生"

在《国文的创生》一书中,陆胤首先回答的便是为何采用的是"创生"一词来描述清季新式文学教育的动态过程,而非使用发生学研究中惯用的"兴起""发端"等词汇。何为"创生",陆胤将其拆分为"创"与"生","创"讨论的是在清季民初的政

---

① 具体参见《奏定学务纲要》,璩鑫圭、唐良炎编:《中国近代教育史资料汇编·学制演变》,上海教育出版社1991年版,第489页。
② 陆胤:《政教存续与文教转型:近代学术史上的张之洞学人圈》,北京大学出版社2015年版,第138页。
③ 张之洞:《鄂督南皮尚书建置存古学堂札文》,《申报》1905年1月30日。
④ 陆胤:《张之洞与近代国族"时空共同体"——从〈劝学篇〉到癸卯学制》,《开放时代》2017年第5期,第68页。
⑤ 陆胤:《变风变雅:清季民初的诗文、学术与政教》,上海人民出版社2021年版,第148页。

治情势和学术转型的背景下,由趋新人士和教育主导者"创造"出来的新的国文教育形式与形态,而"生"则是一系列可观发生的教育史实,包括"舆论呼吁、学制规划、教科书和教授法的编纂等活动在内,朝野各界对文学教育议题的关注和谋划,体现了古今中西知识碰撞之际文学理念和文体理想的剧烈变动。但文教规划与教学实践之间的距离亦不容忽视。在精英言论或官定学制虚悬的兴学理想、学科宗旨、教科书框架之下,基层教学自有一套'应付统治的艺术'"①。可以说,陆胤将"国文"的创生语境还原至一个较为精英的立场中,既阐述教育人士对于新学制、新学术、新教本、新教法等的变更性原创,亦探究国文发生与同期的各种议题之间的缠绕与关联,进而使得原本的教育史问题衍化为更为深层的文学史和思想史的研究问题。与此同时,陆胤强调关注文教精英的"创"与还原具体教学实践的"生"并不是完全具有一致性,具体来说便是"国文"的创制并没有完全反映在国文的发生上,而"国文"的发生也没有完全贴合国文的创制。

在创制与生发的转折中,"国文"是如何被学人赋予相应的名义的?陆胤梳理"国文"一词的词源流变,国文大抵是同其他"国字号"②词语一样,是清季从日本传来的一个新概念③。在新概念的层面上,陆胤以日本前岛密、关根正直等人对日本"国文"建立入手,日本对于自身国文建立成为清季学人的比照对象,而当"国文"概念真正流入中国之后,中国学人与教育主导者如何处理"国文"背后的近代国族观念,以及更为重要的"文一语"关系等问题。随着晚清士人对日本经验的学习以及对于中国现状的深度认识,吴汝纶、梁启超等人实地考察日本学制建设,进而推动中国新学制的创生。而"在壬寅(1902)、癸卯(1903)间新学制筹划和教科书编纂的进程中,'国文'一词才作为学科名在中国国内流行起来"④。正如陆胤所言,在日本的国文学科的建立以及相应的"日本保存国粹主义"思潮的影响下,中国士人们将原本的日本经验进行改易,提出以中国"国语"为核心,重新思考诗文、经学、古文等与作为现代学科的"国文"之间的关系。在考察国文教授内容的同时,陆胤从"蒙学读本""国文教育制度化""尺牍教本""读书革命"等多方面考察"国文创生"阶段的新学制、新教法、新教本等问题。可以说,"国文"原本从一个初生的概念转变为学人的观念,进而在观念建设的基础上,转变为具有实践意义的学制创制,这已然回答了陆胤为何使用"创生"这一词汇来形容国文生成的过程。与此同时,"国文的名义"最初从日本经验中生成。而在晚清语境中,士人与教育主导者将"国文"发散为汉字、诗文词章、文章标准、文体典范、国文学科等多重含义,这也使得原本重点探究"文一语"的国文在"壬寅学制""癸卯学制"的推动下,既以经典化工程重构中国传统,也在以新学的举措建构"国体"。在此基础上,"国文"逐步地与其他"国字号"词语一样,承担着近代中国"救亡图存"的任务。

---

① 陆胤:《国文的创生:清季文学教育与知识衍变》,社会科学文献出版社2022年版,第4页。
② 桑兵:《近代中国国字号事物的命运》,《中山大学学报(社会科学版)》2009年第1期,第61页。
③ 黎锦熙曾说:"本国文字谓之国文,本国语言谓之国语,都是近年发生的新名词。"参见黎锦熙:《国语学讲义》,商务印书馆1919年版,第2页。
④ 陆胤:《国文的创生:清季文学教育与知识衍变》,社会科学文献出版社2022年版,第11页。

基于此,陆胤尝试在古今文学教育转型的枢纽中发现"国文"的危机意识。而在厘清"创生""国文"等词汇的相关含义之中,"国文是如何创生的"成为陆胤这本书的重点考察话题。陆胤称:"清季新式文学教育创生的背景,是一整套教学理念和文教体制的转化。其变化趋势可按制度化、专科化、普及化三个维度来呈现。"①首先,光绪末年的新政改革推动"学务"建设,保证了国文教育的行政力量。而在甲午海战之后,晚清士人以"识字之难易"为旨归推行切音字运动、蒙学变革等,这一举动为国文教育提供了学术制度上的保证。在行政、学术等制度化保证的前提下,"癸卯学制"的颁布使得"国文教育"遍及蒙学、小学、私立学堂、实业学堂、官立文科大学等,由此官方推行的同一学制为国文教育的制度化提供了合法地位。再者,经由癸卯学制的主要制定者——张之洞的修订,"中国文字""中国文学""中国文理""中国史学"等纳入国文学习范畴中,这也为国文制度提供了专门化的内容。②就"专科化"而言,陆胤提出"张之洞提出'专设一门'之说,实已挑明新式文学教学区别于传统'小学'和词章之学的另一个特点,即专科化的自觉"③。专科化沿袭于书院分门治学的传统,而在近代学术体制和国文教育制度化的倾向下,专科化区别于传统的"通中可分"④模式,而是接近于新式学科普及教育的模式。可以说,陆胤指出的"专科化"与他所提出的"清末教育界关注的如何将国文打造为一门人人可以接受且必须接受的'普通学'"相承接。

那如何实现国文教育的"普及化"?癸卯学制已然有"普及教育"的意图,它指出:

> 大小学堂理原一贯,惟各学堂各有取义:家庭教育、蒙养院、初等小学堂,意在使全国之民,无论贫富贵贱,皆能淑性知礼化为良善;高等小学堂、普通中学堂,意在使入此学者通晓四民皆应必知之要端,仕进者有进学之阶梯,改业者有谋生之智能;高等学堂、大学堂,意在讲求国政民事各种专门之学,为国家储养任用之人才。⑤

在初等教育学程中,癸卯学制便规定了全民受教的主张,这也意味着在制度化、专科化的学制推行后,"作为各科知识津梁,国文一科的建设被推为普及教育、塑造同质化国民的关键之举"⑥。就此,在《国文的创生》中,陆胤在国文教育的具体操作层面上,完成了对"蒙学读本""文法书""古文选本""古诗歌""尺牍教本"等的研究。可以说,制度化、专科化的国文教育的范围从儿童读本到文学选本,从古

---

① 陆胤:《国文的创生:清季文学教育与知识衍变》,社会科学文献出版社2022年版,第20页。
② 具体参见陆胤:《国家与文辞——清季文学教育的制度化》,《文学评论》2017年第5期,第149页。
③ 陆胤:《国文的创生:清季文学教育与知识衍变》,社会科学文献出版社2022年版,第22页。
④ 罗志田:《通中可分的中国传统治学模式》,《文艺研究》2021年第10期,第44页。
⑤ 《奏定学务纲要》,璩鑫圭、唐良炎编:《中国近代教育史资料汇编·学制演变》,上海教育出版社1991年版,第489页。
⑥ 陆胤:《国文的创生:清季文学教育与知识衍变》,社会科学文献出版社2022年版,第32页。

代经典到西学书籍,其普及性的缘由一方面来自教育主导者们的国文教育制度化建设,一方面来自中国"国文教育"自身性质。"作为现代以降'国语''语文'教课的前身,国文教育从一开始就负有培养读写技能和脉延国族文化的双重使命"①,这也使得甲午之后,面临全面改制的国文教育天然地与国族意识相连。在国族意识的推动下,国文教育的首要任务逐步变更为识字普及工作。

归总而言,国文教育既包含了近代国族意识中"重新发明"的过程,也在时间、空间上连接中国本土与中国古今。而在陆胤的具体研究中,他以"创生"一词重新构筑了清季文学教育与知识衍变的过程,以具体的国文教育实践,如"读书革命""蒙学读本""文法修辞"等具象化原本被研究界所忽略的部分。他提出原本长久以来,有关国文教育改革的叙述往往着重讲述清末切音字方案与白话文运动,反而忽略了拟学制意识下的文字、文章、教法以及新式读本的变革。在此基础上,他继而提出"国文教育"创生的问题意识。以"国文""教育"原本的词源含义出发,重新回溯语文变革的时代语境,而非简单地将"国文教育"放置于"国语统一"和"文学革命"两大运动中。可以说,《国文的创生》最大的意义便是回到"国文教育"最初的词源语境中,考究"教育"是如何与"文学""语言""政治""学术"进行多维互动的。

三、"衍变"作为历史的一种方式

王汎森以"思想是生活的一种方式"的命题提醒治史者,"每一段历史都不是单线的,其中都有各种力量同时在竞合着,但并不表示当时没有主旋律及次旋律之分,也不是没有大论述与小论述之分。第二,我们应该从历史中看出层次的分别"②。"竞合"与"层次"的史观已然在陆胤的第一本书籍中得以充分展现,他的《政教存续与文教转型:近代学术史上的张之洞学人圈》以"存续""转型"两种历史发生模式介入"政教""文教"的研究中。他以张之洞学人圈为典型,发掘其间的政教、文教的竞合与分层关系。就《国文的创生》而言,在竞合、分层史观下,陆胤提出:"教育设计和教学实际的差距,折射出新旧体制更迭之际国家权力、精英意识与民间习俗的博弈。对峙的双方不一定是'新'和'旧',也可能是同被视为'旧'的士大夫精英(古文家、训诂家、理学家)与乡村读书人(举业家、书坊主人、塾师)。"③尽管陆胤在绪论中反复提出这样的论断,但竞合与分层之中并不总存在着历史的和谐、同步发展,其间的龃龉、冲突才是古今教育转型的枢纽所在。由此,他提示读者"以国文教育为代表的近代学科体制之创生,并不一定循着单一方向的规划前行;而往往在知识传统和社会习俗的复杂结构中'半折心始',留下徘徊往复的路线"④。所以,如何采用合适的史观进行审视,或是回到符合历史语境的研究方法成为《国文的创生》一书最大的挑战之一。

---

① 陆胤:《国文的创生:清季文学教育与知识衍变》,社会科学文献出版社 2022 年版,第 5 页。
② 王汎森:《思想是生活的一种方式:中国近代思想史的再思考》,北京大学出版社 2018 年版,第 3—4 页。
③ 陆胤:《国文的创生:清季文学教育与知识衍变》,社会科学文献出版社 2022 年版,第 36 页。
④ 陆胤:《国文的创生:清季文学教育与知识衍变》,社会科学文献出版社 2022 年版,第 37 页。

就教育传统的复杂结构来说,陆胤在提示读者的话中隐藏了清季教育最大的特点,便是"徘徊往复"。在国文推行过程,由于国文带有诸多旧学色彩,在"新学为用"的影响下,偏重实业的中高等学堂并不重视国文教学。而在新学制确立与科举制废除之后,民间传统教育对行政力量推行的新学并没有十分配合,反而引起了一系列"毁学"事件。可以说,在清季教育转型的进程中,陆胤已经发现它的竞合成分,但是陆胤并没有采用此类史观进行研究,而是选用了"衍变"史观进行研究。

为何"衍变"?为什么国文教育又与清季知识衍变发生关联?1919年,王国维曾称:"世变愈亟,则所以笃之者愈至。"①时人陈衍亦称:"而身丁变《雅》变《风》,以迄于将废将亡。"②可以说,清季民初之际,"变"成为时人论述中最为重要的话题与词汇之一。"'变'始终只是一个脱离常轨的时刻,最终还是要回到'经'与'正'",在陆胤看来,"世变、学变如此,'文苑'中人又岂能度外视之?除了来自古典词章脉络的'变体'经验,诗论意义上的'变风变雅'亦可在清季民初的政、学环境中理解"③。具体来说,受到政教、文教影响的"变风变雅"不仅仅是一场古典词章层面上的文学、学术变革,还是一场回到政教、文教中"教化"层面的运动。对于清季士人、学人来说,如何将"变风变雅"转变为"正风正雅",必要的任务便是革新教化。而如何革新,基于西学东渐的语境,新学制的建立,或者准确地说是国文教育的建立显得尤为重要。

从清季民初的历史语境到具体的国文教育环境,"变"都成为首要的讨论对象。如中国新学制的建立之初,以吴汝纶、张之洞等为代表的清季士人引入日本学制经验,以此来创制兼顾中国气象的文学教育制度。而日本学制与中国创制的新学制之间,还是存在一种"变"的可能。廖寿丰称:"东瀛学制原本西洋,伦理、汉文独仍旧惯,历史、舆地本国为先,得要从宜,可谓善变。"④以"变"为核心的双重语境赋予了国文教育更为复杂且难以厘清的概念框架,基于此,陆胤的研究自然受到了国文教育衍化、变革因素的影响,进而选用"衍变"史观的研究方法更能回到国文教育本身的立场上。

对于《国文的创生》一书,"衍变"的基调也使得研究者获得了以往研究者没有的视点。原本更为学界所熟知的"国语运动"与"文学革命"将"国文"这一概念、词源逐渐地涵盖,而陆胤指出"这两大运动的效应不断外溢,早已成为近现代文学史乃至文化史研究的一种支配性话语。从一百年前胡适发表《五十年来中国之文学》起,有关晚清文学的讨论就一直被'国语运动'的后设叙述笼罩,几乎让我们忘却了'国语'之外还有'国文'"⑤。在《国文的创生》的"绪论"一节中,陆胤梳理了

---

① 王国维:《沈乙庵先生七十寿序》,谢维扬、房鑫亮主编:《王国维全集》第8卷,浙江教育出版社2010年版,第620页。
② 陈衍:《近代诗钞述评叙》,钱仲联编:《陈衍诗论合集》,福建人民出版社1999年版,第875页。
③ 陆胤:《变风变雅:清季民初的诗文、学术与政教》,上海人民出版社2021年版,第7页。
④ 廖寿丰:《致汪康年》,《汪康年师友书札》第3册,上海古籍出版社1986年版,第2834页。
⑤ 陆胤:《陆胤谈清季国文教育的创生》,《澎湃新闻》2022年11月13日。

"国文"的词源衍变过程。国文一词大抵最早来源于日本,根由日本学者前岛密等人对"国文"学科化的建立,光绪末年学人对于"国文"一词的含义,从语言文字延展到"中国文法字义",再到指定国文为科目。可在国文成为专业化学科进程中,"光绪末朝野上下争说'国粹','国文'概念与之相附,逐渐褪却新学光环,日益成为旧学整体的象征。趋新者则将视线转向新兴的'国语'领域,'文'和'语'的对立随机凸显"①,而到癸卯学制提出后,陆胤提出癸卯学制的"以文统语"到民国初年变为"以语统文"。可以说,陆胤"衍变"史观使得国文研究从原本掣肘于"国语运动""文学革命"宰制性话语中脱离出来,还原了"国文"一词的衍变过程,而非以统摄性历史判断将国文衍变过程简单化、概念化。

相应地,陆胤以"国文"词源衍变研究为基础,从"国文"词源发生考古至晚清士人以"国文者,实国家教育之最要"为旨归的"国文"学科化意识,从"国文"词源本身推演出"国文教育"的概念与世人意识。回顾以往研究,文学学科与教育学科的分科专业化使得两者研究的关照点逐步产生区隔,而陆胤以"从创作主体(即文学写作者)知识结构的角度考察文学怎样发生、发展和传播"②为基本动机,将前辈学人的研究范式化为己用。陆胤在《国文的创生:清季文学教育与知识衍变》一书的副标题已经表明自己的研究范式,便是在"文学"与"教育"之间召回清季士人主体的知识结构问题,这样既解决了原本由学科专业化带来的分野,也为自我的研究寻至一种新的角度。需要强调的是,陆胤并不是还原清季士人的知识结构,而是引出知识结构中的"衍变"问题,进而探究由知识衍变带来的国文教育的创生问题。总体而言,陆胤以"国文"的词源衍变以及清季士人的知识衍变构筑起中国清季国文教育的创生过程,以"衍变"史观为主导,将国文教育的各类形态纳入考察范围之中,以国文教育的创变过程对近代中国文教传统的转型进行了一次整体性的透视。

结语

在访谈中,陆胤曾称:"'国文'沟通了古今,'国文'既是外来的、新创造的学科和文体,又载有传统的内容和形式。"③国文的创生作为一种清季民初的特殊现象,它既应了清季士人对"西学东渐"的接受,亦在"中学为体"的影响下,完成对中国文教传统的重新发明。就《国文的创生》全书的框架结构来看,在第一章"文字难易与教法新旧——新式文学教育的思想起源"和第二章"试探一种'国文'——学制酝酿期'蒙学读本'的文体意识"中,陆胤完成了对清季国文教育制度化之前思想酝酿时期的研究。在第三章"国家与文辞——清季文学教育的制度化"正式提出"国文教育"创生的观点,而在第四章"文法"、第五章"古文门类"、第六章"诗教习俗"、第七章"尺牍教本"、第八章"读书革命"中,完成对"国文教育"具体层面

---

① 陆胤:《国文的创生:清季文学教育与知识衍变》,社会科学文献出版社 2022 年版,第 17 页。
② 郭英德:《中国古代文学史研究中的文学教育研究》,《文学遗产》2006 年第 2 期,第 11 页。
③ 陆胤、林玮:《国文创生与文化传承:重新理解现代语文教育的源头——陆胤访谈录》,《语文教学与研究》2023 年第 8 期,第 12 页。

的探讨。值得注意的是,在《国文的创生》绪论中,陆胤便指出他以"创生"的角度介入国文教育研究之中。"创生"一词的使用便显露出陆胤研究的独特范式,他并没有以之前"西学东渐"的竞合或抵抗范式对国文教育进行定义,而是承认国文创制进程中的精英意识,而这一精英意识便意味着国文生发的过程出现了不同于以往的非前进式的、不和谐的、循环往复的,甚至是龃龉的所在。由此,陆胤以"知识衍变"作为第二副标题纳入研究范畴之中,弥合了国文教育错综复杂的历史脉络,他以清季士人的知识结构的衍变为牵引,进而梳理国文教育创变的历程。以"创生"的视角改变以往国文教育归属于"国语运动""文学革命"之类的成就,以"知识衍变"连接文学研究和教育研究的分野。

在连接分野的过程中,陆胤以独辟蹊径的研究视角,借助新式文学教育发生这一事件本身,洞悉文学革命、近代知识革命等更为深层的秩序变革。在研究范围上,教育、文学、知识及其思维模式等三者所涉及的层级非常广阔,这也使得陆胤的研究并非全史研究,他在前人设立的专题研究的基础上,矫正了原本作为历史结果的"国语运动"与"文学革命"所带来的历史观念,对学界热度正盛,推崇至高的"国语"研究进行了重新的辨析与思考。由于后期"国语"概念的盛行与通用,文学史以及汉语史中"国文"亟需钩沉,正是在此种研究契机下,陆胤推举出的与古典经验、西式经验相关联的"国文",或者准确来说是"国文"衍变背后涵盖的文学教育与知识变革,再一次向学界证明了近代中国的每一次秩序衍变与情感积淀绝非"凭空臆造"。可以说,陆胤的《国文的创生》不仅仅为学界"国文教育"研究领域填补了研究空白,还为后者研究提供了一种新的视野和研究范式。或许,陆胤这样的研究范式亦在证明中国对于"词汇"的热衷与絮语,这样的"絮语"既包含了潜藏其中的中国的历史与记忆,也包含了每一次变化与革新背后中国人民的生命历程与情感结构。恰恰如此,以陆胤《国文的创生》为代表的研究亦具有重释历史的可能,更具有触摸历史人物生命体验的可能。

中国现代文学研究范式的新探索
——评吕周聚的《中国新文学中的美国因素研究(1911—1949)》

曹金合①

摘　要：吕周聚教授的新著《中国新文学中的美国因素研究(1911—1949)》，在问题导向、概念辨析、研究方法、主旨观点等方面提供了许多带有原创性的新见，具体表现在四个方面：一是问题导向的明确性与原始资料的翔实性，二是概念辨析的清晰性与观点框架的新颖性，三是研究方法的多元化与论述环节的严密化，四是学术观点的启发性与研究范式的参照性。这种中国现代文学研究范式的新探索给人耳目一新之感，必将对现代文学的深入研究起到抛砖引玉的作用。

关键词：中国现代文学；美国因素；研究范式

中国现代文学的研究常常给人一种人满为患的错觉，以为经过几代学人孜孜矻矻的经验积累和学术规范的不断完善，现已达到了日臻完美的境地。其实，这样一种貌似合乎现实研究境况的错觉，正是目前学术界研究现代文学遭遇瓶颈的真实镜像与缩影。因为无论是"中国现代"文学还是"现代中国"文学的研究，都聚焦于"现代"的符号和形式的呈现上，以为用白话文的语言艺术和现代文体形式，表达现代中国人的思想意识、情感意蕴、心理特征和审美诉求的文学就是"现代文学"。在这种不证自明的逻辑概念作为研究基点的误区引导下，汗牛充栋的现代文学研究专著的模式化、雷同化的现象日益突出，而吕周聚教授的新著《中国新文学中的美国因素研究(1911—1949)》之所以能够在众多的现代文学研究成果中令人耳目一新，在问题导向、概念辨析、研究方法、主旨观点等方面提供了许多带有原创性的新见，是因为这本著作的逻辑观点是建立在值得反复推敲的文学思想观念和文体形式的坚实基础之上的，是文学思想观念的仔细斟酌和现代文体的翔实辨析综合作用的结果。

一、问题导向的明确性与原始资料的翔实性

问题意识是这本专著最鲜明的特色之一，也是作者深入思考的出发点。多年来，作者对众多文学史把1917年胡适发表的《文学改良刍议》作为中国新文学的开端进行了反思，发现在所谓的常识和共识背后，其实掩藏了一系列的问题。比如"胡适是在美国留学时写成了这篇文章，那么胡适为何会写这样一篇文章？胡

---

① 作者简介：曹金合，洛阳师范学院文学院教授。

适的文学革命思想与他在美国留学是否有关系？如果有,是一种什么样的关系？如果胡适的文学革命思想与美国文学有关联,那么中国新文学与美国文学之间的关系又是怎样的？"①这种逆向思维和层层递进的问题意识贯穿专著的所有论述之中,在抽丝剥茧的阐释分析中,让提出问题、分析问题、解决问题的逻辑思路水到渠成。在问题意识的统率下,作者首先设置一个习见的问题提出的历史文化语境,在特定的历史语境中设身处地地感悟问题的起源、发展、终极的脉络走向,不知不觉地引人深入思考一系列的相关问题。比如在谈到美国本土文化和翻译文学对中国新文学的孕育、诞生和发展所起的重要作用时,作者首先从众多拥有留美背景的作家对美国社会和文学的亲身体会,以及对19世纪以来美国文学史上主要的作家作品的翻译、介绍和传播对中国新文学的发展产生的深远影响入手,为下面问题的提出作了理解的语义场的情景铺垫,提出的系列问题就不显突兀："中国新文学主要接受了哪些美国文学因素的影响？美国文学如何成为中国新文学的构成要素？美国文学对中国新文学的发展有什么样的价值与意义？"②自然引出深受美国意象派理论影响的胡适的《文学改良刍议》的发表,对以格律诗为代表的传统文学的颠覆和反叛所具有的价值意义,那么"胡适反叛、颠覆中国传统文学的底气来自何处？这与美国文学之间是否有内在关联？"③这样层层递进、步步为营的深入分析,无形中解开了中国新文学与美国文学之间密切关系的纽结。纵观整部著作,从绪论到最后一章都按照这样明确的问题导向进行富于辩证的逻辑分析,得出的结论自然也让人印象深刻。

原始资料的翔实性和丰富性有目共睹,成为作者建构富有说服力的理论观点的基石。作者多年深耕现代文学的沃土产生的困惑,促使他在2007年到哈佛大学东亚系做访问学者,零距离地感悟美国的文化、文明、思想和文学与中国新文学的密切关系。在访学期间,经常到哈佛—燕京图书馆、WIDENER图书馆和档案图书馆查阅第一手材料,一些国内稀缺的原始期刊如《留美学生季刊》,一些中国作家如胡适等人捐赠的手稿、书信,一些与哈佛大学有师生关系的中国作家的学籍档案等与研究课题密切相关的资料为立论提供了坚实的基础,保证了书稿的质量。但作者并未满足于此,他采取取精用宏、竭泽而渔的方式尽量占有原始资料,因此回国之后,仍通过美国的友人查阅相关的作家作品和相关的研究成果,所以大量的民国时期原始期刊文章和著作成为书稿引述的第一手材料,有许多材料都是第一次披露,显示出作者严谨的治学态度和扎实的史料功底。

二、概念辨析的清晰性与观点框架的新颖性

文学史在谈到由古典文学向现代文学转型的外发机缘时,总不忘用一句鲁迅的"别求新声于异邦"来笼统概括。"新声"即"现代"的思想意识、价值观念、衡量

---

① 吕周聚：《中国新文学中的美国因素研究(1911—1949)》,生活·读书·新知三联书店2023年版,第415页。
② 吕周聚：《中国新文学中的美国因素研究(1911—1949)》,生活·读书·新知三联书店2023年版,第3页。
③ 吕周聚：《中国新文学中的美国因素研究(1911—1949)》,生活·读书·新知三联书店2023年版,第3页。

标准、审美诉求等好像都是一个固若金汤的整体,"异邦"是哪一邦?"新声"新在何处?并没有成为辨析的重点,好像在进化论观念的影响下,只要是来自异邦的、可以被新文学加以吸收的观点都具有现代色彩。其实,回归学术研究的原点,"新声"与"异邦"正是建构现代文学的牢固大厦所要重点辨析的概念,作者正是从众多学者忽视的研究基点出发,进行细致的梳理与思考的。现代转型时期众声喧哗的不同声音所代表的不同价值观念,与源自哪国紧密相连,也就是说,"新声"的性质受"异邦"的影响与限制,所以作者重点分析受美国影响的"新文学"的核心内涵是什么。专著主要从两个方面进行辨析:从思想观念来说,现代民主意识、个性自由、实验主义的怀疑论、工具论和科学态度是受美国因素影响的新文学的核心要素;从文体形式来看,中国现代小说、戏剧、诗歌、旅美散文中的美国色彩也是辨析的应有之义。这样,从概念的辨析上把课题研究的关键词的内涵和外延都界定清楚,实际上也就划定了研究对象的清晰范围和采用的理论观点,思路清晰、纲举目张成为专著的一大亮点。

这就涉及专著的观点框架问题。一方面,观点的新颖性是毋庸置疑的,即使在今天的学术界,从国别因素对新文学进行的影响与反应、选择与接纳、异质与融合的研究也处于边缘状态,而作者从二十多年前就关注这个问题,有意识地搜集材料并进行深入思考,大量的观点新颖的研究成果纷纷在《文学评论》《文艺研究》《中国现代文学研究丛刊》《鲁迅研究月刊》《广东社会科学》《首都师范大学学报》《山东师范大学学报》《海南师范大学学报》《世界华文文学论坛》《社会科学辑刊》《福建论坛》《东方论坛》《中国语言文学研究》等权威和核心期刊上发表,便是最好的明证。另一方面,观点的新颖性也决定了显影定型的专著框架的新颖性。作者采取总—分的结构模式,先是在绪论中从整体上论述中国文学中的美国因素,旗帜鲜明地亮出自己的观点,再从文学思想观念和文体形式上分别考察其中贯穿的美国因素,这是专著的一级框架。对上述两个方面的内容的展开就构成了专著第一至七章的二级框架,以新文学中美国因素为关捩点,按照文学思想观念对新文学影响的大小和发生的先后顺序,用"现代民主意识与中国新文学的发生""个性自由与文学创新""实验主义与中国新文学革命"三章的篇幅建构起浸润美国因素的新文学的内涵;再按照美国因素对现代文体形式影响力的强弱和吸收融合程度的大小作排序的准则,后四章以"中国现代小说中的美国因素""美国戏剧对中国现代戏剧的影响""中国现代诗歌中的美国因素""旅美散文中的美国书写"分门别类地阐释分析不同文体形式中包蕴的美国因素,从而使得观点与框架、肌理与构成、内容与形式得到了完美融合。

三、研究方法的多元化与论述环节的严密化

美国的文化和文学对后发外生型的中国文学的影响是丰富复杂的,多因素的和弦共振呈现出新文学中美国因素的斑斓色调,因此就不能用单一的研究方法人为地割裂研究对象的整体性和复杂性。所以,作者从原始资料本身的特征出发,根据研究对象与阐释方法的契合程度灵活地选择不同的方法。这种研究方法的多元化最大程度地保留了研究对象的本真面目,显示出作者学术研究的严谨性。

总体来说,作者主要采用了三种方法对浩如烟海的原始资料进行了恰如其分的阐释分析:一是发生学的方法。研究中国新文学中的美国因素就必须追根溯源,从源头上看一下美国的文学思潮、社团流派、文学作品、现代经验等对中国新文学的产生和发展产生了怎样的影响,怎样催生了新文学的幼芽,并使其在影响与被影响的密切关系中茁壮成长。因此,无论是总论还是分论、无论是思想观念还是文体形式的阐发都离不开发生学的方法,作者也熟练地运用发生学的方法,将宏观和微观的各种美国因素对新文学发生影响的原因分析得鞭辟入里,来龙去脉的因果线索异常清晰。二是比较文学的方法。将中国新文学中的美国因素进行研究和分析,本身就是一个中美文学交流影响的比较文学课题。因此作者借鉴比较文学的方法,将不同时期的美国的文化观念、作品的思想意蕴、形式的审美探索、思潮流派的潮起潮落与中国文学吸收借鉴的过程中发生的各种变形、冲突、融合的复杂环节,作了仔细的比较。既有中国新文学借鉴美国因素的过程中出现的生吞活剥、食洋不化的负面情况,也有新文学充分考虑本土语境出现的相互融合、水乳交融的成功案例;既有在借鉴和相互辩驳中思想观念进一步成熟,青出于蓝而胜于蓝的创新场面,也有因循守旧被动接受的尴尬境况。在两种不同的文化境遇中产生的中美文学的关系比较中,观点的分析和论述也进一步走向深入。三是接受美学的方法。在中国新文学作家对美国文学的选择、接受、借鉴和创新的过程中出现的五彩缤纷的文学史现象,包括在借鉴美国文学的思潮流派的理论主张、创作观念、审美追求的时候形成的各种文学症候都是接受美学研究的范畴。既然谈到中国新文学中的美国因素,那么个性各异、背景不同、文化储备分殊的中国作家对美国文学的影响与接受就会千差万别。因此作者运用接受美学的方法对作家的接受能力强弱、影响大小、创新各异的程度进行细致梳理的时候,分别采用了美国因素影响带来的直接接受与通过翻译介绍的传播带来的间接接受两类不同的考察方法,依据研究对象的特点和理论方法的契合程度选择最适合的研究方法,其中的搜集、甄别、辨析、分类的工作量之大可想而知,但这又是选择接受美学的研究方法绕不过去的门槛。因此,作者通过作家的日记、书信、档案、手稿等第一手的原始资料,印证作家的新文学文本是直接、间接抑或混合受美国的文学观念和作家作品的影响,从而在细节的相互比较中发现借鉴与变异的蛛丝马迹,繁琐而又严谨的工作也考验着作者的观察力、理解力、甄别力和判断力,也是专著从接受美学的角度研究中国新文学的美国因素最出彩的地方。

正确恰当的研究方法并不能一劳永逸地解决所有的问题,即使是丰富充实的资料与研究方法的神奇契合,也要靠论述过程中的各个环节的逻辑性、条理性和严密性来保驾护航。这就涉及万事俱备只欠论述的东风来显影赋型的时候,出现的论述环节的逻辑性和严谨性问题。对这本专著的论述特色,著名学者王德威教授在为本著作作序时评价此书"资料丰富,议论恳切,架构俨然"[①],确是独具慧眼的中肯评价。作者在论述的时候,首先要考虑影响新文学的美国因素的内在因果

---

① 王德威:《中国新文学中的美国因素研究(1911—1949)序》,生活·读书·新知三联书店 2023 年版,第 5 页。

逻辑性，考虑各种综合因素在促进文学现象发展的各个环节之间的内在衔接问题，考虑论述分析的内在肌理与整体逻辑框架的有机契合问题。因此，作者不仅在用发生学原理还原历史文化语境的过程中创设问题情境与理解的语义场，引发读者的同频思考，顺理成章地阐发其中蕴含的美国因素，还设置更大的历史文化空间承纳对新文学发展不太密切，但又是解释发展脉络必不可少的环节，显示出论述的严密性。比如在论述"现代民主意识与中国新文学的发生"时，首先论述的是美国式民主对中国现代社会转型的影响。按道理，无论是美国式民主还是中国现代社会转型都对新文学的产生不会发生直接的影响，尤其是作者花费了不少的篇幅对孙中山与美国的关系、辛亥革命与美国革命的关联、中华民国和美国在建国理念和体制上的相同之处不厌其烦地介绍和论述，肯定会让不少读者产生犹疑和困惑，但从发生学的角度和分析问题的严密性来说，非常有必要。因为只有在充分借鉴美国的建国理念和社会体制的基础上形成的具有现代意义的中华民国，才为新文学的发生提供政治和法律意义上的保障。而只有充分借鉴美国式民主的民国政府的创建，才让浸润美国色彩的民主深入人心，对问题的阐释分析的第二个环节"新文学对美国式民主的认同"才顺理成章，紧接着第三个环节的阐释"民主意识和平民文学"就直指问题的核心，环环相扣无懈可击的论述逻辑令人拍案叫绝。

四、学术观点的启发性与研究范式的参照性

一本学术著作的价值意义不仅要看它说出的部分，是否明白地论述了某些问题的内在脉络，提出了新颖的观点，使得读者扩展了知识面和对某些现象问题的认知范畴，还要看它隐藏的部分对读者的学术观点的启发性，能否举一反三拓展读者的创新思维？能否由专著的课题接着往下深入研究？能否由此作为跳板转入一个新的课题的创建？这种隐而不彰的学术观点的启发性，在这本专著中表现得特别突出，具体体现在三个方面：首先，从宏观方面来说，国别因素的启发性意义重大。既然新文学中的美国因素可以做成一个富有重要学术价值的研究课题，那么新文学中的日本因素、俄国因素、英国因素、法国因素、德国因素、挪威因素等都可以做。尤其是日本、俄国因素，如果从意识形态方面作一下拓展，日俄因素对新文学发展的影响完全可以与美国因素相颉颃。可以说，新文学中的美国因素与日俄因素犹如鸟之两翼，共同建构起新文学产生和发展的广阔空间。其次，从中观角度来看，文体的研究仍有拓展的空间。如第七章"旅美散文中的美国书写"，作者重点分析的是亲自踏入美国领土，直接感受美国文化观念、风俗礼仪、政治制度的留学人员、新闻记者、外交使官等写的散文，重点分析的是这些人的游记、笔谈、观察谈、见闻录、调查记、考察记、侧面像等偏重应用性文体对美国的书写，那么，旅美作家写的美文（小品文）中，体现自己鲜明个性的美国因素的深入分析也是一个有趣的话题。尤其是留学美国的冰心、梁实秋、林语堂、林徽因、方令孺等人的散文中蕴含的美国因素，不仅是这些散文大家在表现显而易见的美国的地域风貌、风俗文化、体制律法、宗教信仰等显性的外在方面，更重要的是接受美国式的自由、民主、个性意识之后，融汇在灵魂中的基因对散文创作的思想文化、审美

视角和价值观念的潜在影响。这是一项浩繁的学术工程,需要更大的耐心和敏锐的观察力仔细辨别,但学术价值会更大。最后,从微观察之,中美作家、作品之间影响与被影响关系的个案解读还有广阔的研究空间,正如作者在后记中所说:"本书只是从宏观的角度探讨中国新文学与美国文学之间的内在关系,探讨中国作家对美国文学的选择与接受,许多有价值的微观问题尚未来得及深入探讨,如作家与作家、作品与作品之间的复杂关系等"①,反思非常中肯。这样,可以根据本书提供的中美作家和作品的线索,按照作者提供的阐释、分析和研究此类文学现象的方法继续做下去。

通读全书,个人认为这不仅是对新文学的研究对象、研究范畴、理论观念、思维方法的创新突破,更是对目前学术界陈陈相因的中国现代文学研究范式的新探索。当前的现代文学研究在旧有的驾轻就熟的范式引导下已陷入炒冷饭的埃舍尔怪圈,重复性的劳作在不证自明的概念和约定俗成的理论制约下已没有多少学术的价值意义,换汤不换药式的炒作,只不过是把别人的研究成果换一种貌似高大上的唬人理论借尸还魂而已。因此,作者在本书中表现的研究课题的思路和方法完全可以上升到范式的高度予以借鉴。首先要有敏锐的问题意识。爱因斯坦曾经说过,提出一个问题往往比解决一个问题更重要,这实际上意味着要有大胆的反叛传统的质疑精神,要在众人不疑处有疑。作者以观点的新颖成功获批国家社科项目,并以优秀等级结项,最终源头就是对"别求新声于异邦"的套语和熟视无睹的现代内涵以及影响来源的深入思考,发现了现代文学基点的问题所在。其次,搜集掌握丰富的原始资料,以问题为导向,论从史出。原始资料的重要性是不言而喻的,所谓的学术创新中的材料新是一个不可缺少的衡量指标便是明证,但第一手的原始材料往往披肝沥胆、沙里淘金才能偶然得之,其中的费事、费时、费力的甘苦只有当事人自知。吕教授无畏艰辛,两度赴美访学,并一再麻烦居美的朋友和学生查阅原始资料。在充分占有大量第一手资料的基础上,关键是选择的眼光、标准和判断力。作者始终以问题为导向,在比较鉴别中选择最能体现和说明观点的材料达到为我所用的目的,让所有的大小论点都建立在翔实的史料基础上,这种六经注我、论从史出的客观严谨保证了书稿的质量,也是最值得借鉴的方法。最后,框架结构讲究内在的逻辑性,论述环节关注彼此的严谨性,使得书稿成为一个完整的有机整体。在论述中,作者将问题的前因后果的逻辑性讲得非常清楚,尤其是论述环节的衔接过渡,通过创设问题情境非常巧妙地引入观点的阐释和分析,一切都水到渠成,非常顺畅好读,也耐读。

---

① 吕周聚:《中国新文学中的美国因素研究(1911—1949)》,生活・读书・新知三联书店 2023 年版,第 418 页。

读李永东的《民国城市的文学想象与民族国家观念》

李闪闪①

摘　要：李永东所著《民国城市的文学想象与民族国家观念》一书，以民国时期文学中的城市想象为研究主题，以南京、重庆、成都、北京、天津等作为国都或租界的城市代表，探讨城市想象与民族国家观念之间的内在联系。此专著不仅论述了城市想象与民族国家观念之间的相互建构关系，阐释了地域、民族、国家、意识形态迥异的文学创作者们，面对时空变换、局势动荡的现实，塑造的饱含回忆、期盼、遗憾、失落等复杂情感的城市样貌，还站在学术史的整体高度，对其做了深度的理论探析。

关键词：民国城市；文学想象；民族国家观念

《民国城市的文学想象与民族国家观念》一书，是西南大学文学院李永东教授主持的国家社科基金项目的重要研究成果，于2021年由人民文学出版社出版，入选了《国家哲学社会科学成果文库》和国家社科基金"中华学术外译项目"选题目录。李永东教授对文学和城市文化关系的关注，早在他书写博士毕业论文《租界文化与三十年代文学》②时就已开始。该专著无疑是在此前基础上作出的重要延伸，也是其多年研究成果的重要整合之作，抓住城市的身份和文学创作者的身份，深入挖掘城市形象的多义性和流动性，不仅展现了李永东教授连续谨慎的治学态度，也为文学研究领域树立了一个开展文化研究的典范。

一、民国城市何以承载民族国家观念

何为城市想象？城市是集实体与心灵于一体的所在，城市想象这一概念并非指向完全现实的城市，而是偏向其感觉，即对一个城市的认知看法等。在李永东教授看来，文学在建构"感觉的城市"和"观念的城市"方面，具有特殊的优势，文学不仅可以记录对一座城市的印象，还可以通过文字建构和创作城市的形象，这种创作城市形象的过程和结果就是城市想象。对一座城市中民族国家观念的书写，也就是建构城市想象的过程和结果，可以说，"民族国家观念为城市想象研究提供了特别的视角；城市想象则为探究民族国家观念提供了有效的路径"。③

那些因为遭遇外来入侵等因素处于生存忧患或者被寄予厚望的城市，往往会

---

① 作者简介：李闪闪，华东师范大学文艺学专业博士研究生。
② 李永东：《租界文化与三十年代文学》，山东大学博士论文，2005年。
③ 李永东：《民国城市的文学想象与民族国家观念》，人民文学出版社2021年版，第396页。

成为民族国家观念集中表达的重要场域,国都和租界城市尤其如此。① 李永东教授有意识地选择民国时期的南京、重庆、成都、北京、天津等国都或租界城市作为代表,探讨城市想象与民族国家观念之间的内在联系,可以更为集中地体现当时政治、文化等方面多元复杂的关系。民国这一特殊的历史时期,政治、经济、文化等多方面遭遇强势入侵,内忧外患中诸多元素的冲突,使得身处其中的知识分子,想象城市的方式也有意无意地附带了民族国家隐喻的性质,所创文学文本被赋予了更为强烈的民族国家观念。总之在叙事话语中,都城和租界由于其政治的特殊性,而成为民族国家象征性最强的城市代表。

如书中所讲,民国之前南京城的文学想象,更多地表现为文人墨客对古都金陵的追忆和繁华富贵的怀念。自古以来,南京因为六朝古都、十里秦淮的繁华兴衰,备受文人青睐。历史遗恨刺激着文人家国天下的雄心抱负,富贵生活又寄寓中国文人对古典诗意、风流余韵的眷恋,在漫长的历史长河中积淀、定格了自己的城市形象。随着清末的政治变革、辛亥革命、国内革命战争等一系列的政局变动,南京所维系的秦淮旧梦、家国遗恨的城市形象也随之变迁,先后经历了新都南京的政治期许和希望幻灭。1927年,国民革命胜利后,国家政权取得了表面的统一,国民政府定都南京。此时,南京正式确立了新时代的国都身份,并拉开了现代化城市建设的序幕。自此,南京承载了国民对现代民族国家的强烈期待和想象,南京形象成为"折射知识分子现代民族国家观念的棱镜"②。现代中国知识分子面对国家存亡的危机,展示出的强烈的革新理念和对新精神、新民族、新国家的追求,促进了其对南京"新都"进步、光明、独立、自主的形象的塑造,建立了现代国家和现代城市在表意上的同构关系,使得代表着进步与光明的"新都"成为"怀着'民族国家'期待的知识分子的'集体想象物'",是"现代国家想象的投影"③。同时,国民政府也借助《中央日报》等媒体,深入南京"新都"形象的宣传,深化南京在观念上的政治地位,借助"民族主义""三民主义"等政治思想和口号,反复强化南京代表"未来中国"的"新都"形象。国父孙中山无疑成为代表新时代的精神之神,中山陵、中山路更是成为建立国家政治的象征空间④,"国父、国都与国家在表述中实现了融合"⑤。

南京的国都身份失去之后,重庆作为临时的"陪都"或者"行都",迎来了数量庞大的人流、权势、现代城市文化等,这不仅影响了重庆的城市布局,还引发了重庆的"人城矛盾"。国府迁渝后,重庆在现代作家的书写中,成为象征民族精神和国家观念的符号代表,具有了雄壮有力、肩负重任、充满希望的人格化魅力。⑥ 李永东教授认为,把此时接管南京国都角色的重庆,看作战时国都更能接近其"城市

---

① 李永东:《中国现代文学的城市想象与民族国家观念》,《文艺理论研究》2021年第2期,第54页。
② 李永东:《民国城市的文学想象与民族国家观念》,人民文学出版社2021年版,第397页。
③ 李永东:《民国城市的文学想象与民族国家观念》,人民文学出版社2021年版,第219页。
④ 李永东:《民国城市的文学想象与民族国家观念》,人民文学出版社2021年版,第33—34页。
⑤ 李永东:《民国城市的文学想象与民族国家观念》,人民文学出版社2021年版,第397页。
⑥ 李永东:《民国城市的文学想象与民族国家观念》,人民文学出版社2021年版,第105页。

性质及其文学想象机制",因为战时国都的身份才能将政治、军事等加入对重庆的文学想象中。在此背景下,奔赴重庆的外地人有了更为深切的家国情怀。战时国都的身份影响了重庆的空间格局调整和人与城的关系,使得重庆一度出现了城乡混杂、阶层易位、主客易势的独特状况。如此,作为战时国都的重庆才更为强势地进入了"民族国家象征符号的表意系统"。① 但是到了全面抗战后期,抗战局势的不明朗、经济状况的失序、国民政府内部官员的贪污腐败等,严重影响了重庆当局的威信力。因此,抗战后期,重庆成为看不到希望的"忧郁的山城"和丑恶的"他城"。此时,多数作家在其文学书写中"流露出与这座城市的疏离感"。② 至于战后的重庆形象则走向了怀念、诅咒与重新赋意的不同方向,这或许和作家的政治立场相关。重庆一方面成为寄托时代感怀之所,另一方面,成为揭露国民政府腐败统治的靶子。在这特殊状况下,城市文明和乡村文明的互嵌,现代文明的强势进入和现代生活的迅速离场使得重庆的原住民经受了身份的迷失和心理的失衡。

20世纪上半叶,北京经历了帝都、国都、故都、殖民地城市的多重身份转变,这不仅影响了北京自身的城市空间结构和文化变迁,也影响了国人对北京政治身份和文化身份的期待。民国时期,一方面,失去国都身份的北京,成为民族国家形象塑造的痛点,民间舆论和国民政府都希望一改北京封闭的城市结构。另一方面,北京人口增加,铁路、有轨电车、汽车、自行车、人力车等也在不断增多,生存空间和交通压力剧增的现实情况等,也在迫使着政府不得不在整体上改造北京的空间结构。在这一过程中,最先改造的即为封建帝制时代遗留下的封闭建筑空间。大量的中式传统建筑被拆除,欧式建筑拔地而起,电影院、剧场、商场、博物馆、图书馆等兴建起来,被打造成为象征公平的公共空间,以此来展示"整个民国为全体公民所共有",但是在所谓公平的公共空间里,又通过门票、政治舆论控制方式造就了新的阶级分层。③ 北京从乡土中国和传统文化的国都转变成为现代性城市,这个过程中充满矛盾、曲折和反复,但在李永东教授看来,"传统与现代的对峙互渗是民国北京最明晰的状态,传统的衰颓与现代的迟疑是民国北京最鲜明的色彩"。④ 尤其是1928年,国民政府迁都南京,将北京改名北平的举动,彻底剥夺了北京的政治身份。民众对于作为地方城市的北平,有了不一样的期许,对其文化传统的保护反而更为紧迫。失去政治权利的故都,也失去了供养一方民众生存的资源,迫于生计的北平人四处扩散。在这样的背景下,下层社会通过旧物回收的方式,解决生计问题。政府则对北京开展"文化城"的建设,在一定程度上促进其文化旅游的发展,同时,对都市空间的传统予以重新发明、建构和阐释。彻底失去国都地位之后的北京,反而重新获得了政府与国民对话的可能,获得了对传统和过去重新定义的可能,可以容纳得下现代性都市的交通、旅游、商业、文化,城市建设也可以借文化建设之名获得实际的政治保护,"历史建筑和文化自信也为民族

---

① 李永东:《民国城市的文学想象与民族国家观念》,人民文学出版社2021年版,第398页。
② 李永东:《民国城市的文学想象与民族国家观念》,人民文学出版社2021年版,第111页。
③ 李永东:《民国城市的文学想象与民族国家观念》,人民文学出版社2021年版,第274—275页。
④ 李永东:《民国城市的文学想象与民族国家观念》,人民文学出版社2021年版,第266页。

主义思想提供了切实的物质支持"。① "七七事变"爆发之后,北平变成了作家笔下的"亡城""死城"。日军为了强化治安、推进殖民政策,对北京的城市空间进行了调整和规划,这遭到中国民众的反抗。面对日军在军事、政治、经济、文化等方面的压迫,国民通过对古典传统的化用来抵抗文化殖民。

第二次鸦片战争之后,天津因为租界的原因,被迫分成了"中国人的天津"(天津城)与"外国人的天津"(天津九国租界)两部分,除此之外还有近代洋务运动的大本营,其"固有的城市定位、空间结构、古典诗境被修改"②。源于此种华界与租界的空间分隔和文化冲突,在天津的文学想象中产生了华洋双城模式,由此拉开双城并置的家国与民族矛盾。租界地内部的国家民族之间,也上演着复杂变换的利益、权力争夺和归属感的迷茫。

总之,民国时期的都城一边承载着文艺工作者对民族国家的热爱和期盼,一边承载着他们的遗憾和失望。南京、重庆、北京分别代表了民国新时代建设的开始、转折和旧时代的结束,分别指向希望、破灭和对历史传统的纠结。对这三座城市的文学写作,不可避免地投射出创作者对民族和国家的期盼与认知。同样的,这种家国情怀的矛盾与愤懑,也出现在上海、天津等租界城市中,甚至因为租界城市华界与租界的空间并置,民族国家的矛盾得以更为集中地展现。

二、裹挟国家历史使命感的学术研究

通过专著的阅读,读者感知到的不仅仅是民国城市的文学形象与民族国家观念,还有李永东教授在字里行间流露出的自身强烈的历史使命感、爱国热情和学术追求。他的书写不是单一的文学出发点,背后是强烈的国家民族、历史文化担忧,他不仅是在关照文学研究的范式,也在关照文学中的历史呈现方式及其对社会现实的影响,以求国际社会对我国历史遭遇的正视和真实表达。"文学和城市都是记忆的容器"③,在他看来,城市形象会规约后人与之对话的方式,文学有着构建城市形象的强大力量,文学创作者理应勇于承担知识分子的责任,勇于书写历史现实。

李永东教授对南京文学想象的研究,随着南京大屠杀这一惨绝人寰的历史暴虐事件而结束,他对文学中的南京大屠杀描写表现出了强烈的担忧。有关南京大屠杀的描写,"中国当代小说的笔触一直畏葸不前,缺乏勇气;当代作家在写及这一题材时也只是旁敲侧击,缺乏直面此历史苦难的作品,更遑论杰作"。④ 1937年12月13日日军占领南京后,在南京城内外进行了长达六个星期的肆意屠杀、抢劫、性侵和纵火,导致约30万中国人惨遭日军暴行,其中约有两万名中国妇女遭受性侵。自此,南京的国都形象也在惨淡中收尾。然而如此一个惨绝人寰、震惊

---

① 李永东:《民国城市的文学想象与民族国家观念》,人民文学出版社2021年版,第280页。
② 李永东:《民国城市的文学想象与民族国家观念》,人民文学出版社2021年版,第327页。
③ 叶中强、朱红主编:《文学想象与城市文化的多元建构》,上海社会科学院出版社2013年版,第4页。
④ 郭全照、布莉莉:《文学如何触摸历史——评〈金陵十三钗〉〈南京安魂曲〉中的大屠杀叙事》,《中南大学学报(社会科学版)》2012年第4期,第207—210页。

国际的侵略大事件,一度成了"被遗忘的大屠杀"。直到1982年,由于日本篡改历史教科书的事件曝光,南京大屠杀才再度引起学术界的关注。直到1995年,抗日战争胜利50周年时,这一话题才逐渐升温,成为关注焦点。① 南京大屠杀事件在国际通行的命名中有"南京大屠杀"(The Nanking Massacre)和"南京强奸"(The Rape Of Nanking)两种。对南京大屠杀的文学描写,在中国本土作家、华裔作家、日本作家和西方作家的文学作品中有着不同的叙述和表达。大致来说,中国大陆和日本作家的小说,多以"南京大屠杀"的表达来展现日军在南京的"屠杀"暴行;海外华人和西方作家的小说,更侧重于"南京强奸"的表达意义,通过女性的弱者和受欺凌形象指代国家男性尊严的受辱。在李永东看来,"不同时期的中外作家介入南京大屠杀题材的方式和力度千差万别,大屠杀甚至成了民族国家观念角逐的战场。对南京大屠杀的审视和表述,重要的不是时间距离,而是民族意识、历史观念和文化态度"②,关注南京大屠杀的文学书写,旨在从民族国家观念角度来研究文艺作品中的事件书写角度和进入路径,反思文学面对这一历史事件的记忆和再现方式。作为民族灾难历史的南京大屠杀,需要在民族国家叙事的基础上呈现更多成功的写作,才能在更大的范围进入"人类层面"的写作,体现出对死难者和民族历史负责的创作态度。李永东教授强调,中国作家需要"获得耻辱与愤怒相激荡的民族精神的原动力",才能做好南京大屠杀的文学表达。他对《金陵十三钗》等在内的以"南京强奸"作为书写视角的作品,担忧更甚。在他看来,尽管这些小说是在书写中华民族的苦难历史,但是不仅其灵感与素材来源于西方,而且其承继的文化视点、宗教情怀、价值理想、民族精神等也来源于西方,这样的书写,无疑将南京大屠杀这样的苦难历史,塑造成了"全球化时代西方文化狂欢的舞台和世界主义的布道场",这种在中国遭遇侵略屠杀的历史事件中宣扬西方正面形象的书写方式,不应该成为叙事主流。③

李永东教授透过浩如烟海的文学文本和古今中外的卓越理论,将自己的民族使命和家国情感,融于学术研究,使其研究在理论得以提升的同时,避免走向空谈理论的道路。他的研究站在宏观历史的背景之下,细致深入城与人的关系,关照文学文本的创作环境、作家的身份地位和创作意图等,其理论阐释涉及文学、历史学、社会学、哲学等多个领域,援引梁启超、斯宾格勒、涂尔干、霍布斯鲍姆等诸多中外学者及其学术观点。老舍、茅盾、严歌苓、张恨水、石川达三、喜仁龙、萨默塞特·毛姆等中外作家的文学创作,都在李永东的比较视野之中。

比如在南京的书写中,李永东将袁昌英视为以文学来建构南京"新都"身份的先行者,认为是其提供了"南京书写的情感表达新模式",一改"有别于感时伤怀模式的新南京形象"。从法国巴黎留学归来的女作家袁昌英,在1929年春天,写下散文《游新都后的感想》,其笔下的南京别有一番新气象,人物、风景、建筑甚至历

---

① 李永东:《民国城市的文学想象与民族国家观念》,人民文学出版社2021年版,第56页。
② 李永东:《小说中的南京大屠杀与民族国家观念表达》,《中国社会科学》2015年第6期,第171页。
③ 李永东:《民国城市的文学想象与民族国家观念》,人民文学出版社2021年版,第93—95页。

史遗迹中,都彰显着"民族精神的伟大"和"浩然的气魄"。① 南京的"国都"书写在李永东教授看来有着粗粝的品质。作家们怀着崇高的浪漫主义追求,甚至略显盲目的激情,通过对军阀统治的历史黑暗和"尘埃满目,钱臭通衢"的上海等其他城市的不堪描写,展现南京作为现代国家都城的光明与生机。但是在政府和知识分子欢乐情绪中书写的美丽想象中,缺乏理性精神,其诗歌、散文的写作形式,宣传式的介绍、游记和肤浅的国都问题,并未真正触及南京的精神内核和城市变革等新的本质。②

对重庆的城市想象分析中,李永东重点分析了老舍、茅盾等不同作家笔下建构的重庆形象呈现出来的不同倾向和意识形态。他认为老舍是战时国都的重庆最为"赤诚的歌者,或者说城市代言人"。③ 老舍对重庆的书写,相当大的原因就是重庆战时国都的身份,他以笔为刀,通过诗歌、小说、戏剧、散文等各式各样的文体书写着作为民族国家象征的重庆,表达其"家国同构"的文学创作诉求。老舍不仅书写仁人志士奔赴重庆、奔赴大后方的热情,还书写战争对民众生活、身份变迁等多方面的影响。李永东教授对老舍的重庆书写颇为赞赏,认为老舍"在取材、构思、人物、观念等方面,皆有匠心独运之处,呈现了动态、多面的重庆形象"。④ 然而,在茅盾的书写中,重庆更多的是承担意向与隐喻的作用,带有强烈的政治化色彩。茅盾的重庆书写则更多地呈现重庆作为战时国都的腐败堕落,因为他的重庆想象,有着强烈的政治立场,尤其是延安、左翼的观念立场,对其重庆书写有着十分明显的影响。茅盾笔下,延安才是民族国家的象征,重庆则被"当作民众、战士、民族解放、寒冷中国的对立面加以批判",由此重庆就从战时国都的地位被拉下来,成为失道寡助的"地方性"城市。⑤ 在李永东教授看来,茅盾在个人意愿与政治形势的权衡之下,在上海、香港、新疆、延安、重庆等不同生活空间的移动导致了其观念和立场的转移,这造成了茅盾的战时重庆书写具有移步换形的特点。因此,探寻茅盾的重庆书写,也应当在"作家、作品、城市、政党、接受者等因素所形成的内外互动的关系之中",动态地探求其"重庆构形以及意义生成机制"。⑥

三、城市想象的时空变迁和视角转换

李永东教授对文学创作中城市想象的关注是流动变化和视角多样的,时间流转、空间变换、作家的身份意识形态等都成为其关注考察的重要因素,即抓住城市的身份和作者的身份在城市想象中的作用,"并引入城市互观的思路和跨国、跨文化的视野,由此拓展城市想象与民族国家研究的空间"。⑦

---

① 李永东:《民国城市的文学想象与民族国家观念》,人民文学出版社 2021 年版,第 27 页。
② 李永东:《民国城市的文学想象与民族国家观念》,人民文学出版社 2021 年版,第 33 页。
③ 李永东:《民国城市的文学想象与民族国家观念》,人民文学出版社 2021 年版,第 173 页。
④ 李永东:《民国城市的文学想象与民族国家观念》,人民文学出版社 2021 年版,第 174 页。
⑤ 李永东:《民国城市的文学想象与民族国家观念》,人民文学出版社 2021 年版,第 208 页。
⑥ 李永东:《民国城市的文学想象与民族国家观念》,人民文学出版社 2021 年版,第 198 页。
⑦ 李永东:《中国现代文学的城市想象与民族国家观念》,《文艺理论研究》2021 年第 2 期,第 54 页。

此外，李永东对文学中城市形象和国家观念的关注本身，也展现了其切入视角的独特性。他立足中国城市的现代化发展实际，通过作家笔下鲜活的人与城，梳理出民国城市形象中民族国家观念的建构过程，展现其出发点和影响。作家自身的政治立场、成长经历、文化背景等都影响了其创作的倾向，作品中的环境、人物等不仅是作家看到的、想象的甚至是期望的、恐惧的文本化呈现。在他的描写中不难发现都城所承载的民族国家观念，随着时局变迁，在知识分子心中造成的层层涟漪和纠葛。不同立场的知识分子，面对不同的战局形式，在自我与家国利益面前，选择了不同的表达方式。基于政局变迁的社会现实，作家对南京的文学想象历经从"新都"到"迷城"的转变，对重庆的书写从"陪都""我城"到"他城"，对北京的描摹从"帝都""国都"到"故都"。在动荡不安的民国，作家将个人的政治观念和生活体察，借助笔墨赋予字里行间，书写的不仅是当下的现实境况，更多的还是对未来的希冀或迷茫。

事实上，南京的"国都"书写很快被"迷城"书写取代。随着中日大战的不断白热化，民族矛盾不断加剧，国民政府的政治威信受到强烈挑战，南京的"国都"形象也一度受损，并随着国民党迁都重庆的举措，而彻底迷失。"九一八"以后，东北三省沦陷；20世纪30年代中期，整个华北地区几乎受控于日本。面对国家危机，国民政府的消极抵抗态度，加深了知识分子对国家命运的担忧和对国民党政权的失落。1935年袁昌英笔下的南京风光，"枯槁""憔悴"而且"瘠瘦"。知识分子对国民政府的失望延伸到了对"国都"南京的失望，南京成为没有灵魂与空虚的都城，甚至是歌舞升平、瓦全苟且的亡国之都①，被描绘成一个偏安苟且的"迷城"②。南京的"迷城"书写，聚焦在秦淮河流失的风采气韵之中。烟馆林立、黄、赌、毒屡禁不绝的秦淮河俨然从六朝金粉化为了一沟腌臜的"臭水"。南京的传统诗意想象在现代化城市发展的过程中"泯然众城"，在现代知识分子文明、自由的思想中面目模糊，从而被彻底解构。左翼作家眼中的国都南京，不同于众多党派文人和中间派作家的民族忧患和失望愤懑书写，其更倾向于直接揭露和唤醒国民政府的黑暗与腐烂面孔，以期从思想根本上动摇甚至颠覆南京政权的合法性。③左翼作家通过城墙、城门为代表的"边沿"空间书写，不仅放大了南京在阶级、民族、战争等宏大叙事中的资本罪恶，还生发出"毁灭与重生"的主题。④在李永东教授看来，这种聚焦于南京"国都"符号的书写模式，呈现出的南京是一个脸谱化的扁平形象。⑤

李永东教授将重庆城市形象的文学想象主要概括为"我城"和"他城"两部分。重庆从全面抗战之初的"我城"转为全面抗战后期的"他城"，再到"我城"或"他城"，正是城市形象和民族国家观念紧密联系的重要体现，涉及城市、权力、意识形态等诸多问题。重庆"我城"与"他城"身份的不断转化和重庆"雾都"的独特气候

---

① 李永东：《民国城市的文学想象与民族国家观念》，人民文学出版社2021年版，第37页。
② 李永东：《民国城市的文学想象与民族国家观念》，人民文学出版社2021年版，第397页。
③ 李永东：《民国城市的文学想象与民族国家观念》，人民文学出版社2021年版，第44页。
④ 李永东：《民国城市的文学想象与民族国家观念》，人民文学出版社2021年版，第48页。
⑤ 李永东：《民国城市的文学想象与民族国家观念》，人民文学出版社2021年版，第54页。

特点相互作用。自然条件影响下分割开来的"轰炸季"和"雾季",给重庆的文学想象带来了截然不同的两副面孔,"共同作用于文学重庆的叙事机制"。① 作为战时国都重庆的对照,紧跟其后的一章是有关成都的文学想象。在李永东教授看来,成都和重庆一样作为抗战大后方的城市,其呈现的样貌和重庆大相径庭。重庆尽管是战时国都,却更多地被书写成"异乡"与"他城",但非国都的成都却被描绘成"我乡"与"我城"。同样是抗战大后方的城市,成都不同于重庆民族国家的象征,更接近"战时流亡者的精神家园"。② 全面抗战爆发之后,成都和重庆一样成为知识分子活动的重要城市。书写成都的作家们通过诗歌与散文极力抒发对成都的赞扬歌颂之情,他们笔下的成都兼具北平情调与江南风味,成为他们怀念故土、寄托漂泊之情的落脚点,"是家园感的替代品,又是民族感的寄托空间"。③

本地、外地、外国等不同地区、不同身份的作家,对北京样态的想象也并不相同。本地作家对北京的叙事呈现出怀旧的面貌,体现为"回味传统、怀疑现代",书写的主体集中在本地的环境、人物、故事、文化等方面,"在叙事空间和描写对象的选择上,多钟情于表现北京传统的城市风貌和风俗人情",同时"乐于塑造个性鲜明的传统市民形象",而且喜欢在作品中强行插入自己作为北京本地人的叙事者身份、主观感受和个人情感,以增强叙述的感伤、失落等情绪,全然不顾叙述的客观性。④ 这种书写方式,不仅表达了作家对北京作为"我城"的怀念担忧,也展现了其对本地读者的拟想。本地作家对社会改良、传奇人物的书写,展现了其传统与现代矛盾冲突的叙事结构,从中也可见其"对现代北京的焦虑和犹疑"。⑤ 外地作家的叙述则更为多元,对传统和现代的体认更为复杂。外地作家对国都时期的北京书写,更多采用的是一种"游荡者"的身份,作为知识分子,他们更关注代表现代民族国家的背景是否满足自身想象与认同,其书写有着"十分鲜明的启蒙意识和现代追求"⑥;故都时期的北京则充满了传统文化的魅力,其现代性不足和落后的批判反而被弱化了;沦陷时期的书写,不约而同地指向了对过去的怀念和对殖民的声讨批判。外国作家的北京书写则充满悖谬色彩、不自觉的文化比较视角和他者立场,比如日本作家对传统文化、乡土生活的赞扬和对北京现代性不足的大力批判,以消解"对传统城市的理解和认同",维护其民族自豪感。⑦ 欧美作家不同于日本,他们"按照既有的知识背景和他者的眼光看待北京的现代化",在赞美北京传统建筑之美、向往北京田园都市之闲适的同时,也默许了西式建筑所代表的殖民霸权对北京传统空间的破坏和挑战。

和国都城市国家观念、权力关系的文学想象不同,租借地的城市形象塑造更

---

① 李永东:《民国城市的文学想象与民族国家观念》,人民文学出版社 2021 年版,第 398 页。
② 李永东:《民国城市的文学想象与民族国家观念》,人民文学出版社 2021 年版,第 252 页。
③ 李永东:《民国城市的文学想象与民族国家观念》,人民文学出版社 2021 年版,第 261 页。
④ 李永东:《民国城市的文学想象与民族国家观念》,人民文学出版社 2021 年版,第 293—297 页。
⑤ 李永东:《民国城市的文学想象与民族国家观念》,人民文学出版社 2021 年版,第 306 页。
⑥ 李永东:《民国城市的文学想象与民族国家观念》,人民文学出版社 2021 年版,第 308 页。
⑦ 李永东:《民国城市的文学想象与民族国家观念》,人民文学出版社 2021 年版,第 317 页。

侧重于民族主义、殖民主义与世界主义相交织的表述框架。李永东选取天津作为租借地的代表,对其民国城市的文学想象进行了详细的书写,并在全书最后附录部分呈现了其最新的上海城市形象研究作为参照,个人以往的上海城市形象书写并未过多重复。天津和上海、汉口等租界城市一样,其城市景观中夹杂着各国势力与文化,城市的现代化发展充满了对帝国殖民文化的抵抗和吸纳,但是天津的中西方文化之间又出现了强烈的分界,不似上海的中西杂糅。租借地的文学想象与民族国家观念表达,需要在传统与现代、民族与殖民等多重关系之间做出新的思考。

因为中西文化与权力空间的并置,使得"双城模式"成为想象天津的重要方式。① 新时期的诸多作家选择"变形记"的叙述方式,来展现两个天津因为权力、民族、国家等带来的身份转变,呈现出躁动、芜杂、世俗的旧天津形象,揭示"两个天津"背后的并置、区隔、对峙状态。而且在新时期的小说书写过程中,通过"以旧驭新"的写作姿态,借助天津的市井文化和民众智慧书写,消解了对"现代"和"西方"的膜拜,展开反殖民书写。作家在展现租界现代化道路秩序的同时,也让租界相关的人物受到批判、惩戒或者自我忏悔。这恰恰体现了天津作家不屈服西方的"现代"定义,试图超越"西方中心主义",而对传统与现代关系做出的新的考量。② 津京双城模式中则将北京颓败、失势的形象引入,受到天津的嘲弄;津沪双城模式中,天津人的市井智慧消解了上海摩登的震慑力。透过双城模式的表达,也可以看出天津的自卑感,"内含着天津人基于历史与现实的城市隐秘心理"。③

但是对天津的文学想象在租借区的外侨作家那里有着不同的表达,他们的书写带有难以用"帝国主义"或"现代文明"概括的、极其复杂的民族国家体验。租借地的外侨不仅没有完全获得自己原属国家身份的认同,陷入天津人和西方人的混合身份认同当中,而且在语言、文化、思想等方面,也常常陷入矛盾和纠结,甚至伴随着居住地和原属国的多方压抑,被祖国"边际化"的同时又不为中国所接纳。同时,多民族的国家观念在九国租界中,也时常因为国际政治关系的调整而变化,这也再次导致了租借地外侨作家们的身份迷茫和归属感的缺失。在李永东教授看来,造成租界外侨民族国家身份游移的最主要原因,还是在于民族内部的分化④,于天津租界诸多外侨而言,"他乡即故乡、故国亦他国"是他们不得不接受的身份体认。⑤

结语

李永东教授不仅对具体的民国城市形象做了创新性解读,还为城市想象研究开辟了新的途径和理论。"文学中的城市",一则指向文本意义上或被文本意义所

---

① 李永东:《民国城市的文学想象与民族国家观念》,人民文学出版社2021年版,第402页。
② 李永东:《民国城市的文学想象与民族国家观念》,人民文学出版社2021年版,第335页。
③ 李永东:《民国城市的文学想象与民族国家观念》,人民文学出版社2021年版,第354页。
④ 李永东:《民国城市的文学想象与民族国家观念》,人民文学出版社2021年版,第388页。
⑤ 李永东:《民国城市的文学想象与民族国家观念》,人民文学出版社2021年版,第395页。

堆积起的城市;一则指向实际的、作为地域存在的城市。①"城市与文学是以一个双向互动的方式存在的"②,在新历史主义看来,对于文学文本的解读,既需要探索"文学文本周围的社会存在",也需要探索"文学文本中的社会存在"。③ 李永东教授对民国城市文学现象与民族国家观念的考察,就是在文学文本的主体考察之外,增加了文化和社会的视角,将之有效结合起来的更为立体的考察。④

南京、重庆、北京、天津等因为国都或租界的特殊身份,其城市想象也难以脱离国家观念、价值取向、空间权力、阶级身份等现象的表达。南京、重庆、北京作为不同时期的国都、陪都、故都等都城身份,知识分子依据个人的经历感悟和城市本身承载的民族国家观念,对城市形象做出了不同的文学想象。"国都"南京的民族复兴之期望和秦淮河之叹惋,战时"陪都"重庆的解救国难之抱负与腐败官商之批判,亡城"故都"北京的现代化建设与传统文化保护之矛盾纠葛等,不同时期都城所代表的民族国家理念将个人、家庭与国家命运紧密交织在一起。⑤ 同时,李永东教授也选择了成都,这一兼具北京和上海之美的大后方城市,与重庆的"他城"作比较。李永东教授尤其对南京和重庆做了最大笔墨的书写,十四章的正文中,南京和重庆分别占据着三章和四章的篇幅,其内容之充实、详细占据全书二分之一的体量。对租借地的描写,书中选取了天津作为代表,通过天津内部租借地和非租借地、天津和上海、天津和北京的"双城模式"书写,展现其中的市井智慧和民族国家立场与观念表达模棱两可的状态。⑥ 为了更为充分地论证租借地的城市想象,同时避免与以往研究的重复,在"结语"之后单独附录"纪实与虚构:新时期的上海怀旧书写",概述上海在新时期文学创作中的城市想象,追问上海的文学想象在纪实与虚构的时尚文本之外,拓展更大空间的可能和必要。⑦

李永东教授正是立足作家作品和当时的历史变迁,在丰富的材料基础上做出具体的分析,绝非空洞的理论建设。这一独特视角下的材料分析方式,可以推广到国家、民族等更为广泛的研究中去,正如李永东在"后记"中提到的那样,尚有更多的城市没有被纳入书写当中,其背后还有更为浩瀚的工作亟待完成。这一城市和文学关系的研究,不仅仅是对城市或者文学的进一步探索,还为人与城的关系、人类文化的厚重、人类智慧的非凡等研究提供了新的思考角度。

---

① 张鸿声:《"文学中的城市"与"城市想象"研究》,《文学评论》2007年第1期,第116—122页。
② 张惠苑:《城市如何被文学观照——1980年代以来城市文学的创作和研究得失谈》,《文艺争鸣》2013年第4期,第58页。
③ 张京媛主编:《新历史主义与文学批评》,北京大学出版社1993年版,第5页。
④ 张鸿声:《"文学中的城市"与"城市想象"研究》,《文学评论》2007年第1期,第116—122页。
⑤ 李永东:《民国城市的文学想象与民族国家观念》,人民文学出版社2021年版,第397页。
⑥ 李永东:《民国城市的文学想象与民族国家观念》,人民文学出版社2021年版,第401页。
⑦ 李永东:《民国城市的文学想象与民族国家观念》,人民文学出版社2021年版,第405页。